국사무쌍

사갈독심 퓨전 판타지 소설

FUSION FANTASTIC STORY

3

국사무쌍 3

사갈독심 퓨전 판타지 소설

초판 1쇄 찍은 날 § 2007년 8월 30일
초판 1쇄 펴낸 날 § 2007년 9월 7일

지은이 § 사갈독심
펴낸이 § 서경석

편집장 § 문혜영
편집책임 § 이재권
편집 § 서지현 · 심재영

펴낸곳 § 도서출판 청어람
등록번호 § 제1081-1-89호
등록일자 § 1999. 5. 31
어람번호 § 제1-0876호

주소 § 경기도 부천시 원미구 심곡1동 350-1 남성B/D 3F (우) 420-011
전화 § 032-656-4452 팩스 § 032-656-4453
http://www.chungeoram.com
E-mail § eoram99@chollian.net

ⓒ 사갈독심, 2007

ISBN 978-89-251-0715-8 04810
ISBN 978-89-251-0712-7 (세트)

3

[휘날리는 베레모!]

사갈독심 퓨전 판타지 소설

국사무쌍

FUSION FANTASTIC STORY

도서출판 청어람

VOLUME 3
contents

國士無雙

PART 9
준동하는 어둠!

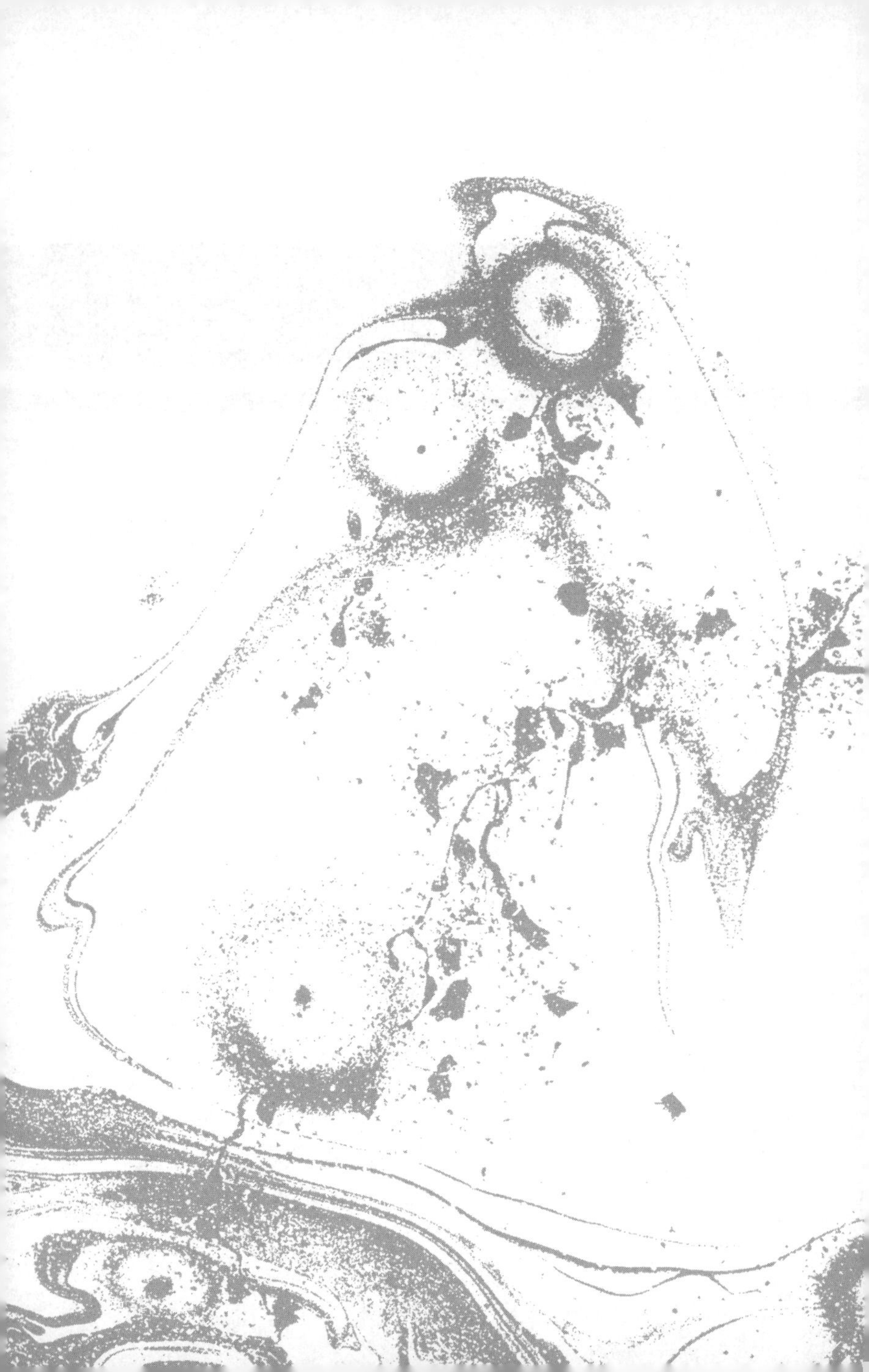

가이우스 제국이 대륙 북부의 패자로 군림하고 있다면, 대류 남부에는 아스가른 제국이라는 대호가 웅크리고 있다고 할 수 있었다.

가이우스 제국과 마찬가지로 레뮬 제국 멸망 이후 혼란스러운 남부를 통합하고 세워진 아스가른 제국은 레뮬 제국의 대도시와 곡창 지대를 고스란히 이어받은 부국이었다.

하지만 작금 아스가른 제국의 현실은 옛 영화를 찾아볼 수 없을 만큼 쇠락해 있었다.

그 중심에는 무능한 황제 루안 1세와 제국의 권력을 한 손에 틀어쥐고 전횡을 일삼는 에델 공작이 있었다.

현 황제 루안 1세는 선황제 시르히 2세가 황태자 발틴에게 시해당한 이후 남부의 대귀족 에델 공작을 등에 업고 황제에 오른 인물로 사실 지닌바 자질은 충분치 않던 이였다.

때문에 그는 장인인 에델 공작에게 전권을 위임하고 사냥과 술, 여자에 빠져 살았다.

정치에는 관심도, 역량도 없는 황제를 대신해 전권을 잡은 에델 공작은 전횡을 일삼기 시작했다.

그는 충직한 인사들을 숙청하거나 그 직위를 파하여 쫓아내고, 그 자리에 자신을 따르는 무리들을 앉혀 분당을 조장하고 국사를 농단했다.

여기에 황태후 요안나와 그 가문인 테메른 후작가까지 합류하면서 제국의 내정은 썩을 대로 썩어갔다. 제국이 칠 년째 계속된 가뭄에 허덕이고 있음에도 그들은 왕궁에서 연회를 열고 먹고 마시기 바빴다.

그로 인해 내정은 극도로 불안해졌고, 영지를 도망쳐 나와 구걸하는 백성들이 제국 전체에 차고 넘쳤다. 하지만 어떤 이도 이런 사태를 수습하려 나서지 않았다.

결국 그 상처가 곪을 대로 곪아 민란이라는 이름으로 터져 나왔다.

민란은 변방에 위치한 작은 남작 영지에서부터 시작했다. 분노한 백성들은 농기구를 들고 폭도로 돌변하여 영주성을 습격하여 영주를 죽이고 성을 불태웠다. 처음 기세 좋게 시작했던 이 민란은 한 달 뒤 이웃 백작가의 군대가 들이닥치면서 허무하게 막을 내렸지만 그들이 피워 올린 항쟁의 불꽃은 마른

날 퍼져 나가는 들불처럼 제국 전체로 번져 나갔다.

처음에는 사병 수가 적은 남작, 그다음은 자작들의 영지에서 민란이 일어나더니, 끝내는 사병의 수가 수천에 달하는 백작들의 영지에서도 민란이 발생했다. 전 제국이 민란으로 몸살을 앓고 있는데도 루안 1세와 권력자들은 사치와 향락에 빠져 있었다.

민란의 불꽃은 그들의 방관 아래 화려하게 폭발했다.

제삼군단의 반란.

가이우스 제국처럼 수십만의 정규군을 보유한 것은 아니지만 아스가른도 제국인 만큼 정규군이 있었다. 이만 오천 명으로 이루어진 국경 수비군 총 다섯 개 군단과 국왕 직할령의 오만 직할군, 황실 기사단을 포함한 다섯 개 기사단이 바로 그들로 그 수가 무려 이십만에 육박하는 대군이었다.

그 정규군 중 삼군단이 반란을 일으킨 것이다.

반란의 시작은 언제나 말썽이 많은 군수물자 배급에서 불거져 나왔다.

군수품을 군 상부가 빼돌리거나 유용하는 일은 오래전부터 이어져 온 고질적인 문제였지만 삼군단의 경우는 도가 지나쳤다. 배급된 군수 식량 대부분이 썩은 것들이었고, 그나마 멀쩡한 식량은 귀족 출신 장교들에게로 돌아가고 병사들과 하급 장교들에게는 멀건 죽이 몇 달째 배식된 것이다.

결국 배고픔을 참다 못한 평민 장교 하나가 사령관인 카메휴 후작을 찾아가 항의했다가 이를 고깝게 여긴 귀족 장교들에게 맞아 죽는 사태가 발생했다. 그 일로 흥분한 병사들 중 일부가 다시 귀족 장교들을 찾아갔다 몰매를 맞았다.

다음날 구타를 당한 병사들이 귀족 장교들을 창으로 찔러 부상을 입히는 일이 일어나자 카메휴 후작은 병사들 전원에게 사형을 언도했다. 그 순간, 군법 재판이 열리는 군막에 완전무장한 삼군단 병사들이 들이쳤다.

흥분할 대로 흥분한 병사들은 귀족 장교들을 닥치는 대로 찔러 죽이고 카메휴 후작의 머리를 베어 군영에 내걸었다.

라만이라는 젊은 평민 장교가 이끌게 된 삼군단은 인근 일곱 개 영지를 순식간에 휩쓸었다. 평소 귀족들에 대한 불만이 쌓여 있던 백성들이 가담, 그 숫자는 순식간에 십만에 육박하는 대군이 되었다.

"썩은 황제와 귀족들을 몰아내고 새로운 세상을 열자!"

라만은 이렇게 부르짖으며 수도 가른을 향해 군대를 몰아갔다.

루안 1세와 에델 공작은 대귀족들로부터 병사를 지원받아 토벌군을 조성했다. 아스가른 제국은 정규군이 차지하는 숫자보다 귀족들이 보유한 사병의 숫자가 더 많았다. 대귀족들은 황제와 공작의 부름에 즉각 응답했고, 그들이 보내온 사병의 숫자는 엄청났다.

이를 군부대신 레미르 후작이 맡아 수도로 통하는 동쪽 관문인 하간 요새에서 반란군을 맞아 싸웠다. 레미르 후작이 이끄는 토벌군은 직할군 일만을 포함 십삼만의 대군이었고, 황제와 귀족들은 후작이 반란군을 토벌할 것임을 어느 누구도 의심치 않았다.

하지만 이 주일간 벌어진 전투는 토벌군의 처참한 패배로 막을 내렸다.

군부대신 레미르 후작을 비롯하여 대귀족 연합군의 많은 귀족 장교들이 반란군의 포로가 되었고, 승리에 고무된 반란군의 숫자는 점점 불어나 십오만이 되었다. 마침내 반란군은 그 기세를 몰아 수도로 통하는 관문 영지인 페드론 후작 영지를 향해 진군을 시작했다.

선 황제 시르히 2세의 정비 샤나 황비의 가문인 페드론 후작가는 개국공신가로 본래 공작 가문이었으나 시르히 2세를 시해한 황태자 발틴을 도왔을 것이라는 의심을 받으며 영지의 반을 빼앗기고 겨우 오천의 사병만이 영지를 지키고 있었다.

승리할 가능성이 단 일 할도 되지 않았기에 모든 이들은 페드론 후작이 도주할 것이라 예상했다. 하지만 후작은 그러지 않았다.

"제국의 귀족이 적을 앞에 두고 등을 보인단 말이냐! 치욕스런 삶보다 명예로운 죽음을 택하겠다!"

페드론 후작은 직접 갑옷을 걸치고 오천의 사병을 이끌고 출진했다.

반란군을 막기 위해 일어선 노장, 하지만 그를 지원하고 도와야 할 황제와 에델 공작은 후작을 외면해 버렸다. 선 황제 정비의 아버지이자 패륜아 황태자의 외할아버지인 페드론 후작은 그들에게 눈엣가시 같던 이였기 때문이다.

그들은 페드론 후작 영지 대신 황제 직할령의 전방인 아라돈 요새에 병력을 집결시켰다.

아무런 지원도 받지 못한 페드론 후작의 군대는 천연의 요새인 즈난 계곡에서 옥쇄할 각오로 저지선을 폈다.

후작의 영지가 수도 가른으로 가기 위해 꼭 거처 가야 하는 곳이라면 즈난 계곡은 후작의 영주성으로 가기 위해서 꼭 거처 가야 하는 곳이었다.

반란군은 무서운 기세로 즈난 계곡을 들이쳤다.

"모두 이곳에서 죽을 각오로 싸우라!"

죽음을 두려워하지 않는 페드론 후작이 선두에 나서 죽을 각오로 전투에 임했고 후작의 사병들도 죽을힘을 다해 버텼다. 열 배가 넘는 적을 상대로 후작과 그의 군대는 일주일 동안 총 열다섯 번 싸워 열다섯 번 모두 승리했다. 그로 인해 처음 기세등등하던 반란군의 사기는 바닥으로 곤두박질 쳤다.

"십만이 넘는 군대야! 그런 군대가 고작해야 몇 천의 조무래기 같은 군대와 다 죽어가는 노인네에게 막혀 움직이지 못하다니! 그게 말이 된다고 생각하나?"

이미 스스로를 새로운 황제라 천명한 라만은 칠 일째 되는 날 전군을 몰아 총공세 폈다. 이번에도 후작은 선봉에 서서 죽을힘을 다해 싸웠다. 하지만 연일 쉬지도 않고 전투를 벌인 그들에게는 더 이상 싸울 힘이 남아 있지 않았다.

"아, 이대로 끝나는 것인가?"

후작이 절망하며 바닥에 주저앉는 그 순간 일단의 군대가 계곡 뒤편에서 나타났다.

이천에 달하는 그들은 후작과 사병들만이 아는 길을 통해 계곡 위로 올라가 후작군을 지원했다.

아이스로어 용병단.

기병의 나라 리오네 왕국에서 처음 모습을 드러낸 이들은 고작 오십 명 정도의 작은 용병단에 불과했다. 하지만 수십 건의 의뢰를 무리없이 수행해 내면서 반년 만에 그 수가 천 명이 넘는 거대 용병단으로 성장했으나 무슨 이유에서인지 모든 의뢰를 중단하고 홀연 왕국 내에서 모습을 감추었다.

그런 그들이 엉뚱한 곳에서 모습을 드러낸 것이다.

그들은 후작군을 도와 반란군과 맞서 싸웠다. 아이스로어 용병단의 실력은 기사단이라고 해도 믿을 만큼 뛰어났다. 특히 단장인 철가면과 두 부단장의 실력은 산전수전 다 겪은 후작도 찬사를 내뱉을 만큼 뛰어났다.

용병단의 합류와 함께 다시 삼 일간 총 육 회에 걸친 대전투가 벌어졌고, 모두 후작군이 승리했다. 결국 절반 이상의 군세를 잃은 라만의 군대는 눈물을 머금고 퇴각, 칸소 백작의 영지로 물러났으나 곧 내분이 일어나 수괴 라만이 암살되면서 자연스럽게 그 세력이 와해되었다.

수도 가른을 위협하던 라만의 반란군을 격퇴함으로서 페드론 후작가는 일약 제국 정계의 태풍의 핵으로 떠올랐다. 그가 보여준 충절과 전공은 평소 후작을 눈엣가시같이 여기던 에델 공작마저 침묵하게 만들었다.

많은 이들이 후작의 다음 행로를 주시했다. 하지만 많은 이들의 예상과 달리 반란군의 전투 이후 후작가는 이렇다 할 대외적인 행동을 취하지 않은 채 영지에 틀어박혔다.

비록 라만의 반란군은 그 세력이 와해되었다고 하지만 제국 전역은 여전히 크고 작은 민란으로 몸살을 앓고 있었고, 동부와 서부에서 각기 일어난 반란 세력은 군벌을 형성할 만큼 거대 조직으로 성장하고 있었다.

라만의 반란군으로 인해 혼쭐이 난 황제와 에델 공작은 새롭게 충원된 오만의 직할군 중 가른성을 지키는 일만을 제외한 사만의 병력과 세 개 기사단, 그리고 에델 공작이 지원한 일만의 사병을 더한 토벌군을 동부와 서부로 나누어 출전시켰다.

또한 동부와 서부의 귀족들에게 명령을 내려 최우선적으로 직할군을 지원하여 반란군을 토벌할 것을 명했다.

하지만 문제는 전혀 엉뚱한 곳에서 터져 나왔다.

직할군이 민란을 토벌하기 위해 움직인 순간, 그동안 영지에 틀어박혀 두문불출하던 페드론 후작가가 전군을 몰아 황제 직할령과 황제파 영지들을 공격했던 것이다. 또한 명망있는 귀족가와 뜻있는 인사들에게 후작의 이름으로 작성된 연판장이 날아들었다.

뜻이 있는 자 펜을 들고, 의지가 있는 자 검을 들지니.

나 보르작 드 페드론, 이 자리에서 피를 토하며 전한다. 선황제
이신 시르히 2세 폐하를 암살한 것은 극악무도한 패륜아, 현 황
제와 이름을 올리는 것조차 욕된, 대역죄인 에델이다. 그들은 폐
하를 암살한 것도 모자라 황실의 정통 후계자인 황태자마마께 그
죄를 덮어씌웠으며, 부정 부덕으로 제국을 도탄에 빠지게 했다.
이 모든 사실은 군부대신 레미르 후작이 증언했으며 모든 정황
증거들이 명명백백하게 드러났다. 천행으로 화를 피하신 황태자
마마께서 지금 우리와 함께하시니 모두 뜻을 모아 극악무도한 패
륜아와 대역죄인 에델을 몰아내고, 도탄에 빠진 제국을 구하자!

아이스로어 용병단의 단장 철가면.

그가 바로 억울하게 누명을 쓰고 도망쳤던 황태자 발틴 데
아스가른이었던 것이다. 도저히 믿기지 않는 이야기였지만 그
이야기가 페드론 후작가에서 나온 것이라면 믿지 않을 수도
없었다. 후작가의 행보는 빠르고 거침이 없었다.

제국 전체가 연판장으로 인해 갑론을박하는 사이 후작은 직
할령의 근처에 병력을 집결시키고, 한편으로는 반란군이 차지
했던 영지들을 하나하나 점령해 나가며 세력을 키웠다. 반란
군이 점령했던 영지들은 황제가 파견한 관리들이 관리하고 있
었다.

그들은 영지민들을 착취하고 황궁으로 올라가야 할 세금을
포탈해 자신들의 뱃속을 채우고 있었다. 후작가의 군대를 이
끄는 발틴 황태자는 그런 이들을 가차없이 죽여 버리고 영지

의 창고를 열어 식량과 재물을 영주민에게 나누어주는 한편 죄인을 엄히 벌하여 상벌을 확실히 했다.

"아스가른의 백성들이여, 검을 들고 모이라! 나 이 자리에서 맹세하노니, 내 아버지를 죽이고 너희들을 고통받게 한 이들을 몰아내고, 새로운 세상을 열 것이다!"

그의 이런 행동들은 일반 백성들에게 열렬한 환영을 받았다.

그가 점령한 지역마다 발틴의 군대에 지원하기 위해 몰려오는 백성들로 인해 인산인해를 이룰 정도였으며, 심지어 민란을 일으켰던 반란군까지 그의 휘하로 복속되었다. 그의 군대는 한 달 만에 정예병 사만에 예비군 이만에 이르는 대군으로 성장했다.

또한 직할령 주위의 스물두 개의 영지가 그의 손에 떨어졌다.

당황한 루안 1세와 에델 공작은 반란을 막고 있던 직할군과 기사단을 돌려 페드론 후작가를 직접 공격하도록 했다. 발틴 황태자의 군대와 직할군은 칸소 백작 영지에서 대대적인 전투를 벌였다.

초반 압도적인 무력을 앞세운 기사단에 의해 발틴의 군대가 궁지에 몰렸다. 하지만 그런 기사단을 발틴 황태자와 그를 보필하는 두 명의 부장이 나서서 일방적으로 도살해 버렸다.

두 부장 중 한 명인 카논은 놀랍게도 프리미엄 마스터였다.

붉은 오라를 검에 두른 그는 닥치는 대로 기사단을 베어내며 전투를 승리로 이끌었다.

또 다른 한 명의 부장은 참모 격인 라드나라는 여인이었는데, 그녀는 병법의 달인이자 5서클 위자드 마스터였다. 그녀가 뿜어대는 마법과 절묘한 계략들은 적군에게 충분히 공포를 선사했다.

그리고 발틴 황태자.

검술로는 프리미엄 러너, 마법으로도 4서클 위자드에 오른 마검사였던 그는 언제나 전투에서 선두에 서서, 독전기를 흔들며 적군을 유린했다. 후작군은 바람에 나부끼는 황태자의 독전기를 바라보며 승리를 확신했다.

직할군을 괴멸시킨 발틴의 군대는 수도 가른을 향해 진격했다. 가른으로 진격하는 동안 또다시 수많은 이들이 발틴의 군대에 합류했다.

다급해진 황제와 에델 공작은 모을 수 있는 군대란 군대는 모두 끌어 모아 발틴의 군대에 맞서는 한편 변방을 지키던 중앙군 네 개 군단에 지원을 요청했다. 하지만 중앙군 군단장들은 국경 수비를 이유로 움직이려 하지 않았다.

난세에 군대는 곧 힘이었다.

힘을 가진 그들이 명분도, 힘도 잃어버린 황제와 공작에게 고개를 숙일 이유는 없었다. 가장 세력이 강한 일군단의 경우 군벌을 형성하여 근처 영지들을 지배하려는 움직임까지 보였을 정도였다.

어느새 십만으로 불어난 발틴의 군대는 수도 가른을 목전에

둔 데헤르 평원에서 에델 공작이 이끄는 십육만 대군과 격돌했다.

에델 공작이 이끄는 군대는 수적으로 훨씬 우세했으나 장비가 취약했고, 훈련이 제대로 안된 오합지졸인데다 사기 또한 말이 아니었다.

처음부터 승패가 정해지기라도 한듯 전투는 발틴 군대의 압도적인 승리로 끝났다.

도망치던 에델 공작은 카논에 의해 머리가 잘렸고 패전의 소식을 듣고 겁에 질린 루안 1세는 천장에 침대보를 찢어 만든 밧줄에 목을 매 자살했다.

발틴의 군대는 어렵지 않게 황도 가른을 점령했고, 모두의 예상대로 피바람이 불었다.

"내 아버지의 죽음과 관련된 이는 어느 누구도 살아남지 못할 것이다!"

요한나 황비를 필두로 시르히 2세의 죽음과 관련된 모든 이들과 루안 1세와 에델 공작에게 충성을 맹세했던 귀족가문들이 화를 당했다.

발틴 황태자는 숙청의 피바람을 일으키면서도 동과 서로 군대를 보내 반란군을 진압하고 루안 1세와 에델 공작에게 충성했던 지방 귀족들을 정리해 나갔다. 반란군과 반 발틴파 귀족들에게는 프리미엄 마스터와 위자드 마스터가 각기 이끄는 군대를 막을 힘이 없었다. 정벌군이라고 불린 발틴의 군대는 파죽지세의 기세로 반란군과 반대파 귀족들을 처단해 나갔다.

"황태자마마께 충성을 하겠습니다!"

"마마야말로 진정한 제국의 주인이십니다!"

눈치 빠른 몇몇 귀족들이 잽싸게 황도로 달려와 머리를 조아렸다. 하지만 발틴은 그들 대부분을 받아들이지 않았다.

"죽여라!"

서릿발처럼 차가운 명령에 황도를 찾아왔던 대부분의 귀족들이 쥐도 새도 모르게 죽임을 당했다. 하지만 모든 이가 그런 것은 아니었다. 강직하고 능력이 있는 인물들은 그에 합당한 대우를 받으며, 중앙정계로 진출했다.

"마마를 돕겠습니다."

"늙은 몸이나마 제국의 영광을 위해 쓰일 수 있다면……."

에델 공작에 의해 지방으로 밀려난 인사들부터 자신을 드러내지 않던 제국의 은자들까지 수많은 이들이 발틴의 명성을 듣고 구름처럼 모여들었다. 그는 능력이 있다고 생각되면 그 출신을 가리지 않고 받아들였다.

이런 그의 이상 정치 덕분에 혼란스러웠던 제국은 급속도로 안정을 찾았고, 그 해가 가기 전 공작의 주도하에 그를 황제로 추대하는 대관식이 열렸다.

*　　　*　　　*

거대한 홀.

제국의 황성 중 가장 아름다워, 연회궁으로 쓰이는 에메세

르 궁은 다섯 개의 홀로 이루어져 있었는데, 봄의 여신 나라샤, 여름의 여신 멜모, 가을의 여신 티카, 겨울의 여신 타라의 홀이 사방에 위치하고 여신 중의 여신 가이아의 홀이 중앙을 차지하고 있었다.

오대 홀 중 가이아의 홀은 오직 황제만을 위해 만들어진 곳이다.

조금 전까지 수많은 귀족들이 새로운 황제 발틴 데 아스가른, 무르히 1세의 즉위를 축하하는 파티를 벌이다 돌아갔다.

"나 때문에 괜히 분위기 상한 것 같군……."

텅 빈 홀을 내려다보는 무르히 1세의 표정은 어딘지 모르게 공허했다. 축하 파티 내내 무르히 1세는 옥좌에 앉아 파티를 즐기는 귀족들을 지켜보기만 했다. 안 그래도 대대적인 숙청으로 인해 귀족들 사이에서 광황(狂皇)이라는 소리를 듣고 있는 그가 아무 말 없이 술만 들이붓는 통에 흥겨워야 할 연회 분위기는 시종일관 무겁기 그지 없었고, 파티는 생각보다 일찍 끝이 났다.

"흥이야 흥이 진 뒤에 솟는 법이거늘……."

옥좌에서 일어선 황제는 천천히 홀 중앙으로 걸어나가며 춤을 추었다. 그의 춤은 완벽했다. 클로즈 턴, 동체의 스윙, 라이즈까지 어느 것 하나 나무랄 데가 없는 완벽하고 깔끔한 동작으로 한바탕 춤사위를 선보였다.

하지만 황제의 춤은 완벽할 뿐 아름답지 않았다.

춤은 인간의 욕망을 표현하는 가장 원초적인 수단 중 하나로

써 기쁨, 슬픔, 환희, 좌절, 모든 희로애락의 감정들이 춤 속에 녹아 있게 마련이다. 하지만 황제의 춤은…….

너무도 공허했다.

줄에 매달려 움직이는 꼭두각시처럼 그의 춤 속에는 아무런 감정도 녹아 있지 않았다. 그래서 더욱 완벽했고, 그래서 더욱 아름답지 못했다.

복수를 위해 검을 들었을 때, 그의 가슴속에는 뜨거운 불꽃이 타오르고 있었다. 하지만 원수들이 하나하나 죽어갈 때마다 마음속의 불꽃은 점점 사그라졌고, 동생의 주검 앞에서 마지막 빛을 발했던 그 불꽃은 다 타버린 재가 되어 휘날렸다.

'나에게 오라!'

그때부터 알 수 없는 목소리가 자꾸만 들려와 그를 괴롭혔다. 처음에는 제대로 들리지 않을 만큼 작은 목소리였다. 하지만 얼마 전부터는 그 목소리는 귀에 대고 말하듯 정확하게 들렸다.

그 목소리가 들려올 때마다 그는 가슴속 깊은 곳에서 치솟아오르는 알 수 없는 무언가를 억누르기 위해 무진장 애를 써야 했다. 그 무언가를 억누르지 못하면 그 자신이 그 무엇인가에 잡아먹힐 것 같은 느낌이 들었기 때문이다.

"카논, 라드나!"

"하명하십시오."

옥좌 뒤에 시립해 있던 카논과 라드나가 즉시 대답했다. 그들은 황제에 의해 각각 후작의 작위가 내려진 상태였다.

"너희들의 주인이 나를 부르는 것 같구나. 이 반지의 원래 주인 말이다."

장갑을 벗어버린 무르히 1세의 왼손에는 포효하는 악마의 두상이 음각된 반지가 끼워져 있었다. 잠시 반지를 바라보던 카논 후작이 무감각한 어조로 입을 열었다.

"주인님은 폐하께서 원하시는 것을 도와드렸습니다. 이제는 폐하께서 주인님과의 맹약을 지키실 때가 온 겁니다."

"그랬지, 깜빡 잊고 있었군. 그게 있다는 것을……."

욕망의 반지, 마계의 창조주 혼돈이 만들었다는 보석.

이 마물을 얻는 대신 그는 반지의 주인과 하나의 맹약을 했다. 복수를 하고 나면 반지의 주인을 봉인 속에서 구해주기로…….

"너희의 주인은 동토에 봉인되어 있다고 했었지? 그럼 지금 당장 북방 동토로 가야 하는 건가?"

"그것은 아니 됩니다."

"어째서?"

"동토에는 봉인의 수호자가 있습니다. 지금 동토로 가시면 죽음을 면키 어렵습니다."

"수호자? 그게 누군가?"

"뇌신의 드래곤입니다."

황제 무르히 1세는 벌어진 입을 다물 줄 몰랐다.

드래곤이 어떤 존재인가?

신의 대리인으로서 한 마리만으로도 나라 하나를 초토화시켜 버릴 수 있는 존재였다. 거기다 수명은 만 년에 가까워 늙어 죽기를 바라는 것도 요원한 일이었다.

무르히 1세는 가만히 고개를 흔들었다. 그런 존재가 지키고 있는 봉인을 깬다는 것은 애초에 불가능한 일이라 생각했다.

그때 라드나가 황제의 가슴에 답삭 안기며 붉은 입술을 움직였다.

"너무 걱정 마세요, 폐하. 지금 수호자의 명은 얼마 남지 않았다고 합니다. 수호자가 죽으면 그때 가서 봉인을 푸시면 되옵니다."

"그렇습니다, 폐하."

무르히 1세의 표정이 한결 가벼워졌다. 적어도 지상 최강의 존재 드래곤과 쥐어뜯고 싸울 일은 없어졌으니까.

"이제 난 무엇을 하면 되지?"

무리히 1세는 자신의 가슴에 안겨 있는 라드나를 내려다보며 말했다. 그런 황제의 모습에 만족한 표정을 지은 라드나는 하얀 손을 뱀같이 놀리며 황제의 목을 휘감고 코맹맹이 소리를 냈다.

"폐하, 폐하께서 북방으로 가시려고 하신다면 그전에 정리하셔야 할 것들이 있습니다."

"그것이 무엇이지?"

무르히 1세는 건성으로 대답하며 라드나의 몸을 더듬기 바빴다. 그의 눈동자에서는 초점이 살아진 지 오래였다. 그럴수록 라드나는 뼈없는 생물처럼 무르히 1세의 몸에 착착 감겨들며 그의 이성을 마비시켰다.

"폐하께서 움직이시면 다른 나라들이 가만히 있겠어요?"

"그, 그렇지 내가 움직이면 아무래도 다른 나라들이 가만히 있지 않겠지."

그는 한 나라의 황제다. 그가 동토로 가기 위해 움직인다면 대륙의 모든 나라들의 그의 행보를 주시할 것이다. 암행을 한다고 해도 각 나라의 정보 조직은 바보가 아닌 다음에야 그를 놓칠 리 없다. 또한 그의 나라는 남쪽 끝에 있고, 동토는 북쪽 끝에 있다. 그리고 북쪽에는 대제국 가이우스가 버티고 있다.

"폐하, 그들 모두를 쓸어버리세요."

"그게 무슨 말이지?"

"폐하의 앞길을 가로막는 그들 모두를 쓸어버리시란 말씀입니다. 이 대륙을 폐하의 것으로 만드는 겁니다. 대륙 통일 말입니다."

탁하게 풀어져 있던 황제의 눈동자가 일순 알 수 없는 열망으로 타오르기 시작했다. 황제의 왼손에 끼워진 반지까지 붉게 빛났다.

그것은 반지의 주인이 새로운 욕망을 가지기 시작했다는 것을 나타내는 현상이었다.

"폐하, 오직 폐하만이 대륙 통일의 열망을 이룰 수 있사옵니다."

수정으로 만들어놓은 것 같은 투명하고 하얀 손이 황제의 이마를 타고 흘러내린 머리카락을 가만히 쓸어내렸다. 사람의 그것이라고는 생각되지 않을 정도로 차가운 손이었지만, 지금의 황제에게 만큼은 더없이 따스하게 느껴졌다.

황제는 그 차가운 손을 붙잡아 입술로 가져갔다. 마치 소중한 보석을 다루듯 그녀의 차가운 손에 입을 맞추는 황제의 손길은 한없이 부드러웠다. 곧 가이아의 홀을 비추던 마지막 불빛마저 대륙의 운명처럼 한줄기 여운을 남기며 사라져 갔다.

무르히 1세는 아직도 혼란스러운 제국 내부를 빠르게 정비해 나가는 한편, 대대적인 군사 양성에 들어갔다. 그동안 건의되었던 내용들 중 악습이라 생각되는 관습들을 법으로 금지하는 것은 물론, 영주들의 권한 역시 대폭 축소시켜 버렸다.

반대하는 자는 철저하게 짓밟아 버렸으며, 수시로 감독관을 파견해 영주들을 감시하고 부정을 저지른 영주에게는 엄히 죄를 물었다.

서슬 퍼런 황제의 칼날은 거기서 멈추지 않았다.

지난 삼군단 반란의 원인이 되었던 군수품 보급 관련은 물론이고 부정부패가 만연하던 정규군 사령부에 황제의 철퇴가 날아들었다. 물론 군사령부는 강력히 반발했지만 황제의 총희라는 이름으로 더 알려진 위자드 마스터 라드나 후작이 직접 쳐들어오는 데는 속수무책이었다. 혼란을 틈타 군벌을 형성하여 황실에 맞서려 했던 일군단의 총사령관 나우런 백작을 시작으로 정규군 장교 반 이상의 목이 달아났다.

광황.

　귀족들에게 현 황제는 미친놈, 그 이상도 그 이하도 아니었다. 그들은 황제를 싫어하고 시기했지만 감히 대항할 엄두를 내지 못했다. 제국에서는 카논 후작 이외에도 제국의 다른 두 프리미엄 마스터 라칸 후작과 드란 백작이 있었다. 뼛속까지 무인들인 그들은 일찌감치 새로운 황제에게 충성 서약을 한 상태였다.

　세 명의 프리미엄 마스터와 위자드 마스터를 거느린 황제를 어찌해 보겠다고 달려드는 간 큰 귀족은 적어도 제국 내에는 없었다.

　혼란이 극복되자 아스가른 제국의 국력은 급격히 신장되기 시작했다.

　반란으로 사라졌던 삼군단이 황실의 전폭적인 지원을 받으며 새롭게 구성된 것은 물론, 육군단부터 십군단까지 총 다섯 개 군단, 십이만오천의 군대가 새롭게 증설되었다. 기사단의 숫자도 늘어, 페드론 공작의 지휘 아래 일곱 개 기사단이 증원, 기존 다섯 개 기사단을 더해 제국의 기사단은 열두 개 기사단으로 불어나, 그 전력이 이만에 육박했다.

　순식간에 제국의 군사력은 정규군 삼십만에 지방군 십만, 직할군 십만, 영주들의 사병 사십만, 정규기사단 이만, 사설 기사단 칠천이라는 어마어마한 숫자로 불어났다. 물론 아직 훈련이 덜된 병사들이었지만 그 규모만큼은 가이우스 제국과 맞먹을 정도였고, 이대로 군사들의 훈련이 끝나는 삼 년 이내에는 가이우스 제국을 뛰어넘는다는 것이 군사 전문가들의 지배적인 의견이었다.

갑작스러운 제국의 군사력 증강은 제국과 국경을 맞댄 나라들에 비상을 걸었다.

아스가른과 국경을 맞대고 있는 왕국들은 기존에 유지하고 있던 동맹 관계를 더욱 단단히 하는 한편 군사들을 아스가른 제국의 국경 지역으로 이동시켜 무력 시위를 통해 아스가른 제국의 팽창을 견제하려 했다.

하지만 문제는 엉뚱한 곳에서 터졌다.

리오네 왕국을 방문했던 프록시안 왕국의 사자가 살해당하는 사건이 일어나면서 두 나라 사이가 급격히 악화되더니, 급기야 국경 수비대 간의 소소한 충돌이 빌미가 되어 두 나라 사이에 전쟁이 터졌다.

초반 리오네 왕국이 강력한 기병대를 앞세워 프록시안 왕국을 밀어붙였고, 전쟁은 프록시안 왕국의 패전으로 끝나는 듯 보였다. 하지만 프록시안 왕국의 동맹국인 산토스 왕국의 참전으로 전선은 일진일퇴의 지루한 공방전으로 이어졌다.

오대왕국 중 군사 강국에 속하는 리오네 왕국과 산토스, 프록시안 연합군의 싸움은 끝없는 소모전이 되었고, 아스가른 제국은 세 왕국에 군수품을 팔며 막대한 이득을 보는 한편 착실하게 내실을 다져 나갔다.

남부 대륙이 전쟁의 소용돌이에 휩싸여 있는 동안 북부의 가이우스 제국은 잠자는 사자처럼 조용했지만 실상 내부는 전쟁 아닌 전쟁을 치르느라 더없이 어지럽고 시끄러운 상태였다.

그동안 중간에서 중재자 역할을 해오던 칼리어스 공작이 자리를 비운 사이 황제와 귀족들의 본격적인 힘 싸움이 시작된 것이다. 황제를 따르는 관료들과 소수 귀족들은 황제의 권위를 앞세워 명문 귀족들을 찍어 누르려고 했고, 명문 귀족들은 연합을 통해 단결된 힘과 세력으로 이에 맞섰다.

제국을 이끌어 나가야 할 황제와 귀족들이 권력 싸움에 정신이 팔려 있다 보니 제국 곳곳에서 문제가 터져 나왔다.

당연히 아스가른 제국의 팽창이나 남부 대륙의 전쟁 소식은 먼 나라 이야기가 되었다. 당장 눈앞에 불도 못 끄는 판에 저 멀고도 먼 남부의 이야기에 신경을 쓰는 이는 아무도 없었다.

國士無雙

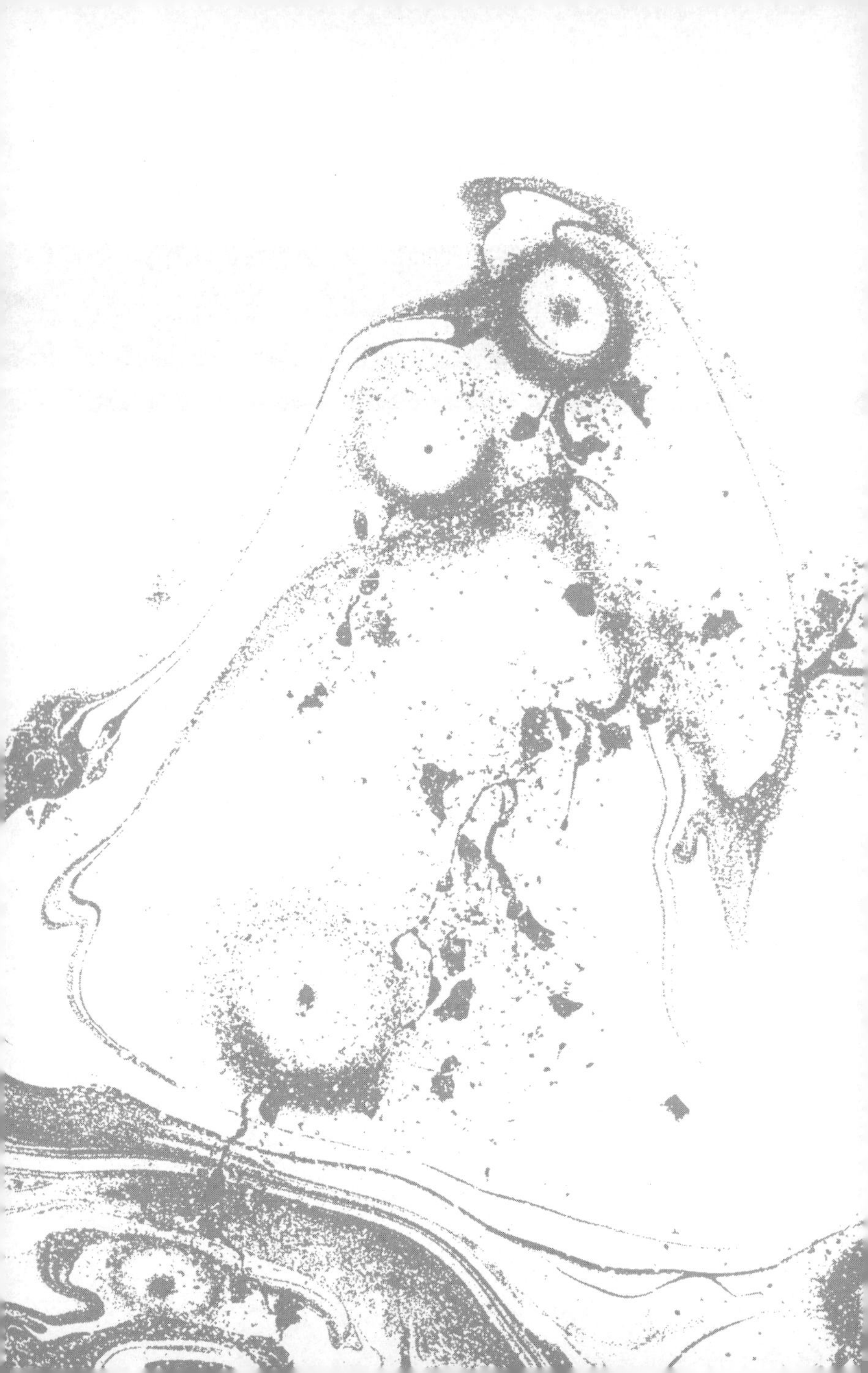

PART 10
크리스라는 이름의 운명, 힘을 키워라!

온통 운무에 싸인 한 치 앞도 내다볼 수 없는 공간.

시간마저 정지해 버린 이곳, 잠시 어리둥절한 표정으로 주위를 둘러본 유찬은 발아래 펼쳐진 깊이를 알 수 없는 호수를 바라보며 한 자 한 자 씹어뱉듯 소리쳤다.

"크.라.레.스!"

이곳은 그가 크라레스를 처음 만났던 곳이었다.

[내가 그렇게도 보고 싶었나?]

공간을 울리며 크라레스의 목소리가 들려왔다.

모든 존재를 공포에 떨게 한다는 드래곤 피어, 하지만 유찬은 '뉘 집 개가 짖어 대냐' 라는 표정으로 인상을 쓰며 소리쳤다.

"죽여 버린다!"

[쩝, 처음부터 알고 있었지만 여전히 버릇이 없군.]

쓸쓸한 표정을 짓고 있을 크라레스의 입맛 다시는 소리가 공간 전체에 울렸다.

"왜 나를 다시 이곳으로 불러들인 거지?"

[뭐 일단 축하부터 하자고. 드래곤 하트의 기운을 일부나마 끌어낸 걸 말이야.]

"아, 덕분에 죽을 뻔했지."

유찬의 표정이 굳어졌다.

온몸을 파고들던 그 검은 기운을 생각하면 아직도 치가 떨릴 지경이었다. 그때 크라레스가 다시 입을 열었다.

[마기를 처음 경험해 보니 어때?]

"마기?"

[마족의 기운이지 내가 싸워야 할 존재의 기운이기도 하고…….]

잠시 아무 말도 하지 않고 있던 유찬이 말했다.

"그, 그럼 그 오크가……."

[그건 아냐! 그 녀석은 일종의 장난감일 뿐이야.]

"그게 무슨 소리지?"

[얼마 전 제법 강한 마기를 가진 녀석이 왔었지. 내 이목을 속이고 정탐하다 곧 다시 사라져 버려서 내버려 뒀는데, 아무래도 그 녀석이 장난을 좀 친 모양이야. 오크로드를 만들어내다니 말이야.]

크라레스는 오크로드에 대해서 자세하게 설명해 주었다.

크라레스의 설명을 듣는 동안 유찬의 얼굴은 시시각각 변했다. 오크로드 하나만으로도 생사를 넘나드는 접전을 벌였는데, 그보다 더한 괴물이 있다고 한다. 생각만 해도 가슴이 울렁거리고 심장이 미친 듯이 요동쳤다.

"하, 하지만 녀석은 프리미엄 마스터……."

[그 녀석은 엄밀히 말하자면 프리미엄 마스터가 아니라 다크 마스터야.]

"다크 마스터?"

크라레스가 한심하다는 말투로 입을 열었다.

[마나와 마기는 그 본질부터가 다르지. 본질부터가 다른데 같은 명칭으로 불릴 수야 없지…마기는 신이 인간에게 허락한 힘이 아니거든.]

마나, 신성력, 정령력 이것들이 태초에 창조주가 인간에게 허락한 힘이었다.

이중 마나를 바탕으로 각고의 수련을 통해 프리미엄 마스터와 위자드 마스터들이 탄생했고, 신성력을 바탕으로 해서는 신성기사 크루세이더와 성녀가 정령력으로는 정령사가 나타났다.

하나 강해지고 싶어하는 인간의 욕망은 신이 허락하지 않은 힘까지도 손대게 만들었다.

그 대표적인 것이 바로 마족의 힘인 마기다.

마기는 특별한 수련 없이 주입받는 것만으로도 프리미엄 마스터와 같은 위력을 가질 수 있게 해준다. 일명 다크 마스터라 불리는 단계다. 하지만 다크 마스터의 단계에는 문제가 있다. 주입받은 마기를 통제하지 못하면 욕망과 질투 같은 음차원의 에너지를 먹고 성장한 마기가 결국에는 폭주해 버린다는 것이다.

[너도 엄밀히 따지자면 프리미엄 마스터가 아니라 카이저라 불러야 하겠지.]

"카이저?"

[인간과 드래곤을 이어주는 중재자, 조절자 역할을 했던 이들이지. 시간의 흐름 속에 잊혀져 버린 이름이기도 하고 말이야.]

창세 전쟁이 끝난 뒤, 약 천 년에 걸쳐 드래곤이 신의 의지를 이어받아 인간사에 직접적으로 관여하던 시기가 있었다.

황금과 드래곤의 시대.

이 시대에 드래곤들은 자신의 힘 일부를 몇몇 선택된 인간들에게 나누어주었는데, 이들은 드래곤과 인간들 사이를 조율하는 조율자로서 카이저라 불렸다.

하지만 유찬은 그때의 카이저들과는 많은 부분 달랐다.

그때의 카이저들이 드래곤의 기운 일부를 부여받아 사용했던 반면 유찬은 드래곤 하트를 통째로 영혼에 심어 드래곤의 기운을 고스란히 가지고 있었다.

[카이저들은 프리미엄 마스터와 동급의 실력을 가졌었지. 하지만 다크 마스터 역시 프리미엄 마스터와 비슷한 실력을 가지고 있단 말이야. 그런데 그런 녀석을 만들어내는 존재가 있다니 놀랍지 않아?]

유찬은 아무 대답 없이 가만히 크라레스의 말을 경청하고 있었다. 그 모습이 재미없던지 목소리를 음침하게 깐 크라레스가 유찬을 내려다보며 기분 나쁜 미소를 지었다.

"지금의 난 죽었다 깨어나도 그놈들을 못 이기겠군."

[그럼, 그럼… 엥? 이봐 너무 쉽게 인정하는 거 아냐?]

"인정할 건 인정해야지."

자신보다 강한 상대를 향해 무모하게 달려드는 것은 하수나 하는 짓이다. 불굴의 용기니 뭐니 떠들어대지만 유찬이 보기에 그것은 한마디로 '죽고 싶어하는 지랄'이었다. 뭐 막판까지 몰리면 쥐도 고양이를 문다고, 미친개처럼 달려들어 닥치는 대로 물어뜯을 수도 있겠지만 그건 어디까지나 막판까지 몰렸을 때의 이야기다.

싸움에서 이기기 위해선 상대의 강함을 인정하고 물러날 줄 알아야 한다. 자존심도 뭣도 아닌 만용을 부리다 죽으면, 그건 정말 개죽음이다.

[너도 드래곤 하트의 기운을 각성시켰으니 앞으로는 더 강해질 테니까 그 문제는 일단 접어두기로 하고. 오늘 내가 너를 이곳으로 부른 이유는 경고를 하기 위함이야.]

"경고라니?"

[어둠의 힘이 점점 강해지고 있어. 하지만 너의 힘은 여전히 미약하지.]

"그건 좀 전에 한 이야기 아닌가?"

[그게 아니야. 단순히 강함만이 아니야. 어둠을 중심으로 어리석은 인간들이 몰려들고 있어. 빛과 어둠조차 구분 못하는

불쌍한 축생들이 말이야. 어둠은 점점 자신의 세력을 늘려 나가고 있는데 너는 그 어둠을 감당할 힘을 키우지 않고 있어.]

"나는 강해질⋯⋯."

[혼자서 강해져서는 안 돼!]

크라레스가 신경질적으로 소리쳤다.

"그건 왜지?"

유찬이 물었다.

[말했잖아? 세력을 모으고 있다고 세력의 뜻을 모르는 것은 아니겠지?]

"나도 세력을⋯⋯."

[나름대로 세력을 가지고 있으시다? 설마 밑에 있는 동네 양아치 군단? 그 녀석들 가지고 뭘 할 건데?]

마치 모든 것을 다 알고 있다는 양 쏘아붙이는 크라레스의 말에 유찬은 할 말을 잃었다. 확실히 그가 거느린 조직은 삼류 양아치 건달들이 대부분이었다.

"그걸 어떻게 알지?"

[이봐, 난 드래곤이야. 비록 내 육신과 영혼은 맹약에 따라 동토에 묶여 있지만 적어도 나에 의해 선택된 존재가 무엇을 하고 있는지 정도는 알 수 있어.]

드래곤이라는 거, 단순히 빌어먹을 비만 도마뱀은 아니었나 보다. 앉아서 천 리를 보니 말이다. 잠시 크라레스를 비만 도마뱀에서 무당 도마뱀으로 승격시킨 유찬은 내심 빠르게 염두를 굴렸다.

'이건 아무리 생각해도 불공정 거래야.'

몇 번을 생각해도 당했다는 생각을 지울 수가 없었다. 멋대로 살려놓은 것은 그렇다 치자. 덕분에 파멸의 존재인지 뭔지와 싸워야 하는 것도 운명이려니 하고 받아들이자. 그런데 점점 스케일이 커져 가는 건 뭐란 말인가?

파멸의 존재와 그의 일 대 일 맞짱은 고사하고 파멸의 존재와 연관된 어떤 때려 죽일 새끼가 만들어낸 장난감이 대군을 몰고 와 죽을 고비를 넘겼다. 장난감이 이 정도인데, 만약 원흉과 만나게 된다면…….

백만 대군!

대륙전쟁!

뭐 이런 상상하기도 싫은 초거대 초호화 스케일도 꿈은 아니라는 이야기가 된다. 별로 현실로 이루어지기를 발하는 꿈은 아니지만…….

"이제 내가 어떻게 해야 하는 거지?"

[너의 힘이 되어줄 이들을 모아야겠지. 이왕이면 강자들이 좋을 거야.]

강자들을 모은다는 것은 말처럼 쉬운 일이 아니었다.

마족과 싸울 수 있는 강자들의 숫자는 극히 한정적일 뿐만 아니라 운이 좋게 그들을 만난다 해도 그들이 유찬을 도와줄지는 미지수였다. 창세 전쟁이나 파멸의 존재에 대해 들먹거렸다가는 막말로 미친놈 소리나 듣지 않는다면 다행이었다.

유찬은 장고(長考)에 빠져들었다. 크라레스마저 입을 다물자 사위는 숨 막히는 침묵에 휩싸였다.

얼마나 시간이 지났을까?

공간 전체가 한순간 파공치기 시작했다.

[이런, 시간이 다된 모양이군, 이제 그만 헤어져야겠어.]

공간의 흔들림이 더욱 심해지자 크라레스가 다급하게 말을 이었다.

[이봐, 카이저 위에는 카이저 마스터라는 게 있어. 네가 혹시라도 카이저 마스터가 된다면…….]

크라레스는 끝내 말을 다 잇지 못했고, 그가 사라짐과 함께 공간은 서서히 흐려지다가 빛살처럼 부서져 내렸다. 공간이 부서짐과 동시에 강렬한 빛이 동공을 파고들었다. 눈이 점점 빛에 익숙해지면서 하나둘 그를 내려다보고 있는 얼굴들이 보였다.

"이제 좀 정신이 드십니까?"

"아저씨 괜찮아요?"

"무사하셔서서 다행입니다."

월월~!

이오스와 에레나, 그리고 루나와 네헤른 자작, 워리…….

유찬은 대답 대신 자신의 손을 축축하게 만든 범인이 분명한 워리의 머리를 가만히 쓰다듬었다.

*　　　*　　　*

오크군의 침공으로 초토화된 북부 영지들의 사정은 말이 아니었다.

십여 곳의 성이 폐허로 변했고, 불타고 없어진 마을은 계산이 불가능할 정도로 많았다. 하지만 그 소식들을 잠재울 만한 엄청난 소식 하나가 제국 전역을 들끓게 만들었다.

—새로운 프리미엄 마스터의 등장!

마나의 영광, 프리미엄 마스터는 위자드 마스터와 함께 한 나라의 국력을 상징하는 존재이기도 했다. 프리미엄 마스터나 위자드 마스터는 그 존재만으로도 적들에게는 공포를, 아군에는 승리에 대한 믿음을 주기 때문이다.

제국의 많은 이들이 새로 등장한 프리미엄 마스터를 주목했다.

하지만 어느 누구도 직접적으로 움직이는 이는 없었다. 그것은 새로운 프리미엄 마스터가 나타난 곳이 다른 이도 아닌 칼리어스 공작의 영역이기 때문이었다.

"몸은 좀 괜찮은가?"

"사돈 남 말할 처지는 아닌 것 같습니다. 괜찮으신 겁니까? 누가 보면 공작님께서 앓아누웠는지 알겠습니다."

정신을 차린 지 이틀만에 대면한 칼리어스 공작의 얼굴은 말이 아니었다. 안 그래도 말라 보이던 얼굴은 살이 더 빠져 해골과 살가죽이 거의 상접한 지경이었고, 눈 밑에는 어릿광대의 그것처럼 짙은 음영이 드리워져 있었다. 당장 관 짜고 드러누워도 이상할 것 없어 보이는 몰골로 안부를 물어오니 기가 차는 건 유찬이었다.

"도대체 몰골이 그게 뭡니까?"

"허허허, 이 늙은이를 걱정해 주는 건가?"

"걱정 안 하게 생겼습니까? 사람 몰골이 아니십니다."

"내 면전에 대고 그런 소리를 할 수 있는 사람은 천하에 자네밖에 없을 걸세. 말이 말이지만 요즘 죽겠어……."

칼리어스 공작은 눈코 뜰 새 없이 바빴다.

성과 마을의 정확한 피해를 조사하는 일에서부터 난민들의 수용 문제까지 하루 24시간이 모자랄 정도였다.

"서론이 너무 길군요. 본론으로 들어가시죠."

유찬은 마치 다 알고 있다는 듯한 표정으로 공작을 바라보았다. 멋쩍은 표정으로 잠시 유찬을 바라보던 공작이 어렵게 입을 열었다.

"자네에게 부탁이 있네."

"뭡니까?"

"염치없지만 자네가 피난민들을 통제 좀 해줘야겠어. 자네 밑에 사람이 많으니 그리 어려운 일은 아닐 거야."

유찬이 뭐라 말하기 전에 이오스가 펄쩍 뛰며 볼멘소리를 했다.

"각하, 저희 조직은 이번 전투로 많은 피해를 입었습니다. 그런데 이제 난민 통제를 하라니요. 통제는 고사하고 지금은 저희가 난민입니다."

속사정이야 어찌 되었든 조직의 지금 상황은 이오스가 죽는 소리를 할 만큼 좋지 못했다.

전투에 참여했던 조직원 대부분이 죽거나 부상당했고, 수일째 영업장들이 쉬는 바람에 누가 봐도 자금의 압박을 받는 듯했다. 물론 겉보기에만······.

"나도 잘 알고 있네."

"알고 계시다는 분이 그런 말씀을 하십니까?"

"이놈, 이분이 누구신데 어디서 말을 막 하느냐!"

공작의 뒤에 시립해 있던 말틴 남작이 이오스를 향해 고함을 치며 앞으로 나섰다. 그의 오른손은 어느새 검의 손잡이를 잡아가고 있었다. 하지만 이오스는 한 치의 물러섬도 없이 맞섰다.

"내말이 틀렸으면 그 검으로 목을 치십시오. 하지만 이대로 조직을 움직일 수는 없습니다."

"이놈이!"

"그만하게!"

가만히 입을 다물고 있던 칼리어스 공작이 손을 들어 말틴 남작을 막았다.

"자네들의 사정은 이미 알고 있네. 그래서 자네가 원하는 것이라면 내 재량이 허락하는 한에서 무엇이든 들어주겠네."

침묵으로 일관하던 유찬이 말했다.

"무엇이든이라고 하셨습니다?"

"물론일세. 자네가 원한다면 귀족 자리도 줄 수 있네."

마치 큰 인심 쓰듯 말했지만 프리미엄 마스터로 알려진 유찬이 마음만 먹는다면 귀족 자리 하나쯤 차지하는 건 어려운 일도 아니었다.

"제가 원하는 것은……."

"……."

"북부의 모든 도시의 조직들을 통설할 수 있는 권한과 조직의 사병을 양성할 수 있는 장소를 마련해 주십시오."

"흐음……."

칼리어스 공작은 의외라는 표정을 지었다.

내심 영지나 귀족의 자리를 원할 줄 알았는데 너무 간단한 것들이었다. 어차피 밤거리는 조직들이 지배한다. 그곳을 한 사람이 관리한다고 해서 크게 달라지는 바는 없었다. 사병을 대규모로 양성할 수 있는 장소라면 조금 걸리는 것이 있기는 했지만 공작의 재량이라면 어려운 것도 아니었다. 오크의 침공으로 폐허가 되어버린 마을들 중 적당한 곳을 골라내 주면 그만이다.

생각해 보면 별것도 없었다. 공작은 선선히 고개를 끄덕였다.

"자네가 원한다면 그 정도야 당연히 들어줘야지!"

"또한, 조직의 재정이 말이 아닙니다. 일반 조직원들의 생활은 난민이나 다를 것 없습니다."

"재정 지원은 확실히 하겠네."

"무기도 필요합니다."

아쉽다는 표정을 짓고 있던 이오스가 냉큼 나섰다. 이 또한 칼리어스 공작은 흔쾌히 허락한 뒤 행여 유찬의 마음이 변할까 서둘러 저택으로 돌아갔다.

"보스, 너무 적은 것을 요구하신 거 아닙니까?"

칼리어스 공작이 돌아가자 무섭게 이오스가 물었다. 하지만 유찬은 고개를 가로저었다. 어차피 털어봐야 더 나올 것도 없는 북부였다. 귀족 자리를 받는다고 해도 득은 하나도 없고 실만 잔뜩 있었다.

조금 아쉬운 건 영지인데, 장기적으로는 어떨지 몰라도 지금 북부 영지들은 폐허나 다름없다. 그걸 복구하려면 등골이 휠 것이 뻔했다. 그러니 깡통 계좌나 다름없는 영지, 줘도 안 가진다는 게 유찬의 생각이었다.

"우리가 그렇게 어려운 건 아니잖아? 이래서 살림은 여자가 해야 하나 봐."

"저를 부엌데기 취급하시는군요."

피난민들이 몰려들던 시기 에레나는 조직의 자금을 있는 대로 끌어 모으는 한편, 지출을 줄였다. 물론 피난 준비의 일환으로 이루어진 일이었지만 지금은 그렇게 모아놓은 자금이 조직을 유지하는 중요한 재원이 되었다.

덕분에 조직원들은 풍족하지는 않지만 그래도 입에 풀칠은 하고 있었다.

"그나저나 조직원을 양성하신다는데 어디다 쓰실 겁니까?"

"조직원을 양성하는 게 아니야."

"그럼… 어째신을 양성하시려는 겁니까?"

뒷골목 정통파답게 이오스가 어째신 길드를 생각해 냈다. 뒷골목의 최대 수입 중 하나가 바로 도둑질이다. 특히 도둑질 중에서도 가장 이문이 많이 남는 도둑질이 바로 사람 목숨을 도둑질하는 것이다. 거대한 도시를 장악한 뒷골목 조직들은 온갖 이권 사업에 뛰어드는데, 그중 가장 대표적인 예가 바로 어쌔신을 양성하여 사람 목숨을 훔치는 일이다. 어쌔신들을 보유하게 되는 순간 그 조직의 무력은 수배로 올라가기 때문에 재정적 안정만 이루어진다면 조직들은 백이면 백 어쌔신을 양성했다.

하지만 유찬은 한심하다는 표정으로 고개를 가로저었다.

"그럼 뭘 육성하실 겁니까?"

에레나의 물음에 잠시 뜸을 들인 유찬이 묘한 미소를 지으며 자랑스럽게 말했다.

"특전사."

크라레스는 다가오는 위험에 대비하기 위해 그에게 강한 동료들을 만들 것을 주문했지만 유찬이 생각해 낸 방법은 강력한 군대를 만드는 것이었고, 그 조건에 부합되는 존재가 바로 특전사였다.

"특전사가 뭐 하는 뎁니까?"

"특전사라니요?"

그들은 고개를 갸웃거리며 유찬을 바라보았다.

"어쌔신보다 은밀하고, 기사보다 검을 잘 쓰고, 궁병보다 화살을 잘 쏘고, 기병보다 말을 잘 타고 창병보다 창을 잘 던지며, 어떤 지형, 어떤 형태의 곳에서라도 활동할 수 있는 최강의 전사들이지……."

"그, 그런 군대가……."

"도대체 어떤 군대이기에……."

그들은 도저히 믿을 수 없다는 표정으로 유찬을 바라보았다. 유찬의 말대로라면 그가 만들려는 군대는 천하무적이었다. 하지만 그런 군대가 있을 리가 없었다.

"못 믿겠다는 눈치로군."

"당연한 거 아닙니까?"

"하지만 가능한 일이야. 얼마든지."

유찬은 그들의 생각을 충분히 이해했다. 그들이 살아가고 있는 이곳과 유찬이 알고 있는 전생의 세계는 모든 것이 달랐다. 문화는 말할 것도 없거니와 살아가는 방식이나 가치관까지도 말이다.

'역시 신분제라는 건 인류 최악의 악습이로군.'

신분의 한계나 삶의 차이가 이들의 발전을 더디게 하고 이들이 나아야 할 길을 가로막는다. 예를 들어 이들은 기사는 선택된 몇몇 사람만 될 수 있는 것으로 알고 있고, 그것을 당연하게 생각한다. 하지만 유찬은 다르다. 유찬은 실력과 능력만 된다면 얼마든지 기사가 될 수 있다고 생각한다.

특전사도 마찬가지다.

전투의 프로페셔널인 특전사가 특별하게 선택된 인물들이 있던가?

지원병이 월등히 많은 부대이기는 하지만 사회에서 그들은 조금 신체 조건이 좋은 사람들에 불과하다. 그런 그들이 훈련과 교육을 통해 최강의 특수부대 특전사로 거듭나는 것이다.

유찬은 이곳의 사람들도 얼마든지 훈련과 교육을 통해 특전사 못지않은 전투력을 가질 수 있다고 생각하고 있었다.

"보스, 저는 도저히 불가능한 일이라고 생각합니다."

현존하는 어떤 군대도 유찬이 말하는 능력을 가지지 못했다. 물론 온갖 방면에서 다재다능한 사람이 없는 것은 아니었다.

당장 눈앞에도 한 명 있으니까.

하지만 그런 이들이 한두 명도 아니고 군대라 부를 수 있는 최소 단위인 백 명 이상 된다는 것은 그들로서는 상상도 할 수 없는 일이었다.

"후후후, 그럴까? 왜 해보기도 전에 못한다고 생각하는 거지?"

유찬의 언성이 약간 높아졌다.

"이오스, 너 태어날 때 뭐 가지고 태어났냐?"

"네?"

이오스의 시선이 자신의 아랫도리로 향했다. 굳이 가지고 태어나는 것이라면 종족 번식의 막중한 사명을 띠고… 물론 그와 동시에 바퀴벌레 보는 듯 징그러운 시선이 그의 등줄기를 타고 퍼져 갔다.

"뭐 자랑스러운 게 있다고 봐요? 우리 애들이 그러던데 토끼라면서요."

"크흠."

자고로 성인 남녀 불문하고 가장 싫어하는 동물 중 하나가 바로 토끼이다. 넣다 뺐다 오 초라는 극악한 정력을 가진 이

동물을 누가 좋아하리요. 시대 불문, 힘 쎄고 오래가는 에너자이저가 대세인지라, 아무것도 마신 것 없음에도 연신 헛기침을 하는 걸로 어떻게는 이 상황을 넘어가고픈 이오스의 마음을 아는지 모르는지, 그 가슴에 못질하는 소리가 날아들었다.

"쯧쯧."

단순히 혀 차는 소리가 아니다.

비웃음과 동정심, 그리고 한심함과 안타까움이 오묘하게 배합된 수많은 의미를 내포한 혀 차는 소리가 그의 어깨를 무겁게 내리눌렀다. 거기다 저 눈빛은, 꼭 '너 잘 안 서냐?' 라고 묻는 것만 같았다.

"잡설은 그만 접고, 본론으로 다시 돌아가서 속된 말로 기사나 건달이나 태어날 때는 불알 두 짝뿐이라는 거거든 그런데 누구는 기사가 되고 누구는 건달이 되지. 그 이유는……."

잠시 말을 끊었던 유찬이 에레나를 바라보며 말했다.

"그건 태어난 순간 주어지는 환경 때문이지……."

귀족과 건달의 아이는 태어난 순간부터 대우가 다르다.

귀족은 좋은 환경 속에서 자라고 때가 되면 명가의 검술과 스승을 얻어 기사가 되기 위한 교육을 받는다. 기사가 되기 위한 과정은 이미 준비되어 있고, 그 길을 밟고 올라가기만 하면 되는 것이다.

모든 것이 갖춰져 있다면 못할 것은 없다. 지금까지 평민들이 기사나 마법사가 될 수 없었던 가장 큰 이유가 바로 여기에 있다.

"우리는 그런 군대가 양성될 만한 환경을 제공해 주면 되는 거야."

"하지만 그런 훈련을 누가 받으려 할까요?"

"다 생각이 있지……."

그는 품속에서 1골드짜리 금화 하나를 꺼내 보였다.

'자고로 돈이면 귀신도 부린다 했지.'

지금 북부는 피폐할 대로 피폐한 상황, 피난민 중에는 단돈 1골드만 준다면 목숨을 내놓을 이들도 적지 않다. 그것이 단순한 물욕이라도 상관없다. 험하게 굴려서 기르고 뽑아내면 그만이다.

"지금부터 꽤나 바빠질 테니 최대한 빨리 조직을 정비해야겠어. 이오스와 에레나, 지금부터 해야 할 일들을 설명해 줄 테니 최대한 빨리 일을 끝내줘."

"휴… 별수없지요."

"알겠습니다, 보스."

유찬은 이오스에게 은거한 이들로 쓸 만한 실력을 가진 이들을 찾아보라 지시했다. 조직이 운용하고 있는 정보 조직을 이용하면 그리 어려운 일도 아니었다.

오크와의 전쟁 통에 극도로 혼란스러워진 조직 내부의 정비는 에레나가 전담했다.

파벌이 형성되어 있는 기존 삼대조직의 조직원들을 하나로 묶기 위해서는 데스에더라는 이름을 버리고 새로운 조직의 이름을 정하는 것이 우선 과제로 떠올랐다.

라이언 울프.

유찬이 멋대로 워리라는 이름을 붙이려던 것을 두 사람이 뜯어말려 조직 이름은 라이언 울프가 되었고, 조직의 표식은 노려보는 늑대로 바뀌었다.

하지만 그 외에도 부서지거나 휴업 중인 사업장의 정상화와 조직원들의 모집, 이번 전쟁으로 부상당하거나 사망한 조직원들의 처리와 칼리어스 공작으로부터 합법적으로 허가받은 북부 전 영지로의 조직 확대, 그리고 각 영지마다 존재하는 기존 조직들의 처리 등 수 많은 일들이 산재해 있었다.

밤새도록 회의를 한 끝에 몇 가지 큰 계획의 틀을 잡을 수 있었다.

"그, 그럼 저는 이만……."

새벽부터 졸기 시작한 이오스가 항복을 선언하고 나가자 에레나 역시 자리에서 일어났다.

"혹시나 해서 말씀드리는 건데, 기사와 같은 검을 쓸 수 있는 군대를 만들기 위해서는 명문가의 전통 검술이 필요합니다."

"물론, 알고 있어."

"명가의 검술은 그리 쉽게 얻을 수 있는 게 아닙니다. 아무리 칼리어스 공작님이라고 해도 검술만큼은 내어주시지 않을 겁니다."

"걱정 말라니까 그러네."

"그럼 그렇게 알고 가겠습니다."

검으로 유명한 귀족 가문들에서 대대로 내려오는 가전 검술을 가리켜 명가의 검술이라 한다. 적게는 수십 년에서 길게는 수백 년에 이르는 시간 동안 수많은 실전과 수련을 통해 계승 발전된 명가의 검술들은 하나같이 뛰어난 것들이었다.

그들의 검술을 뛰어넘을 수 없는 한 완벽한 특전사의 탄생은 불가능했다. 하지만 유찬에게는 나름대로 생각이 있었다.

'무예도보통지, 우연히 읽어둔 게 이런 곳에서 도움이 될 줄이야.'

그는 대학에서 동북아 전쟁사를 전공했었고, 그 덕에 수많은 민족 무예에 대해서도 알고 있었다.

무예도보통지.

총 네 권으로 이루어진 무예도보통지에서 유찬이 필요한 것은 바로 2권과 3권의 쌍수도, 예도, 왜검, 제독검, 본국검 등이었다.

물론 중요한 알맹이가 빠졌다는 소리를 듣는 검술이기는 했지만, 이곳 기사들의 실력을 이미 격어본 유찬은 그 정도로도 충분하다는 결론을 내렸다. 이 검술을 제대로 익혀내기만 한다면 기사들이 익히고 있는 명가의 검술을 압도할 수 있었다.

하지만 그로서 모든 문제가 끝나는 것은 아니다.

당장 명가의 검술을 뛰어넘는 검술이 있다고 해도 펼칠 수 있는 검이 없다면 검술은 무용지물이 된다.

이곳의 검들은 강한 힘을 바탕으로 하는 패도적인 검술에 맞춰 발달해 왔기 때문에 검의 날카로움보다는 검의 단단함과 무게에 그 비중을 두고 적을 베거나 찌르는 것이 아닌 통째로 깨부시는 용도로 만들어졌다. 레이피어 같은 가벼운 검들은 찌르기 일변도의 검들로 본국검법 같은 상승의 검술을 펼치기에는 무리가 있었다.

얇으면서도 잘 부러지지 않는, 그러면서도 쇳덩이나 다름없는 이곳의 검들을 충분히 상대할 강하고 날카로운 단조 도검이 절실히 필요했다.

또한 특전사의 교육을 위해서는 각 방면에서 유찬을 대신해 줄 유능한 조교들도 있어야 했다.

"병기 문제가 가장 급선무인가?"

전쟁에서 승리하기 위한 요소 중 가장 빼놓을 수 없는 요소 중 하나가 신병기다.

신병기는 전쟁의 향방을 바꾼다.

적에게 아무리 뛰어난 기병대와 수십만의 보병을 보유하고 있어도 이쪽에 탱크가 있다면 전쟁은 해보나마나다. 일당백의 전사라도 탱크가 수십 톤의 무게로 깔아뭉개고 지나가는 대서야 답이 없게 마련이다.

임진년에도 그랬다.

그 좋다는 맥궁으로 무장한 조선의 군대가 왜군의 조총 앞에 추풍낙엽처럼 무너져 내리지 않았던가?

뛰어난 무력, 강철과 같은 정신, 그리고 적을 압도하는 무기.

이 모든 것이 갖춰져야만 진정한 특전사가 이 대륙에서 부활하는 것이다.

"보아라. 장한 모습 검은……."

피곤한 몸을 의자에 묻은 유찬의 입술 사이로 작지만 뜨거운 노랫소리가 흘러나왔다.

조직은 예상했던 것보다 빠르게 안정을 찾아갔다.

칼리어스 공작은 약속한 다음날 집사를 지켜 지원금을 보내왔고, 덕분에 지금까지 눈치를 보며 동결해 놓았던 자금을 적당히 풀어 조직원들을 추스를 수 있었다. 이오스가 유찬의 명령을 수행하기 위해 북부 영지들을 돌아다니는 사이 안살림을 떠맡은 에레나는 풍운의 마담이라는 별명에 걸맞게 북부의 암흑가를 휩쓸어 버렸다.

그녀는 엄청난 추진력을 가지고 조직을 움직였다.

복종하지 않으면 쓸어버린다. 그녀는 철저하고 잔인하게 반항하는 조직들을 정복해 나갔다. 그러면서도 깔끔한 뒷정리를 해 뒤탈이 없었다.

삭초제근. 화가 될 싹은 그 뿌리부터 뽑아버린다.

그것이 에레나의 법칙이었다. 그 과감한 일 처리에 너도나도 혀를 내두르지 않을 수 없었다. 그리고 며칠 후 라이언 울프로 이름을 바꾼 조직의 건물들마다 벽보가 나붙었다.

십오 세 이상 삼십 세 이하 신체 건강한 남성 모집.

일정한 테스트를 통해 1차 합격하신 분께는 5골드의 포상이 주어지며 석 달간 훈련 과정을 거쳐 2차 테스트를 통과하신 분께는 매달 10골드의 월급이 지급됨. 신체 조건은 신장 180㎝ 이상, 체

중 60kg 이상 되면 누구든지 지원이 가능함.

단, 훈련은 매우 힘듦.

석 달간의 훈련 과정 동안 매달 5골드씩의 돈이 지원되며, 만약 훈련에서 떨어지더라도 위로금 5골드가 지원됨.

이 벽보로 인해 북부 전체가 요동을 쳤다.

사인 가족 한 달 생활비가 평균 2골드이고, 영주들의 사병이 받는 월급이 한 달에 3골드인 걸 감안하면 이 벽보에 적인 내용은 파격 그 자체였다.

테스트만 통과해도 5골드를 주고 훈련 기간 동안 총 15골드를 준다. 거기다 떨어져도 5골드가 나오며, 운이 좋아 훈련에 합격한다면 매달 10골드라는 거금을 손에 쥘 수 있다.

벽보가 붙자마자 조직의 사무실은 밀어닥친 지원자들로 인해 인산인해를 이루었다.

"이봐, 나도 테스트를 받을 수 있겠나?"

"아니, 어르신 연세가 몇인데 테스트를 받으신단 말입니까?"

"아저씨, 테스트 받으려면 어디로 가야 하죠?"

"꼬마야, 여기는 너 같은 애가 올 곳이 아니다 어서 돌아가거라!"

각 분야 10점 만점으로 이루어진 테스트는 윗몸일으키기 1분 내 64회 이상 10점 만점, 사냥 나르기 40kg을 18초 이내 1m 이동시키면 만점, 100m 달리기 12초 안에 주파하면 만점, 장거리 뛰기 2,000m를 6분 안에 주파하면 만점, 제자리멀리뛰기 280cm이

상이면 만점, 턱걸이 30회 이상이면 만점이 주어져, 총 70점 만점
으로 50점 이상의 점수를 얻어야 1차 테스트에 통과할 수 있었
다.

대부분 경찰 특공대 체력 시험 수준의 테스트였기에 탈락자
가 속출했고, 열 명 중 합격 점수를 받은 이는 한두 명에 불과
했다.

"헉, 헉 주, 죽겠다."

"이건 사, 사람이 하, 할 짓이 아니야."

엄청난 난이도의 테스트 앞에 처음 지원했던 이들은 대부분
떨어졌지만 테스트는 중복 지원이 가능했으며, 테스트는 총
이 개월에 걸쳐 이루어졌기에 떨어진 이들 대부분이 테스트에
재도전했다.

게다가 어디에서 흘러나온 것인지, 이번에 인원을 모집하는
것이 조직이 아닌 프리미엄 마스터라는 소문이 퍼지면서 지원
자의 숫자는 줄어들 기미를 보이지 않았다.

칼리어스 공작으로부터 보른 성 인근의 마을 하나와 그 일
대를 인계받은 유찬은 테스트에 합격한 이들을 마을로 불러들
이는 한편, 이오스가 가져온 자료를 토대로 인재를 찾기 위해
북부 전역을 돌아다녔다.

그렇게 모든 일이 순풍에 돛단 듯 순조롭게 진행되는 가운
데 그해 겨울이 가고 있었다.

國士無雙

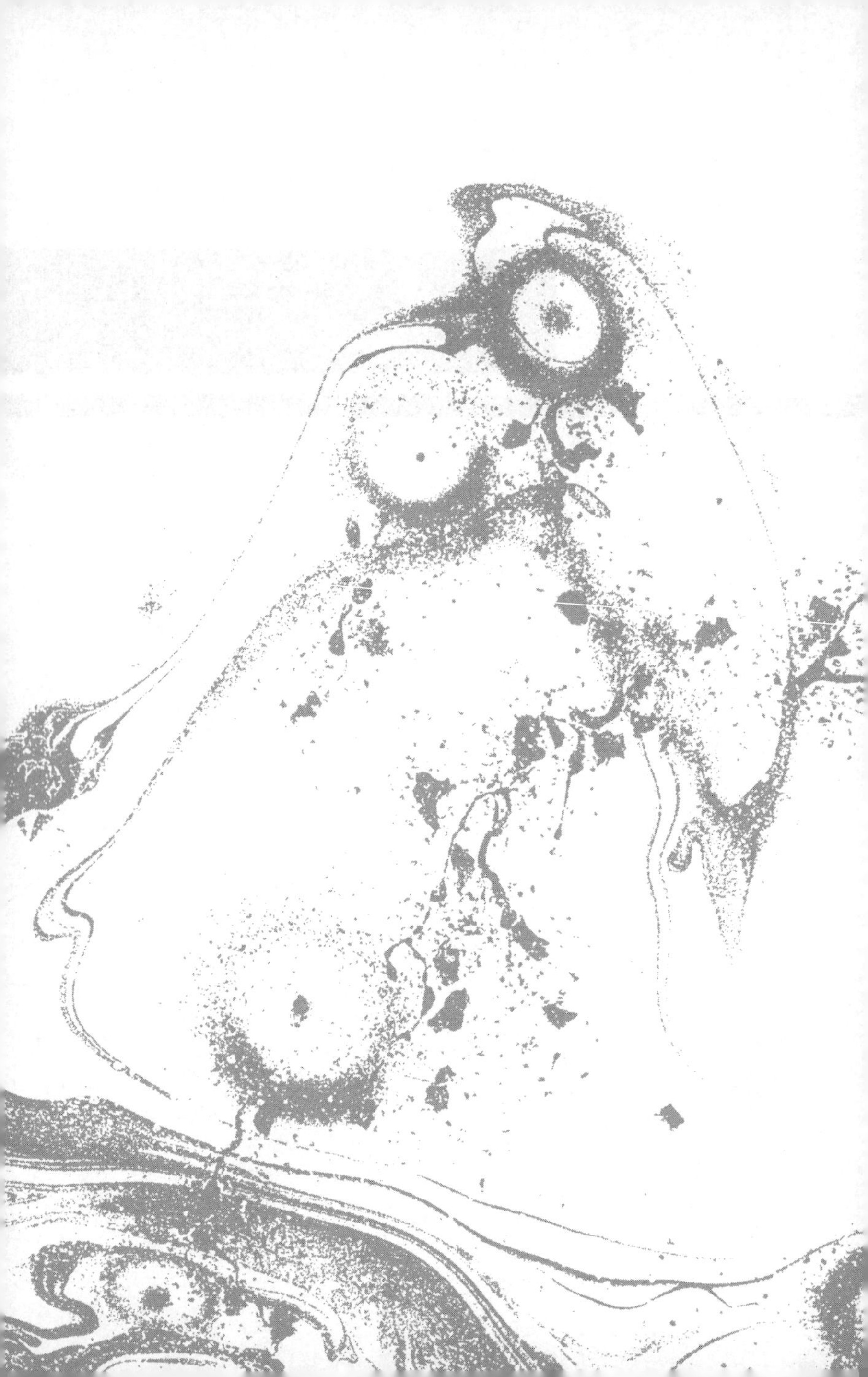

PART 11
복불복. 오면 좋고, 안 오면 말고…….

　멀리서도 후끈한 열기가 느껴지는 대장간 안으로 들어선 유 찬은 바닥에 아무렇게 굴러다니는 녹슨 단검 하나를 주워 들고는 고개를 끄덕였다. 여기저기 널린 건 비단 단검뿐만 아니었다. 수많은 농기구, 각종 병장기 등 온갖 철물들이 아무렇게나 널려 있어 작은 산을 방불케했다. 개중에는 이미 녹이 슬어 더 이상 철로서 구실을 할 수 없는 것도 있었다.

　얼마나 보수를 하지 않았는지 다 쓰러져 가는 건물은 폐가와 다를 것이 없었다.

　쾅, 쫘앙!

　좀 더 안으로 들어서자 요란한 망치 소리가 들려왔다.

　대장간의 한쪽 구석, 웃통을 벗어부친 노인이 시뻘겋게 달

아오른 쇳덩이를 두들기고 있었다. 한쪽에 거대한 용광로(鎔
鑛爐)에서는 뜨거운 열기가 훅훅 뿜어져 나오고 있었고, 용광
로의 밑에는 무서운 불길이 이글거리며 용광로 안의 쇠를 녹
여대고 있었다.

그 열기가 얼마나 대단한지 유찬을 따라오던 이오스가 저도
모르게 한 발짝 물러날 정도였다. 다가서는 것만으로도 땀이
줄줄 흘러내릴 것 같은 열기에도 불구하고 유찬은 성큼성큼
노인에게 다가가 그 앞에 죽치고 앉았다.

따아, 땅!

바로 앞에 유찬이 앉아 있음에도 노인은 고개조차 들지 않
았다. 대신 요란한 망치 소리가 귀청을 찢을 듯이 울려 퍼질
뿐이었다.

"피 냄새가 나는구나, 휘이~!"

따앙땅~!

여전히 쇠 두들기기를 멈추지 않은 노인이 입을 열었다.

"피 냄새 나는 놈은 받지 않는다. 어서 가거라!"

"가기야 가겠지만 기왕이면 노인장과 같이 가야겠소."

망치질을 멈춘 노인이 고개를 들어 유찬을 바라보며 웃었
다.

"별 미친놈 다 보겠구나."

"그렇습니다. 저는 미친놈입니다. 그런데 말입니다. 내가
아무리 미친놈이라고 해도 있을지 없을지도 모르는 가볍고 강
한 검, 그 검을 만들기 위해 자식도 아내도 다 떠나보내고 혼자

서 쇳덩이를 끌어안고 있는 노인장보다 더 하겠소."

　노인의 표정이 묘하게 일그러졌다.

　노인의 이름은 아일론, 사람들은 그를 미친대장장이라고 불렀다.

　하지만 아일론이 처음부터 그랬던 것은 아니다. 한때 그는 북부에서 손꼽히는 실력을 가진 대장장이였다. 그 당시 북부 영지군이 사용하던 대부분의 무기는 그의 대장간에서 나왔다.

　그런 그가 반미치광이가 되어 쇠를 두드리게 된 것은 미스릴을 구하기 위해 여행을 다녀온 뒤부터였다. 여행을 다녀온 뒤 그는 대장간에 틀어박혀 칼을 찍어내지 않고 무쇠를 두들겼다.

　그리고 검을 만들었다.

　얇은 레이피어와 같은 검, 하지만 그의 검은 도저히 사용할 수가 없었다.

　고작 두께가 1㎝ 정도의 검은, 다른 검과 부딪쳤을 때 어김없이 부서져 나갔기 때문이다. 북부 최고의 대장간이던 그의 대장간은 그가 미쳤다는 소문이 나면서 순식간에 몰락했다. 참다못한 가족들이 떠나고 난 뒤에도 아일론은 무쇠를 두들겼다. 바보처럼 묵묵히…….

　그리고 누군가 남에 말하기 좋아하는 이가 소문을 퍼뜨렸다.

　그가 드워프를 만났다고 말이다.

　대지의 일족이자 전설의 대장장이인 드워프족을 만나 자신의 한계를 느끼고 미쳐 버렸다고, 믿거나 말거나 그렇게 그는 미친 대장장이가 되어 오늘도 쇠를 두들기고 있었다.

"너도 그런 칼은 없다고 생각하겠지?"

쇠를 두드리던 망치를 내려놓은 그는 혼자만의 넋두리를 이어나갔다.

사람들의 말대로 그는 드워프를 만났다.

광물의 왕이라 불리는 미스릴을 구하기 위해 산을 타던 중 만난 전설의 종족 드워프.

그들은 제법 긴 시간 동안 이야기를 나눴다. 태어나면서 부여받은 장인 종족의 사명을 명예와 긍지로 알고 살아가는 우직한 대지의 정령은 떠나기 전 그에게 자신이 만든 한 자루 검을 보여주었다.

종잇장처럼 얇은 검, 하지만 그 검이 휘둘러짐과 동시에 거대한 바위가 두부처럼 잘라졌다.

도저히 믿을 수 없는 광경이었지만 그것은 현실이었고, 그의 뇌리 속에 남은 그 검은 잠자고 있던 대장장이의 영혼에 강렬한 욕망과 꿈이라는 이름의 불을 질렀다.

어느 순간부터 그와 같은 검을 만들겠다는 욕망이 그가 살아가는 이유가 되었다.

하지만 그가 만든 어떤 검도 드워프의 검과 같은 위력을 내지는 못했다. 부서지고 깨지고… 검이 깨질 때마다 대장장이로서 그의 자부심과 그의 영혼이 같이 깨지고 부서졌다. 하지만 살아야 했기에 그는 오늘도 망치를 들고 검을 만들었다.

마치 노예처럼…….

"이 정도였다. 그 검의 두께는 고작 이 정도였단 말이다!"

조금 전까지 두들기던 쇳덩이를 들어 올리며 소리쳤다. 얼마나 두들겼는지 쇳덩이 두께는 종잇장처럼 얇아 강판을 보는 듯했다.

"있습니다."

"뭐라고?"

"그런 검이 있을 거라 믿는다 했습니다."

"큭, 미친 늙은이라고 이제는 별놈이 다 와서 놀리는군."

식어버린 쇳덩이를 다시 용광로 속에 던져 넣어버린 아일론은 더 이상 볼 일 없다는 듯 장작을 집어 들었다.

"그런 검을 만들 방법도 있습니다."

순간 장작을 집어 들던 아일론의 몸이 그 모습 그대로 굳어버렸다.

드워프의 검을 본 이후 그와 같은 검을 만들기 위해 모든 것을 받쳤다. 그리고 알아낸 것이 바로 쇠를 두드리면 더욱 단단해진다는 것이었다. 하지만 그뿐이었다. 두드려서 단단해진 쇠는 같은 두께의 쇠보다 단단하기는 했지만 여전히 약했다.

아일론이 떨리는 목소리로 물었다.

"진, 진짜냐?"

"장담은 못 드립니다. 하지만 적어도 많은 도움이 되실 겁니다."

유찬은 품속에서 책자 하나를 꺼내 그에게 건넸다. 책자를 건네받은 아일론은 아주 조심스럽게 책장을 넘겼다.

유찬이 넘겨준 책에는 조선의 검을 만드는 법이 쓰여 있었다.

그가 대학에서 전공했던 동북아 전쟁사 과정에는 필연적으로 동북아 각국들의 시대별 무기의 변천사들이 있었다. 전략과 전술을 이해하기 위해서는 필수적으로 무기의 이해가 필요했기에 그는 그것을 꽤나 열성적으로 공부했었다.

그리고 지금 그 내용을 책으로 엮어 아일론에게 건넨 것이다.

"많이 부족한 것이 있습니다. 노인장이 보시기에는 어떻습니까?"

"……."

아일론은 아무 대답이 없었다.

그저 타오르는 듯한 시선으로 책만 뚫어져라 바라보고 있었다. 유찬이 건넨 책에는 철광석을 채취하는 사도법을 시작으로 무쇠, 사우쇠, 참쇠, 뽕쇠를 뽑아내는 방법과 단조, 담금질, 연마, 마광으로 이루어진 칼날 제작 과정에서부터 감개, 싸개, 유소에 이르는 칼자루 만드는 과정이 상세하게 적혀 있었고, 마지막에는 최종 완성 형태인 환도, 왜검, 장도 등의 모습이 그려져 있었다.

탁!

책장을 덮은 아일론은 한참 동안 말이 없었다. 그가 장고에 빠진 동안 유찬은 묵묵히 그가 생각을 정리하기를 기다렸다.

"이, 이것을 저에게 보여주는 이유가 뭔지 물어도 되겠습니까?"

장고를 끝낸 그의 말투는 어느새 존대로 바뀌어 있었다.

"말했지 않습니까? 노인장과 같이 가려고 한다고……."

"저와 같이……."

"검이 필요합니다. 물론 검만이 아닙니다. 활도 필요하고 화살도 필요합니다. 말에 입힐 마갑도 만들어야 합니다. 그리고 무엇보다도 그것을 만들어주실 분이 필요합니다."

"저 말고 실력이 좋은 대장장이는 얼마든지 있습니다. 그런데 어째서 저를 택하신 겁니까?"

그가 이곳에 온 이유는 아일론이 철을 두들긴다 해서다.

철을 두들긴다는 것은 단조를 알고 있다는 것이고, 그것은 곧 그 단조 도검을 만들 수 있는 이라는 이야기와 같았기에 유찬은 수많은 대장장이 중 아일론을 찾은 것이다.

그것 이외에 다른 이유는 없었다. 유찬은 잠시 난감한 표정을 떠올렸다.

'때론 정직한 것이 가장 좋은 법이지.'

유찬은 마음을 굳힌 후 쾌히 대꾸했다.

"실력있는 대장장이는 많지만 철을 두들기는 대장장이는 노인장뿐이지 않소."

꿀 먹은 벙어리처럼 잠시 아무 대답 없던 아일론은 이내 호탕한 대소를 터뜨렸다.

"하하하, 그렇습니다. 그렇고말고요. 하하하 이 세상에 무쇠를 두드리는 대장장이는 저밖에 없습니다.”

문득 아일론은 웃음을 그치고 유찬의 눈치를 보며 말했다.

“주군이라 불러도 되겠습니까?”

기다렸다는 듯 유찬은 선선히 고개를 끄덕였고, 아일론의 입에서 다시 한 번 대소가 터져 나왔다.

“아하하하, 평생 무쇠만을 바라보며 살아온 이 무식한 놈에게도 믿고 따를 주군이 생기다니, 이 아일론의 생애에 이렇게 기쁜 날은 처음입니다. 아하하하!”

저녁 늦게까지 아일론과 무기에 대해 이야기를 나눈 유찬은 한 달 뒤 만날 것을 약속하고 대장간을 내려왔다.

산을 내려가기 전 아일론은 자신이 만든 검 중 최고의 검을 유찬에게 주며 약속했는데, 그 약속의 내용을 들은 유찬은 만족한 미소를 지으며 파안대소했다.

“한 달 후에 제가 만들어갈 검은 그 검을 단번에 두 동강 낼 것입니다.”

우직하고 고집 센 집념의 대장장이 아일론의 망치 소리를 들으며 유찬과 이오스는 다음 목적지로 향했다.

＊　　　＊　　　＊

보른 성 인근 야산.

픽, 퍼억!

도끼로 나무를 하는 소린가?

아니었다. 지금 연신 나무를 내려치는 사내의 손에는 투박하기 그지없는 목검이 들려 있었다. 목검이 나무를 때릴 때마다 이미 만신창이가 된 나무는 금방이라도 쓰러질 듯 흔들렸다. 날이 잘 선 도끼로도 쉽사리 쓰러지지 않는 나무를 목검으로 내려치고 있으니, 사내 역시 무사할 리 없었다.

투박한 목검은 이미 여기저기 깨지고 터져 목검이라 부리기에도 민망한 모양새를 하고 있었다. 손잡이를 감은 천이 붉게 물든 것으로 보아 손바닥이 찢어진 것이 분명했다. 얼마나 검을 날리면 나무와 목검, 사람이 저 지경이 된단 말인가?

퍼억!

금방이라도 쓰러질 듯 비틀거리면서도 사내는 검을 휘두르고 또 휘둘렀다. 산을 올라오는 길에는 베이고 터져 쓰러진 나무들이 산더미처럼 쌓여 있었다.

미친놈처럼 검을 휘두르는 사내를 지켜보던 유찬이 중얼거렸다.

"지독하구만……."

"저 친구 사연을 들어보면 그럴 만도 하죠."

나무를 향해 검을 휘두르는 사내의 이름은 살린, 일급 용병으로 제국 남부 전선에서 제법 이름을 얻었던 이였다. 열다섯부터 용병으로 활동하며 전쟁에서 잔뼈가 굵은 살린은 전투를 통해 얻은 지식을 바탕으로 창안한 실전 검술의 대가였으며,

뛰어난 지휘관이기도 했다.

스물다섯이라는 젊은 나이에 용병대의 대장인 된 살린, 그 후로도 모든 의뢰를 무리없이 해결하며 승승장구했다.

그러나 언제나 화려할 것만 같았던 그의 추락은 한순간이었다.

발단은 살린의 용병대 소속이던 여자 용병 하나가 군단 소속 기사에게 간살당하면서 벌어졌다. 분노한 살린은 그 길로 기사를 찾아가 다짜고짜 검을 휘둘렀다. 하지만 아무리 실전 검술의 대가인 살린이라도 명가의 검술을 익힌 기사를 이길 수는 없었다. 결국 그는 귀족 모독죄로 제국에서 가장 악명 높은 감옥 테베즈로 보내졌고 그곳에서 삼 년을 보냈다. 그의 구속 이후 그의 용병대는 자연스럽게 해산되었다.

그는 절망했다.

테베즈에 수감되서, 용병대가 해산되서, 간살된 용병의 복수를 갚지 못해서?

아니었다.

그의 영혼을 절망이라는 깊은 구렁텅이로 처박은 것은 바로 그가 언제나 믿고 의지했던 검(劍)이었다.

그는 아일론과는 또 다른 의미에서 검에 미친 사람이었다. 열두 살 이후 단 한순간도 검을 놓아본 적 없는 그였다. 스스로 검의 노예가 되어도 좋다고 말하고 다닐 만큼 그는 검에 미친 사람이었다. 그만큼 검을 사랑했고 자신의 검에 자부심을 가지고 있었다.

검은 그날이 있기 전까지는 자신이 원하는 것이라면 무엇이든 베어 넘겼다.

그런데 그렇게 믿던 검이 깨져 버렸다.

그가 받은 충격과 실망은 이루 말로 할 수 없는 것이었다. 그리고 삼 년, 검을 사랑했던 검귀 살린은 반미치광이나 다름없는 상태로 이 북부의 야산에서 나무를 상대로 가슴속에 끌어오르는 분을 풀고 있었다.

"저거 미친놈 아냐?"

"그, 그래도 실력은 상당합니다."

"워리 수준의 놈을 어디다 데려다 쓰라고?"

"아무리 그래도 개랑 비교하시면……."

"그 녀석은 늑대다."

하는 짓은 개 수준이지만 말이다.

지금도 루나의 품에 안겨 육포를 씹고 있을 워리를 생각하며 입맛(?)을 다신 유찬은 살린을 향해 휘적휘적 걸었다.

"어쩌시려고요?"

"어쩌긴 여기까지 왔으면 만나봐야지."

가기 싫은 기색이 역력한 이오스를 대동하고 살린의 등 뒤에까지 다가가 나무 그루터기에 걸터앉은 유찬 왈.

"야, 미친놈아!"

"……."

이오스의 얼굴이 순식간에 하얗게 탈색되었다.

아무리 광인이나 다름없는 사람이라고 하지만 살린은 한때 용병대의 대장이었던 인물이다. 그런데 거기다 대고 저런 막말을 하다니⋯ 하지만 살린은 묵묵히 나무를 향해 검을 날릴 뿐이었다.

"자신이 지켜야 할 것도 지키지 못했고, 자신이 믿었던 것도 무너져 내렸다. 그것도 그냥 아니지 치욕스럽게⋯⋯."

살린의 전신이 미미하게 흔들리자 유찬은 미소 지었고, 이오스는 안절부절못했다.

"그런데도 이곳에서 죄없는 나무를 상대로 화풀이나 하고 있다니, 한심하다 한심해."

이오스가 유찬을 말리려고 했지만 유찬은 더욱 살린을 약 올렸다.

"그런다고 뭐가 되냐? 나무가 무슨 죄가 있냐? 그런다고 이길 수 있을 것 같아? 내가 보기엔 힘들어 보이는데⋯⋯."

이건 숫제 반쯤 미친놈의 약을 살살 올려 완전히 미친놈으로 만들어 버리자는 수작이었다.

"아이고, 이런 쓰레기를 만나러 여기까지 왔다니⋯⋯."

유찬이 몸을 일으켰다. 그리고 멍하게 있는 이오스를 향해 말했다.

"가자."

그리고는 정말 휑 하니 몸을 돌려 산을 내려가려 했다. 그 순간⋯⋯.

쉐엑~!

살기(殺氣).

지독한 살기가 죽음의 냄새를 풍기며 유찬을 향해 날아들었다. 지금까지 등을 돌리고 나무를 향해 검을 휘두르던 살린이 유찬이 돌아선 순간 무섭게 검을 날린 것이다.

"어림없지."

번개같이 몸을 돌린 유찬은 날아오는 목검을 양손으로 감싸며 뱀이 나무를 타고 오르듯 검을 몸 쪽으로 끌어들이면서 그 힘을 이용해 살린을 향해 다가갔다.

"허억?"

대경한 살린이 뒤로 물러서려고 했지만 드래곤 하트의 힘을 사용한 이후 더욱 빠르고 강해진 유찬의 움직임을 피하지는 못했다.

파앙~!

"제대로 맞았으면 네 녀석 머리가 터졌을걸."

유찬의 주먹이 정확히 살린의 얼굴 앞에서 멈췄다.

"크르륵!"

짐승의 그것 같은 신음을 내뱉은 살린은 뒤로 두 걸음 물러나며 목검을 횡으로 휘둘렀다. 한때 용병대의 대장을 맡았던 이가 휘두르는 검이다. 가볍게 볼 수 있는 공격이 아니었다.

"타핫!"

"그렇게 나오셔야지!"

허리를 찌른 공경이었지만 유찬은 당황하지 않고, 오히려 기다렸다는 듯 움직였다. 그는 횡으로 휘둘러지는 검을 손바닥으로 쳐낸 뒤, 그 힘을 이용해 좌측으로 빙글 돌면서 비어 있는 살린의 가슴에 발 차기를 날렸다.

"커흑!"

전력을 다한 것은 아니지만 일반인의 범주를 뛰어넘는 파괴력을 가진 그의 발 차기를 얻어맞은 살린은 실 끊어지는 연처럼 뒤로 휠휠 날아가다가 쌓여 있는 나무 더미에 처박혔다.

"크흑, 어째서, 왜!"

적지 않은 충격을 받은 듯 힘겹게 나무 더미를 헤치고 나온 살린의 입에서 메마르고 갈라진 음성이 흘러나왔다.

그의 시선은 검으로 향했다. 마치 검을 원망하는 것 같았다.

"호오, 말도 할 줄 아네."

"나를 더 이상 모욕하지 마라, 비록 너에게는 졌지만……."

"흐음, 뭐 그렇다면 일단 그건 뒤로 제쳐 두고, 너 나 따라가지 않을래?"

"뭐라고?"

살린은 멍청한 표정으로 유찬을 바라보았다.

갑자기 나타나서 자신을 미친놈에 짐승 취급하더니 이번엔 자신을 따라가자? 눈앞의 소년이 자신을 놀린다고 생각한 살린은 짚고 있던 검을 고쳐 잡았다.

"또다시 한판하자는 거냐?"

유찬의 두 눈에서 가공할 살기가 뻗어 나왔다.

"인정은 한 번이면 족하다. 또 한 번 돼먹지 않은 칼질을 하면……."

유찬은 더 이상 말을 하지 않았다. 하나 그 여운이 오히려 무서운 압박이 되어 살린을 핍박했다.

'이게 뭐야?'

단 한 번도 느껴본 적 없는 끔찍한 기운에 당황한 살린이 검을 가슴 앞으로 세우며 두어 발자국 뒤로 물러났다.

"휴, 그만하자."

살린을 압박하던 기운을 다시 갈무리한 유찬은 품속에서 한 권의 책을 꺼내 살린의 발 앞에 던졌다.

툭!

본국검(本國劍).

책 표지에는 괴발개발 지렁이 기어가는 필체로 이렇게 쓰여 있었다. 책 지필 마무리 단계에 유찬이 아무렇게나 쓴 것이었다. 잠시 바닥에 떨어진 책을 바라보던 유찬은 허리에 차고 있던 검을 풀어 책 위에 던졌다. 아일론이 약속의 증표로 준 검이었다.

"이것은 한 사람과의 약속이 담긴 검이다. 이 책이 마음에 든다면 한 달 후, 보른성 라이언 울프 사무실에 와서 나를 찾고, 마음에 들지 않는다면 이 책과 검을 맡겨두고 가라! 만약 그것들을 그냥 가지고 간다면, 뒷일은 알아서 생각해라!"

한 번 더 기운을 뿜어 살린을 압박한 유찬은 마치 아무 일도 없었던 사람처럼 느긋한 걸음 거리로 산을 내려갔다. 서둘러 산을 내려가려는 이오스에게 산을 올라올 때보다 내려갈 때 조심해야 한다는 핀잔까지 하면서 말이다.

그가 산에서 내려간 뒤 한참 만에 책을 펼쳐 든 살린은 이튿

날까지 그 자리에서 꼼작도 하지 않았다.

*　　　*　　　*

무엇인가가 가득 든 보따리를 어깨에 짊어진 사내는 쓰레기 썩는 냄새가 가득한 뒷골목으로 들어섰다.

"와! 아저씨다."

"아저씨!"

어디서 나타났을까?

공작의 사병 복장을 한 사내가 뒷골목으로 들어서자마자 기다렸다는 듯 골목 여기저기서 아이들이 우르르 쏟아져 나왔다. 사내는 사람 좋은 미소를 지으며 어깨에 짊어진 보따리를 풀어놓았다. 평민들이 먹는 딱딱한 흑빵과 싸구려 치즈가 보따리 하나 가득 들어 있었다. 사내는 빵과 치즈를 아이들에게 나눠주었다.

비록 아무 맛도 없고 딱딱하기만 흑빵과 시큼털털한 치즈였지만 하루 한 끼도 제대로 먹지 못하는 뒷골목 아이들에겐 진수성찬이 따로 없었다. 아이들은 약속이라도 한 듯 빵과 치즈를 하나씩만 받아갔다. 평소 같으면 서로의 것을 빼앗겠다고 난리를 피웠을 아이들이지만 사내의 앞에서 만큼은 결코 그러지 않았다.

아이들은 알고 있었다. 만약 힘있는 아이가 힘없는 아이의 것을 빼앗거나, 서로 하나라도 더 먹겠다고 싸우면 다음날은 사내가 오지 않는다는 것을 말이다. 평소 같으면 아이들 것을 빼앗았을 어른들도 사내가 나눠준 빵만큼은 건드리지 않았다. 사내가 공작가의 사병이라는 이유도 있었지만 몇 번 아이들의 것을 빼앗으려던 이들이 사내에게 혼이 났기에, 사내의 빵과 치즈는 온전히 아이들의 몫이 되었다.

보따리 안의 것들을 모두 나눠준 뒤 사내는 아이들과 같이 어울려 놀았다. 무등을 태워주기도 하고 술래잡기도 했다.

"등잔 밑이 어둡다라고 하더니 이런 곳에 있을 줄이야."

"그러게 말입니다. 하지만 조심하십시오, 만만한 상대가 아닙니다."

"확실히 다른 녀석들과는 다르군."

유찬과 이오스가 만나러온 이는 은퇴한 어쌔신 루크였다.

루크는 제국 내에서도 가장 거대한 어쌔신 길드였던 아울 크로우의 특급 어쌔신으로, 서른두 번의 특급 의뢰를 성공한 전설과 같은 인물이었다.

하지만 그는 무슨 이유에서인지 가장 잘나가던 시절에 은퇴를 선언했다.

루크로 인해 밤잠을 설치던 인사들에겐 더 없이 기쁜 소식이었지만 아울 크로우로서는 한여름에 된서리가 따로 없었다. 그들은 루크가 은퇴하려는 이유가 부인과 아이를 위해서라는 것을 알고 그가 마지막 의뢰를 나가 있는 동안 그의 가족들을 납치하려 했다.

하지만 일은 뜻대로 되지 않았다. 놀랍게도 루크의 부인이

몽크(신관전사)였던 것이다.

그녀는 몽크의 모든 기술을 동원해 어쌔신들을 공격했고, 접전 도중 발생한 화재로 인해 파견됐던 어쌔신 대부분이 루크의 가족과 함께 죽었다. 일이 틀어졌음을 안 길드의 수뇌부는 루크를 죽이기 위해 불문율을 깨고 의뢰 대상에게 의뢰 사실을 알렸다. 당시 루크의 의뢰 대상은 변경백(국경을 담당하는 백작)으로 제국군의 군단 하나를 통솔하던 군단장이었다.

의뢰 사실이 알려짐과 동시에 제국의 정규 군단 이만이 루크를 잡기 위해 움직였다.

도저히 살아 나올 수 없는 죽음의 포위망이 루크를 압박했다. 하지만 칠 일 밤낮 동안 이어진 추격전은 루크의 승리로 막을 내렸고, 이만 대군은 허탕을 치고 돌아갔다.

그리고 처절한 피의 복수가 시작되었다.

제국 최고를 자랑하던 아울 크로우가 단 한 사람의 손에 철저히 파괴됐다. 이웃 나라까지 도망쳤던 수뇌부도 한 달을 넘기지 못하고 죽었다.

살아 있는 전설, 그는 그런 사내였다.

"아까부터 나를 보고 있던데 무슨 용건이 있으신지요?"

유찬과 이오스가 다가가자 무등을 태웠던 아이를 내려놓은 루크가 고개도 돌리지 않은 채 말했다. 극도로 발달한 그의 감각은 이미 오래전부터 유찬과 이오스를 감지하고 있었고, 유찬 역시 그것을 알고 있었다.

"용건이야 있지."

"무슨?"

"자네가 필요해서 말이야."

그제야 고개를 돌린 루크가 어색한 듯 입을 열었다.

"나 같은 사람이 어디에 필요하다는 겁니까?"

"제국 최고의 암살자를 필요로 하는 곳은 많지."

"으음."

루크의 입에서 무거운 신음성이 터져 나왔다.

아울 크로우를 멸한 뒤 자신의 흔적은 모두 지웠다고 생각했고, 이곳에 정착하여 성문의 수문장으로 자리를 잡았다. 그리고 새로운 삶을 시작했다. 그에게 유찬과 이오스는 새로운 삶을 방해하는 방해꾼으로 보였다.

'프리미엄 마스터가 어째서……'

유찬은 몰랐지만 루크는 유찬을 잘 알고 있었다. 지난번 오크와의 전투 때 그도 영지군으로 참전했었다. 하지만 자신을 드러내고 싶지 않았던 그는 딱 일반 병사들만큼만 싸웠었다.

'할 수 있을까?'

그는 오른손을 천천히 내려 바지 주머니에 넣었다. 그 안에는 작지만 강력한 단검인 피냐드 대거가 숨어 있었다.

단검을 손에 잡았음에도 그의 표정은 여전히 무심했다.

"저 같은 게 무슨 쓸모가 있겠습니까?"

루크는 무심히 고개를 돌린 채 저 멀리 이쪽을 힐긋힐긋 보고 있는 아이들을 향해 한 손을 흔들어주었다. 마치 안심하라는 매우 자연스러운 행동이었다. 순간 전면을 응시하고 있는 루크의 두 눈에서 가공할 살기가 스쳐 지나갔다.

번쩍!

어느새 그의 손에 쥐어진 피냐드 대거가 유찬을 향해 찔러 들어왔다. 소리도 없었다. 또한 일체의 기척도 없이 몸을 날리는 그의 동작은 실로 은밀하고도 신속했다.

"……."

루크의 행동이 워낙 빨라 유찬의 뒤에 있던 이오스는 그 움직임을 미처 발견하지 못할 정도였다.

피이잉!

"왁!"

루크가 뒤로 팅겨져 나갔다.

"후후후, 그대는 살기마저 감출 수 있는 암살자이긴 했으나 몸의 움직임까지는 속일 수는 없지."

루크가 몸을 돌린 순간 유찬은 본능적으로 그의 몸에 근육들이 수축되고 있다는 것을 알았다. 또한 그것이 어느 한순간 강한 힘을 끌어내 뿜어내기 위한 예비 동작이라는 것도 잘 알고 있었다.

모든 것은 그의 예상대로였다.

공격 전 잠깐의 살기를 제외하고는 살기도 소리도 없는 무서운 일격이 이어졌다.

루크의 일격이 막 성공하려는 순간 번개보다 빠르게 유찬의 손이 움직였다. 손목을 쳐서 단검을 쳐냄과 동시에 비어 있는 그의 가슴에 일격을 때려 넣어버렸다.

"으!"

겨우 몸을 일으킨 그는 멍한 표정으로 유찬을 바라보았다.

상대가 강하는 것은 이미 알고 있었다. 그래서 그 강함마저 계산하고 실행한 공격이었다. 그런데 그 공격이 실패했다.

"왜 실패했는지 모르겠다는 눈치로군."

"……."

유찬은 루크의 앞으로 다가섰다. 손에 아직도 대거를 놓지 않은 루크였지만 그런 것 따위는 신경도 쓰지 않는다는 듯, 그의 코앞에 얼굴을 들이민 그가 하얀 이를 드러내며 으르렁거리듯 말했다.

"넌 나와 좀 닮았거든."

"뭐? 뭐라고?"

그는 떫은 감을 씹은 듯 얼굴을 찌푸렸다. 지고한 프리미엄 마스터가 자신과 같은 암살자와 닮았다니, 그는 유찬이 자신을 놀린다고 생각했다. 그런데 그 순간 엄청난 살기가 그를 압박해 오기 시작했다. 그런데 그 기운이 낯설지가 않았다. 너무나도 익숙한 살기, 은밀하면서도 끈적끈적한 기운, 수년 동안 그 자신이 뿌리고 다녔던 죽음의 사기였다.

그것은 흐려질 수는 있어도 결코 지울 수는 없다.

살인자의 영혼의 깊숙한 곳에 영원히 지워지지 않는 낙인과 같은 것이었다. 루크가 보는 유찬은 포식자의 냄새를 마음껏 뿜어내고 있었다. 그로서는 도저히 상상도 할 수 없을 정도로 짙은 사기가 사방으로 퍼져 나가 일순 주위 사방이 죽어가는 착각이 들 정도였다.

"자, 어떻게 할 텐가?"

그것은 거부할 수 없는 제의였다.

'거부하면 죽는다.'

날카로운 비수가 목젖 바로 아래 들이밀어진 느낌이었다. 하지만 그를 따르게 되면 다시 또 손에 피를 묻혀야 한다. 그는 저도 모르게 다시 피냐드 대거의 날을 앞으로 세웠다. 그 순간,

"움직이면 죽는다!"

멈칫.

그의 손이 본능적으로 멈췄다. 숨통을 조여 오는 지독한 살기, 어느새 유찬의 오른손이 푸른 기운을 띠며 그의 명치 바로 앞에 닿아 있었다. 탄식하듯 한숨을 내뱉은 그는 들고 있던 대거를 놓아버렸다.

"나는 더 이상 암살자가 아니오."

"……."

유찬은 아무 말 없이 그를 바라보다가 한마디 툭 내뱉었다.

"그래서?"

"나는 더 이상 암살 같은 건 하지 않소."

"그래서 어쩌라고?"

이쯤 되면 당황하는 건 오히려 루크다.

제국 최고의 암살자를 쥐 몰 듯 몰아놓고, 마치 너 암살자였니? 라고 물어보는 듯한 저 태도는 뭐란 말인가?

"내가 언제 누구 목 따오라고 그러든?"

"……."

"나는 네 녀석이 필요하다고 그랬지, 누구 목 따오라고 그런 적 없는 것 같은데?"

"그럼, 어째서 나를……."

"나는 어쌔신이 필요한 게 아니라 어쌔신이었던 놈이 필요할 뿐이야. 그리고 자세한 이유가 알고 싶다면, 이십 일 후에 라이언 울프 사무실로 찾아오면 돼. 안 와도 되는데, 올 거면 지금보다는 강해져서 와. 공격 순간에 숨소리가 거칠더라!"

더 이상 말하기 귀찮다는 듯 입맛을 다신 유찬은 휑 하니 몸을 돌렸다.

더 이상 미련이 없다는 듯 빠른 걸음으로 사라지는 유찬과 이오스, 그들의 모습이 완전히 사라질 때까지 멍한 표정으로 주저앉아 있던 루크는 입술을 깨물며 떨어진 대거를 부서져라 움켜잡았다.

"마지막 순간에 숨소리가 거칠었단 말이지……."

피가 나도록 입술을 앙다문 그는 빠른 걸음으로 골목을 벗어났다.

현역에서 물러나 있는 동안 본능과 감각들이 많이 무뎌진 것 같았다. 무뎌진 감각들을 예전처럼 일깨우려면 이십 일의 시간은 결코 긴 시간이 아님을 그는 잘 알고 있었다.

＊　　　　＊　　　　＊

화살을 활에 잰 사내는 신중히 목표물을 조준하고 호흡을 멈추었다.

자신에게 다가오는 사신의 그림자가 있음을 알 리 없는 목표물은 뾰쪽한 주둥이로 이리저리 땅을 헤집으며 먹을 것을 찾기에 여념이 없었다.

목표물이 신경질적으로 고개를 흔드는 그 순간 목표물의 한쪽 눈동자가 화살 끝에 걸렸다. 눈조차 깜빡하지 않고 목표물을 바라보던 사내의 눈이 번뜩였다.

쉐엑!

"꾸에엑!"

활을 박차고 날아간 화살은 멧돼지의 오른쪽 눈동자를 정확히 꿰뚫고 들어가 뇌를 찔렀다. 불의에 기습을 받은 멧돼지는 외마디 비명을 지르며 쓰러졌다.

"신궁이라 불러야겠군, 신궁."

"소문보다 더 대단한 것 같은데."

멀리서 그 모습을 지켜보던 유찬과 이오스는 혀를 내둘렀다.

예전 특전사 시절 유찬도 멧돼지를 많이 잡아봤었다. 천리행군이나 훈련 도중 부식이 떨어져 산짐승을 사냥해야 할 때가 종종 있었는데 그때 단골 메뉴가 노루와 멧돼지였다. 하지만 그때는 엄연히 총이라는 직사화기가 있을 때 이야기였다. 지금처럼 화살로 멧돼지의 눈을 맞춰 잡는다는 것은 언감생심

꿈도 못 꿀 일이었다.

쓰러진 멧돼지에게 다가간 사내는 능숙한 솜씨로 멧돼지를 해체하기 시작했다. 턱에 칼집을 내고 피를 빼고는 한 번에 가죽을 벗겨냈다. 이윽고 능숙한 솜씨로 해체된 멧돼지를 가지고온 커다란 보따리에 넣고, 가죽을 한쪽에 걸어놓은 뒤 모닥불을 피웠다.

"야, 저거 학자에 귀족 맞아? 아무리 봐도 사냥꾼인데."

"정보에 의하면 제국 아카데미를 수석으로 졸업했던, 그란 드 아르튼 남작, 맞습니다."

그란 드 아르튼 남작, 순식간에 거대한 멧돼지 한 마리를 뼈만 남기고 해체한 이의 이름이었다. 지금 그저 그런 사냥꾼으로 보이지만 한때는 그의 이름이 제국 학회를 떨어 울릴 때가 있었다.

학자를 많이 배출하기로 이름난 아르튼 후작가의 서자로 태어난 그란은 열여덟이라는 나이에 제국 아카데미를 수석으로 졸업하고 화려하게 사교계와 제국 학회에 데뷔했다. 또한 외교술에도 뛰어나 타국과의 외교 분쟁에서 연전연승 화려한 전적을 쌓았다.

남작 작위까지 얻으면서 순식간에 사교계의 별로 떠오른 그를 중심으로 젊고 유능한 인재들이 모여들기 시작했고, 그들과 더불어 평소 생각하고 있던 개혁안들을 하나둘 토해놓기 시작했다. 하지만 그가 내놓는 안건들은 말 그대로 뜨거운 감자였다.

그가 첫 번째 내놓은 안건부터가 제국 학회를 뒤집을 만한 것이었다.

영주의 권한 축소와 관료제.

기존의 제국 운영 개념 자체를 그 바닥부터 뜯어내려고 한 이 안건은 제국 학회를 몇 차례 뒤집어놓았다.

영주의 권한 축소, 단어만으로도 영지를 가진 귀족들의 눈썹을 역팔자로 휘게 하기 충분한 것이었다. 결국 이 의견은 영주들의 로비로 철저히 묵살되었고, 그란 남작은 영주들과 귀족들부터 미운털만 왕창 박혔다. 하지만 그는 거기서 멈추지 않았다.

황권을 둘러싼 암투를 막기 위한 황족들의 정치 참여 근절, 황제의 권력을 축소시키는 것을 골자로 한 관료제의 전제화와 귀족들의 살을 떨리게 하는 지방 감찰관 제도까지, 그는 기존 기득권층인 귀족들과 황족, 심지어 같은 관료들에게까지 공공의 적으로 낙인찍히고 말았다.

그러던 와중 그의 든든한 뒷배가 되어주던 아버지 아르튼 후작이 죽고, 그를 끔찍이도 싫어하던 첫째 형이 작위를 승계받았다. 고로 아르튼 후작 사후, 더 이상 아르튼 후작가는 그의 뒷배가 되어주지 못했고, 가뜩이나 미운털이 박힌 상황에서 지켜주던 방패까지 잃었으니 제국 어디에도 그를 도와줄 사람은 없었다.

심지어 그를 지지하고 그의 주위에 모여 있던 젊은 인재들까지 그를 외면하기 시작했다. 그들에게는 젊음과 패기는 있었지만 그 이외에는 아무것도 없었다. 청춘의 끓는 피만으로는 할 수 없는 일이 있다는 것을 그들도 알아가고 있었던 것이다.

순식간에 낙동강 오리알 신세가 되어버린 그란 남작은 결국 중앙 정계에서 밀려났다. 아니, 쫓겨났다. 그 후 수없이 많은 죽을 고비는 넘기며 십 년 전 북부로 도망쳐 온 뒤에 사냥꾼이 되어 멧돼지 가죽이나 벗기는 신세가 되었다.

"뭘 보는가?"

멧돼지 가죽을 말리던 그란 남작은 등 뒤에서 물끄러미 자신을 바라보고 있는 유찬을 돌아보며 말했다.

"내 목을 가지러 온 사람 같지는 않은데……."

"……."

"말은 안 하고 사람을 그렇게 보기만 할 건가?"

유찬이 계속해서 뚫어져라 자신을 바라보자 그란 남작의 얼굴에는 무안한 기색이 떠올랐다.

"혹, 입헌 군주제라고 들어보셨소."

"입헌군주제?"

갑작스런 물음에 그란 남작은 의혹에 찬 시선으로 유찬을 올려다보며 물었다.

제국 최고의 석학을 논하던 그였지만 갑자기 나타난 소년이 말하는 입헌군주제에 대해서는 알지 못했다. 군주제라는 말에 정치 제도라는 것은 알아차렸지만, 도대체 입헌이라는 것이 무엇을 뜻하는지는 알지 못한 것이다.

"말 그대로 군주의 권한을 법과 공존하게 하는, 아니, 법의
통치를 받게 하는 거지."

입헌군주제.

입헌군주제는 보통 두 가지 형태로 나눈다. 영국형과 프로
이센형, 이 중 프로이센형은 형식만 입헌군주지 모든 지배권 "
을 군주가 행사하는 것이기에 절대군주제와 별반 다를 것이
없다. 그가 말하고자 하는 입헌군주제는 바로 영국형이다.

군주는 헌법상 여러 가지 권한을 지니고 있지만, 실질적으
로는 의회와 내각의 결정, 집행을 형식적으로 재가 승인하는
명목적 의례적인 존재였다. 따라서 영국의 입헌군주제는 의회
제적 '군주제' 라고도 불리며, 역대 통치 제도 중 민주주의와
더불어 이상적인 제도 중 하나로 꼽힌다.

"그, 그런……."

입헌군주제에 대해 들은 그란 남작은 너무 큰 충격을 받은
것인지 말조차 제대로 잇지 못했다.

그것은 그가 주장했던 모든 개혁의 완성과도 같은 것이었
다. 학자로서 자신조차 결말을 모르던 주장의 끝이 열렸으니
그 환희를 어찌 주체할 수 있겠는가?

그의 눈을 타고 투명한 무엇인가가 흘러내렸다.

이오스에게서 그란 남작과 그가 주장했던 개혁 내용을 듣는
순간 가장 먼저 떠오른 것이 바로 입헌군주제였다. 그 스스로
도 모르고 있었겠지만 그의 주장은 입헌군제의 밑거름이 되는
것들이었다. 왕권을 약화시키고, 관료들의 힘을 증대시킨다는

것은 결국에는 절대군주제의 붕괴를 유발하는 것이기 때문이
다. 하지만 그는 시기를 잘못 만났을 뿐만 아니라 너무 무모했
다.

영국이 명예 혁명을 통해 권리장전을 승인받고, 의회 정치
의 기틀을 갖출 수 있었던 대에는 백년전쟁을 통한 절대왕권
의 약화가 필수적으로 수반되었기 때문이다. 백 년 동안 수많
은 전쟁을 통해 약화시킨 왕권을 종이 문서 딸랑 하나로 해결
하려 했으니, 될 턱이 없었다.

하지만 그 결과를 떠나서 그란 남작이 하려 했던 개혁은 이
상적인 것이었고, 완성도가 높은 것이었다. 물론 이상이 현실
을 따라가지 못했을 뿐만 아니라 완성된 입헌군주제에 비하자
면 제도라고도 할 수 없는 것들이었지만 절대군주제가 너무나
당연한 시대에 그만한 생각을 했다는 것만으로도 유찬은 그를
칭찬해 주고 싶었다.

"도대체, 그런 걸 어디서 배운 거요? 아니, 그보다 좀 더 자
세히 가르쳐 주시오. 당신이 말하는 입헌군주제에 대해
서……."

소리없이 흘러내리는 눈물을 닦은 그란 남작은 떨리는 목소
리로 물었다.

신학문을 접한 학자로서의 열망이 그의 가슴속 깊은 곳에서
타오르기 시작한 것이다.

"못할 것도 없지."

유찬은 입헌군주제의 세세하고 자세한 부분들까지 모두 그

에게 설명해 주었다. 선거를 통한 의원의 선발과 국민들의 정치 참여 부분에서 많은 시간을 할애했다. 내친김에 영국의 여러 정치 제도와 문화 등에 대해서도 설명했다. 특히 남작은 영국의 신사도나 높은 사회적 신분에 상응하는 도덕적 의무를 뜻하는 노블리스 오블리제라는 말에 큰 감명을 받은 것 같아 보였다. 유찬의 이야기가 끝났을 때 그는 장탄식을 내뱉었다.

그가 생각했던 것들은 눈앞의 소년이 말한 것에 비하자면 조족지혈, 새 발에 피도 안 되는 것이었다. 그것은 그가 꿈꿔왔던 유토피아였던 것이다.

'뭔가 착각하고 있군.'

몽롱한 표정으로 자기만의 세상에 빠져 있는 그란 남작을 바라보며 유찬을 혀를 찼다. 지금 그란 남작은 유찬이 말한 세계를 절대 이상향, 유토피아 정도로 생각하고 있었다. 물론 이시대의 계몽사상가라 할 수 있는 그란 남작이 생각할 때 그 세상은 유토피아라 할 수 있을 것이다. 하지만 막상 들이닥쳐 보면 그 세상도 유토피아라 할 수 없다.

'레닌이 주장했던 완벽한 프롤레타리아가 아닌 이상에는 말이야.'

이미 그 세상을 경험해 본 유찬은 그 세상도 결코 유토피아가 될 수 없다는 것을 안다. 어떤 제도도 완벽할 수 없다. 있다면 오직 사회주의 아버지 블라디미르 일리지 울리야노프 또는 니콜라이 레닌이라 불렸던 사내가 외쳤던 프롤레타리아밖에 없다. 모든 인간이 욕심을 버려야 하는 실현 불가능의 이상론…….

'이 친구한테 그런 이야기를 했다간 또 한 명의 레닌이 탄생할지도 모르겠군.'

경험해 보지 않은 자는 그 결말을 알지 못한다.

이룰 수 없는 것과 이룰 수 있는 것의 차이는 바보와 천재의 차이처럼 종이 한 장 차이에 불과하지만, 그 벽은 결코 넘을 수 없다. 그럼에도 그 벽을 넘고자 애를 쓰는 것이 또한 어리석은 인간이다.

하물며 유찬은 남작을 공산주의 혁명가로 만들 생각이 전혀 없었기에 프롤레타리아에 관해서는 아예 입을 다물어 버렸다.

"나를 좀 도와주겠나?"

다리에 힘이 풀려 주저앉은 그란 남작의 앞에 작고 흰 손이 내밀어졌다.

"무엇을 하려는 거요?"

"나, 이 세상을 위해 뭔가 하려고 하는데… 그러다 보면 자연스럽게 힘을 가져야 하고, 그러다 보면 또 모르지 겸사겸사 그런 세상을 만들어볼지도……."

"가능한 겁니까?"

"입찬소리는 무덤 앞에 가서나 하라는 말이 있지요. 세상사가 어떻게 변할지 모르는데 어떻게 장담을 하겠습니까?"

"너무나 힘든 일이 될 거요, 세상을 바꾸는 일은."

"노력하지 않으면 얻을 수 없는 법이지요. 바람이 불지 않는다면 힘들더라도 노를 저어야지 하지 않겠습니까!"

덥썩!

그란 남작은 있는 힘껏 내밀어진 유찬의 손을 움켜잡았다. 더 생각해 볼 것도 없다는 표정이었다. 자리에서 일어나는 대신 그 자리에 무릎 꿇고 엎드려 유찬의 손을 잡고는 소리 죽여 울었다.

그동안 참아왔던 가슴속의 한이 한꺼번에 터져 나오고 있음을 아는 유찬은 묵묵히 그 울음을 받아냈다.

＊　　　　＊　　　　＊

그란 남작을 휘하로 거둬들인 유찬과 이오스는 그 외에도 네다섯 정도의 사람을 더 찾아다녔다. 하지만 그들은 유찬의 제의를 고사하거나 유찬과 이오스를 무시하다가 폭발한 유찬의 주먹에 묵사발이 되기도 했다.

"이곳은……."

"네, 맞습니다. 네헤른 성입니다."

"폐허나 다름없군."

복구가 한창인 성을 바라보며 유찬은 혀를 찼다.

네헤른 성.

북부에서 가장 견고했으며 상주 영지민 삼만에 영지군 일천이 지키고 있던 네헤른 자작의 본성. 하지만 지금 네헤른 성은 오크들의 손에 철저히 파괴되어 아직도 그 피해를 복구하지 못한 상태였다.

“이곳에서 누굴 만나라는 거지?”

“잘 아시는 분입니다.”

“설마…….”

묘한 미소를 짓는 이오스의 표정에 오만상을 찌푸리는 것으로 대답을 대신한 유찬은 무너진 성벽 위쪽에서 병사들과 영지민을 독려하고 있는 누군가에게로 시선을 옮겼다.

“저 인간이야?”

“그렇습니다.”

유찬의 손끝에 걸린 사람은 남들보다 머리 하나가 더 큰 거구의 사내, 네헤른 자작이었다.

한 번 손을 섞은 뒤, 으르렁거릴 때보다야 나아지기는 했지만 유찬이나 네헤른 자작이나 쉽게 누군가와 친해지는 것과는 거리가 먼 성격들이었다. 또한 네헤른 자작은 유찬이 기절한 뒤 일어나는 것도 보지 않고 휑 하니 영지로 가버리지 않았던가?

‘못된 놈!’

말은 안 했지만 그래도 섭섭한 마음이 없는 것은 아니다.

“저놈 만나서 뭘 어쩌라는 거야. 저 자식이 내 사람되어 달란다고 되어줄 것 같아?”

네헤른 자작의 성격상 유찬의 밑으로 들어오라고 한다고 들어올 사람이 아니었다. ‘니가 미쳤구나!’ 하고 칼부림을 한다면 또 모를까?

이오스는 그것을 잘 알고 있었다.

"밑으로 들이시라는 것이 아니라 협상을 하시라는 겁니다."

"협상?"

"그렇습니다."

"저 자식이랑 뭘 협상을 하라는 거야!"

유찬의 입에서 고성이 터져 나왔다. 그 바람에 성벽에 쓰일 돌을 나르던 병사들과 인부들 중 몇이 유찬을 바라보았고, 그 중에는 성벽 위에서 성벽 보수를 관장하던 자작도 있었다.

"오랜만이군!"

무너진 성벽을 타고, 날 듯이 내려온 자작은 반갑게 인사를 건넸다.

"오랜만에 뵙겠습니다, 자작님."

"여어!"

사람 좋게 넙죽 인사를 하는 이오스 뒤에서 유찬은 한 손만 살짝 들어 인사를 대신했다. 귀족 모독죄로 당장 끌려가 목이 잘려도 할 말 없는 작태였지만 자작은 별로 신경 쓰지 않는 듯 보였다.

"그런데, 여기는 웬일인가?"

"자작님께 긴히 드릴 말씀이 있어서 왔습니다."

이렇게 말하면서 다시 고개를 숙이는 이오스, 하지만 유찬의 표정은 여전히 떨떠름했다.

시건방진 태도로 자신을 바라보는 유찬이 마음에 들 리 없는 네헤른 자작은 과장된 몸짓으로 이오스를 일으켜 세우며 안쪽으로 이끌었고, 유찬도 그 뒤를 따라 안으로 들어갔다.

"호오?"

성의 가장 깊숙한 곳에 지어진 자작의 저택은 오크군의 침략을 받았다고는 생각되지 않을 만큼 깨끗하고 화려했다.

"꽤나 번지르르하게 해놓고 사는군."

유찬이 등 뒤에서 틱틱거리거나 말거나 이오스를 다탁(茶卓)으로 안내한 네헤른 자작은 시종을 시켜 차를 내오게 했다. 더운 김이 나는 차를 사이에 두고 이오스와 유찬, 네헤른 자작이 둘러앉는 데는 그리 오랜 시간이 걸리지 않았다.

"나에게 할 이야기가 뭔가?"

차를 한 모금 들이켠 네헤른 자작이 느긋한 표정으로 물었다.

"하캄 상단을 아시지요?"

"……!"

그 순간 자작의 얼굴이 딱딱하게 굳었다.

하캄 상단은 제국 북부 최대 상단으로 전 제국 상권의 4할을 쥐고 있는 거대 상단임과 동시에 상단의 수뇌부가 신비에 싸여 있어 은밀 상단이라고도 불리는 거상이다.

"흠, 은밀 상단을 왜 나한테 물어보는가?"

어색함을 숨기기 위함인지 찻잔을 입으로 가져가며 눈을 감는 자작을 향해 유찬이 한마디 톡 쏘아 보냈다.

"꼭 지금 뭐 마려운 개새끼 같아."

"크흠!"

표현을 해도 왜 저따위로 한단 말인가?

확 치밀어 오르는 울화에 다탁을 뒤집어엎은 뒤 벽에 걸린 칼을 빼 들고 달려들고 싶었지만 상대는 이미 '나 다 알고 있어요' 라는 표정을 짓고 있으니 그럴 수도 없었다.

비밀에 싸인 은밀 상단, 하캄 상단은 다름 아닌 네헤른 자작의 것이었던 것이다.

"이제야 뵙게 되는군요. 상계의 여우 하캄 상단의 상단주님."

"크허험!"

이번엔 기침 소리가 좀 더 크다. 한겨울 땀이 날 리도 없건만 연신 손으로 부채질까지 한다. 그렇다, 그는 그냥 하캄 상단을 운용하는 것이 아니었다. 상계의 여우라 불리며 직접 전면에 나서 하캄 상단을 이끌고 있었던 것이다.

대부분 귀족들이 다 그러하듯 귀족들은 본시 상업을 천시했다. 물론 상단에 투자를 하는 귀족들은 많다. 웬만한 제력을 가진 귀족가라면 집안에서 썩어나는 돈을 주체를 못해 거대 상단에 투자하여 이익을 내고 그 돈을 다시 투자하여 부를 불리게 마련이다. 하지만 물건을 사고 파는 행위 그 자체를 천하다 보는 그들은 스스로 무엇을 팔거나 사지 않는다.

자작이 직접 상거래에 뛰어든 사실이 알려진다면 모든 귀족들이 그를 천하다 손가락질할 것이다.

"어떻게 알았나?"

"비밀스러운 일들은 어둠의 세계에서 더욱 빨리 퍼지는 법이지요."

이오스가 하캄 상단에 대해 알게 된 것은 아주 우연한 계기를 통해서였다.

그가 관리하던 사업장 인근에서 상인들 간의 싸움이 났는데, 싸움을 한 상인 중 하나가 하캄 상단 쪽 상인이었던 것이다. 술에 만취한 상인은 고래고래 소리를 지르다 자작의 이름을 언급했고, 그때부터 그는 집요하게 하캄 상단과 자작의 연결 고리를 찾았고, 얼마 전에 드디어 자작이 하캄 상단의 상단주라는 결론을 내릴 수 있었다.

"원하는 게 뭔가?"

자작은 유찬을 바라보며 말했다.

하지만 이번에는 상대를 잘못 찾았다. 유찬은 친절하게 삿대질(?)로 그가 협상해야 할 상대는 자신이 아니라 이오스라고 가르쳐 주었다.

"으음, 원하는 게 뭔가?"

"뭐가 그렇게 급하십니까? 시간은 많은데."

속전속결로 빠르게 이 문제를 마무리 지으려는 자신의 속내를 눈치라도 챈 것인가?

이오스는 느긋하게 차를 홀짝거려 자작의 속을 태웠다.

"자작님."

얼마나 시간이 지났을까?

자작의 애를 바짝 바짝 태우던 이오스가 입을 열었다.

"저희는 자작님과 협상을 하고 싶습니다."

"협상이라, 거절할 수 없는 협상이겠군."

이번에도 자작은 벌레 씹은 얼굴을 했다.

협상은 거래 상대가 서로 대등한 위치에 있을 때나 하는 것. 숨통이 잡힌 채 제대로 된 협상이 될 리가 없었다.

"저희가 이번에 병력을 육성할 수 있는 권리와 마을을 얻었다는 것을 아시고 계시지요?"

"물론 알고 있네."

유찬이 귀족의 자리와 영지를 고사했다는 것은 꽤나 유명한 소문이다.

그 일을 두고 귀족들 사이에서도 꽤나 말들이 많았었다. 일단 색안경부터 끼고 보는 일부 귀족들은 백작의 자리로는 성이 안 차서 그러는 걸 거라며 험담을 늘어놓았지만 유찬을 직접 격어본 자작의 생각은 달랐다.

'뭔가 일을 꾸미고 있군……'

자작이 본 유찬은 지나치게 건방진 면은 있었지만 욕심이 많거나 공명에 얽매이는 인물은 아니었다. 그런 인물이 고작 병력의 운영권과 마을 하나를 얻었다면 뜻하는 바가 있을 줄 알았다. 하지만 그로 인해 자신이 이렇게 목줄 잡힌 개 신세가 될 줄은 꿈에도 상상하지 못했었다.

'뭐가 필요할까?'

노련한 상인은 소비자가 원하는 것을 찾아낸다고 했다. 자작은 빠르게 지금 유찬과 조직이 필요한 것들을 하나하나 생각했다. 군이라는 주제를 생각하자 어렵지 않게 몇 가지가 떠올랐다.

"지금 저희에게는 대규모 물자가 필요합니다."

"아무래도 그럴 테지 병사들을 먹이고 입히려면 말이야."

군이라는 것은 생산은 없고 소비만 있는 조직이다.

열 사람이 일해도 한 사람을 먹여 살리기 어려운 법인데, 수백 명을 먹여 살리려면 그에 따른 부수적인 것들이 엄청나게 들어갈 것이다.

"지속적으로 적어도 삼백 이상이 먹고 마시고 훈련할 것들이 필요합니다."

"흐음……."

군사 삼백이 먹고 마시고 무장을 할 물량은 그리 크지는 않다. 하지만 그것을 지속적이라는 전제를 놓고 생각한다면 결코 만만한 것이 아니다. 거기다 일단이라고 했으니 군사의 숫자가 얼마나 더 늘어날지 알 수 없는 일이다.

그가 생각할 때, 이오스와 그를 마땅치 않은 눈으로 바라보고 있는 이 어린 프리미엄 마스터는 고작 삼백의 병사나 키우자고 귀족의 자리를 차버릴 인물이 아니었다.

"얼추 계산해도 식료품에서 의류까지 물목이 상당하군. 그런 것들을 구비하려면 대금이 제법 나올 텐데 치를 능력은 있나?"

문제는 이것이었다.

그의 상단이라면 한 달에 천 명 쓰든 만 명 쓰든 얼마든지 그에 맞는 물자를 수송할 수 있었다. 문제는 돈을 받을 수 있느냐 없느냐 하는 것이다.

"없습니다."

일고의 생각할 시간도 갖지 않은 채 바로 대답이 튀어나오자 오히려 당황한 것은 네헤른 자작이었다.

"그런데도 물자를 대달라는 건가?"

자작은 어처구니가 없다는 표정이었다. 하지만 여전히 이오스는 뻔뻔했으니 강적도 이런 강적이 없었다.

"네!"

"허허허, 나 이거야 원… 숨통을 쥐고는 배 째라로 나오시겠다?"

자작이 상인으로 살아온 세월은 결코 적지 않다.

큰 거래 때마다 신분을 숨기고 직접 나서서 언제나 유리한 쪽으로 거래를 성사시켰다. 오죽 했으면 별명이 상계의 여우겠는가?

하지만 이번처럼 막막한 거래를 또 처음이었다.

상대가 숨통을 잡고 있으니 들어주지 않을 수도, 그렇다고 들어줄 수도 없는 상황. 답답한 마음에 남은 차를 벌컥벌컥 들이켜고 있는데 지금까지 조용히 있던 유찬이 입을 열었다.

"일 년, 딱 일 년만 물자를 외상으로 공급해 주면 된다. 분명히 말하지만 공짜가 아니라 외상이다."

"흐음……."

자작은 입맛을 다시며 말했다.

"그게 그렇게 어려운 일은 아니야. 그런데 내가 뭘 믿고 외상을 주지?"

유찬이 단호히 대답했다.

"일 년 뒤에 내가 외상을 갚지 못하면 내 목을 주지."

자작은 속으로 머리를 굴렸다.

적은 돈은 아니었지만 일 년 정도라면 그의 비자금만으로도 충당이 가능했다. 그만큼 그는 돈이 많았다. 거기다 계약의 대상이 프리미엄 마스터라면, 이야기를 더 한다는 것은 시간 낭비나 다름없었다.

"계약서를 쓰도록 하지!"

네헤른 자작과 유찬의 수결이 들어간 간단한 계약서가 작성되자 이오스와 자작이 필요한 물목에 관해 긴 협상에 들어갔다.

그 모습을 무료하게 지켜보던 유찬은 문득 떠오르는 생각에 눈을 감고 장고에 빠져들었다.

'내가 왜 이러지?'

유찬은 자신의 성격이 변했다고 생각했다.

치밀하고 신중한 성격이 사라진 것은 아니었지만 예전에 비하자면 너무나 대담해진 자신을 느낄 때마다 깜짝깜짝 놀라곤 했다. 더욱이 예전의 그는 자신의 실력을 믿고 자신은 해도 결코 오만을 떨어본 적은 없었다. 그런데, 오크와의 전투 이후 마치 모든 것을 위에서 내려다보는 것만 같은 기분이 들었다.

산꼭대기에 서서 다른 누군가를 굽어보고 있는 듯한 생각, 머릿속에 마치 '나는 특별해', '나는 우월해', '나는 위대해'라며 누군가가 외치고 있는 것만 같았다. 그리고 문득 그것을 아주 당연하게 받아들이고 있는 자신을 느낄 때면 그 자신도

깜짝깜짝 놀라곤 했다.

유찬이 장고에 빠진 사이 이오스와 네헤른 자작은 필요한 물자에 대해서 많은 부분 이야기를 나누었다. 의복과 식량 등에서 금방 합의를 보았으나 군수 물자 부분에서는 많은 시간이 걸렸다.

자작은 이문이 많이 남는 완제품 병기들을 공급하겠다고 나선 반면, 유찬의 계획을 잘 알고 잇는 이오스는 제품이 아닌 철광석을 비롯한 원석들을 요구했기 때문이다. 그들의 협상은 밤늦도록 이어졌다.

＊　　　＊　　　＊

칼리어스 공작이 내어준 마을은 보른 성에서 말을 달려 한 시간 거리에 떨어져 있는 라크라는 마을이었다. 크지도 작지도 않은 이 마을의 원래 주민 수는 오백 정도였으나 대부분은 피난 도중 오크의 공격을 받아 죽고 살아남은 이들은 칼리어스 공작의 지원을 받아 보른성 인근에 정착했다.

마을 뒤로는 제법 높이를 자랑하는 야산이 존재했고, 마을 앞 평지에는 밭들이 빼곡히 들어서 있었다. 인부들을 이끌고 마을에 들어선 에레나는 유찬이 지시한대로 밭들을 싹 밀어버리고 연병장을 조성했다.

대연병장을 중심으로 훈련에 필요한 여러 건물들이 속속들이 들어섰다.

한 번에 오천 명 정도가 열병식을 거행할 수 있도록 만들어진 대연병장을 중심으로 우측에는 화살을 사격할 수 있는 사격 훈련장과 검술 훈련장. 그리고 간이 건물들로 이루어진 체력 훈련장이 존재했다. 좌측으로는 소 유격 훈련장, 건물들이 들어선 정신 교육 훈련장, 그리고 무기를 생산할 철기방이 자리를 잡았다.

대연병장 앞쪽에 위치한 소연병장은 병사들을 위한 여가 시설 및 운동장으로 조성되었다.

하지만 공사는 여기서 끝난 것이 아니었다.

기존의 마을들을 보수하고 수리함은 물론, 마을 뒤에 있는 야산을 깎아 병사들의 아침 구보 코스로 만들고, 산 중턱부터 정상까지 유격 훈련 시설물들을 설치해야 했다. 하캄 상단의 지원을 받은 에레나는 근 천여 명에 달하는 인부와 이백여 명의 조직원을 동원하여 이 모든 공사를 밀어붙이는 과감함을 보여주었다.

에레나가 대공역에 박차를 가하고 있는 사이, 공사장에 딱 한 번 얼굴을 내보였던, 이오스와 유찬은 라이언 울프의 사무실에서 약속한 이들을 기다리고 있었다. 안절부절못하고 이오스를 마뜩찮게 바라보던 유찬이 결국 한마디 한다.

“좀 앉아 있어, 마려우면 빨리 가서 싸고 오던가.”

“알겠습니다.”

겉으로 이렇게 말하지만 속으로 인상을 팍 쓴 이오스.

‘내가 누구 때문에 이러는 건데…….’

하고, 그는 속으로 구시렁거렸다.

자리에 앉은 후에도 여전히 들썩들썩 엉덩이를 붙이지는 못하고 투명 의자로 스스로를 고문하는 이오스를 유찬이 한심한 시선으로 바라보는 가운데 계속해서 시간은 흘러갔다.

"주군!"

우렁찬 외침과 함께 등 뒤에 커다란 보자기를 짊어진 아일론이 사무실 문이 부서져라 밀고 들어와 대뜸 등에 진 보자기부터 풀어놓았다.

"보십시오. 주군 완성했습니다."

촤라락!

보자기 안에는 여러 종류의 검들이 쏟아져 나왔다.

용무늬가 화려하게 수놓인 환도, 부드러운 나무를 옻칠해 아무 장식도 넣지 않은 사르사야 풍의 환도, 금으로 깨알같이 수를 놓아 모양을 만든 사인검까지. 유찬이 그려준 그림 속의 검들이 아일론의 손에 실물로 화려하게 재탄생한 것이다.

아일론은 그중 한 자루를 집어 공손히 유찬에게 건넸다.

"제가 만든 최고의 걸작입니다."

검을 잡은 유찬은 천천히 검을 뽑아 들었다.

스르릉!

차가운 금속음과 함께 세상에 모습을 드러낸 검은 시퍼런 예기를 줄기줄기 뿜어냈다. 화려한 장식은 없었지만 명검이라 이름이 아깝지 않은 좋은 검이었다. 유찬의 손에 들린 것은 길이가 상대적으로 긴 것이 조선 후기의 환도의 형태를 따르고 있었는데, 그 길이가 팔십 센티나 되었다.

"좋군. 수고했네."

"감사합니다, 주군. 감사합니다!"

머리 꼬리 다 쳐버리고 내뱉는 짧은 한마디, 하지만 아일론에게는 세상 그 어떤 칭찬과 찬사보다 더한 것이었나 보다. 연신 고개를 숙이며 감격해하는 모습이 광신도 저리 가라 해서, 포커페이스를 유지하던 유찬까지 당황스럽게 했다.

"그리고 이것……."

짐 꾸러미에서 다시 무언가를 찾아낸 아일론이 조심스럽게 그것을 유찬에게 내밀었다.

궁!

그것은 하나의 거대한 묵빛 궁이었다.

보우라 불리는 이곳의 활들에서 찾아볼 수 없는 미끈하고 아름다우며, 유연하게 뻗은 한민족의 궁. 유찬은 조심스럽게 궁을 받아 들었다.

검을 만들 시간도 부족했을 것인데도 아일론은 그 시간에 하나의 궁을 만들어 가져온 것이다.

넓은 만주 벌판을 아우르던 고구려와 발해, 그리고 고조선의 피를 이어받은 한민족에게는 질 좋은 궁이 많았다.

그중 대표적인 것이 물소 뿔로 만들어진 각궁이다. 그 외에도 후궁, 향각궁, 녹각궁, 합성나무 궁인 교자궁, 죽궁, 목궁, 철궁, 대궁인 육량궁, 왕이 쏘던 예궁, 화살 대신 돌을 쏘아 보내던 탄궁까지 십여 종이 넘는 궁이 존재했다.

아일론이 만들어낸 궁은 탄성이 좋은 철로 만들어진 철궁이었다.

철궁(鐵弓).

말 그대로 통짜 쇠로 만들어진 활이다.

철궁은 워낙 그 힘이 좋아 두껍기로 이름난 마갑도 한방에 뚫어버릴 파워를 가지고 있었다. 하지만 아무리 탄성이 좋은 쇠로 만들었다고 해도 쇠로 된 철궁을 당기기 위해서는 엄청난 힘이 필요했기에 아무나 다룰 수 있는 것이 아니었다.

'철태궁도 아닌 철궁이라……!'

보통 철궁 하면 많은 이들이 철태궁(鐵胎弓)을 생각하는데 철태궁은 활체의 중간 부분, 그러니까 정확히 태라 불리는 부분만을 철로 만든 궁을 말한다.

"정말 대단하군!"

철궁을 들어 이리저리 살펴본 유찬은 감탄사를 터뜨렸다.

철궁의 표면에는 아름다운 문향들이 새겨져 있을 뿐만 아니라 철궁 자체도 은백색으로 아름답게 빛났다.

"활시위도 방법대로 만들었군."

"물론입니다."

철궁에 걸릴 활시위는 면실을 여러 겹으로 겹치고 여기에 밀랍을 발라 만든 것으로 질기기가 쇠심줄에 버금갔다.

"하앗!"

기합과 함께 유찬은 철궁을 있는 힘껏 당겼다.

패앵~!

시위가 늘어나는 소성과 함께 철궁의 몸통이 빠르게 휘었다.

파앙!

우우웅!

잡아당겼던 활을 놓자 그 여파로 인해 활과 시위가 울면서 공기를 진동시켰다. 그 진동은 화살을 걸지 않았지만 그 위력이 얼마나 대단한지 단적으로 보여주는 증거였다. 매번 그렇지만 이오스는 벌어지는 입을 다물지 못했고, 어느 정도 예상을 했던 아일론도 말을 잊지 못하고 있었다.

"역시 주군이십니다. 그런 궁을 어렵지 않게 당기시다니요."

언제 왔음인가?

문을 밀고 들어선 그란 남작이 탄성을 내뱉고 있었다. 그는 산에서 만났을 때와는 전혀 다른 모습을 하고 있었다. 화려하지는 않지만 깔끔한 예복에, 한 손에는 책까지 든 것이 영락없는 학자의 그것이었다.

"왔으면 이리 앉게."

"아 그전에⋯ 뭐 하나, 어서 들어오게!"

그란 남작이 문밖으로 고개를 내밀고 소리쳤다. 잠시 뒤, 엉거주춤 한 손에 유찬이 주었던 검을 든 살린이 주위를 살피며 안으로 들어섰다.

그 역시 많이 달라져 있었다.

짐승처럼 울부짖으며 나무를 상대로 화풀이할 때는 광전사가 따로 없더니, 지금은 마치 잘 벼려진 칼을 보는 듯 날카로운 기도를 뿜어내고 있었다.

"자네도 왔나? 그런데 서로 아는 사인가?"

그란 남작이 얼른 대답했다.

"둘 다 산에 처박혀 있다 보니 알고 싶지 않아도 알게 되더 군요."

하기야 한 사람은 사냥꾼이었고, 한 사람은 사냥꾼의 터전을 쑥대밭으로 만드는 불청객이니 만나지 않으려 해도 만나지 않을 수 없었으리라.

대충 둘의 관계를 이해한 유찬이 고개를 끄덕이며 살린에게 물었다.

"자네는 마음을 정했는가?"

척!

들고 있던 검으로 가슴을 친다. 가슴은 생명이요, 검은 신념이다. 그는 생명과 신념을 건 것이다.

"평생 주군으로 모시겠습니다."

"……."

유찬은 말없이 그를 바라보았다. 숨 막히는 시간이 지나고 유찬의 입가에 미소가 어렸다.

"그걸로 되었네."

"감사합니다."

더 이상 무슨 말이 필요할까?

살린은 더욱 깊숙이 고개를 숙였다. 한데, 그 순간 차가운 냉소가 창문을 타고 흘러들었다.

"미친 대장장이, 맛이 간 용병 대장, 날개 꺾인 귀족까지 완전 폐물들 집합체구만."

소리없이 창문이 열리며 머리부터 발끝까지 검은색 천으로 온몸을 꽁꽁 싸맨 인물이 안으로 들어왔다.

"웬 놈이냐!"

검을 고쳐 잡은 살린이 유찬의 앞을 가리고 나서며 투기를 뿜어냈다. 광인이나 다를 바 없을 때도 잃지 않았던 투기다. 하물며, 더욱 강해져서 뿜어내니 그 힘을 말해 무엇 하겠는가?

그 엄청난 투기가 그대로 흑영(黑影)을 짓눌러 갔다. 웬만한 사람이라면 피를 토하고 물러나야 할 투기이건만, 오히려 흑영은 뭐 하는 짓거리냐는 표정이었다. 도리어 멍하니 그 모습을 지켜보고 있던 아일론의 표정이 창백해졌다.

"그만!"

보다 못한 유찬이 일성을 내뱉었다.

"주군."

"그만, 그만 하면 되었어. 그리고 자네는 왔으면 빨리 들어올 것이지 무슨 박쥐도 아니고 지붕에 그렇게 오래 붙어 있나?"

"크흠……."

살린의 투기를 받을 때도 미동조차 하지 않던 흑영의 눈가가 가늘게 떨렸다.

흑영, 암살자 루크는 오늘 아침부터 지붕에 붙어 있었다.

이유?

그런 건 없었다. 그냥 몸에 베인 암살자의 습관대로 지붕에 붙어 있게 되었다. 상대가 암살 대상이 아니라도 수년 동안 몸에 베인 습관은 어쩔 수가 없었다.

그런데 그것은 이미 알고 있었다니, 다시 한 번 자존심이 상했다.

비록 이십여 일은 길지 않은 시간이었지만 그동안 무뎌졌던 암살자로서의 본능을 회복하기 위해 무던히도 노력했고, 전성기 시절만큼은 아니었지만 그의 은신은 완벽에 가까웠다. 그는 품속에 넣어둔 단검을 매만졌다.

'한 번 더 시도해 봐?'

루크가 막 단검의 손잡이를 잡으려는 그 순간 공교롭게도 유찬이 루크를 바라보았다. 그리고 웃었다.

'이번엔 정말 죽여주지.'

그 웃음은 그렇게 말했고, 루크는 앓는 소리를 내며 단검을 갈무리했다.

"자, 인사들부터 하지."

유찬의 지시대로 어색한 인사가 이루어졌다. 특히 살린과 루크는 보이지 않게 서로를 향해 으르렁거렸다. 살린은 자신의 투기를 루크가 아무렇지도 않게 받아낸 것 때문에 자존심이 상해 있었고, 루크 역시 다짜고짜 검부터 뽑아 든 살린이 아니꼽기는 마찬가지였다.

"이거 놀랍습니다. 마스터 오브 데드를 이곳에서 보게 될 줄

이야……."

루크에 대해서 들은 그란 남작이 감탄사를 내뱉었다.

마스터 오브 데드는 현역 시절 루크의 별명으로, 한때 귀족들 사이에서는 마스터 오브 데드의 이름만 들어도 경기를 일으키는 자가 적지 않았었다.

"저야말로 한때 제국 최고의 천재라던 그란 남작님을 뵙게 되어 영광입니다."

좋은 이름은 아니지만 자신을 칭찬해 주는 사람이 나쁘게 보일 리는 없다.

서로가 서로를 올려주니 누이 좋고 매부 좋은데, 살린이 보기에는 딱 한 쌍의 재수없는 바퀴벌레다. 결국 근질거리는 주둥이를 참지 못하고 한마디 던진다.

"폐물 살수와 미친놈 소리 듣는 천재라……."

자기 딴에는 소리를 줄여서 한다는 것이었는데, 다 들린다.

순식간에 주의가 냉각되는 것은 명약관학한일, 보다 못한 아일론이 한마디 했다.

"셋 다 똑같은 놈들을 모아두셨습니다, 주군."

"그렇지요. 하하하"

순식간에 도매금으로 넘어가게 된 세 사람, 후에 제국을 받는 기둥이라 불리게 될 세 사람의 시작은 견원지간(犬猿之間)으로 시작되고 있었다.

國士無雙

PART 12
보아라, 장한 모습 검은 베레모

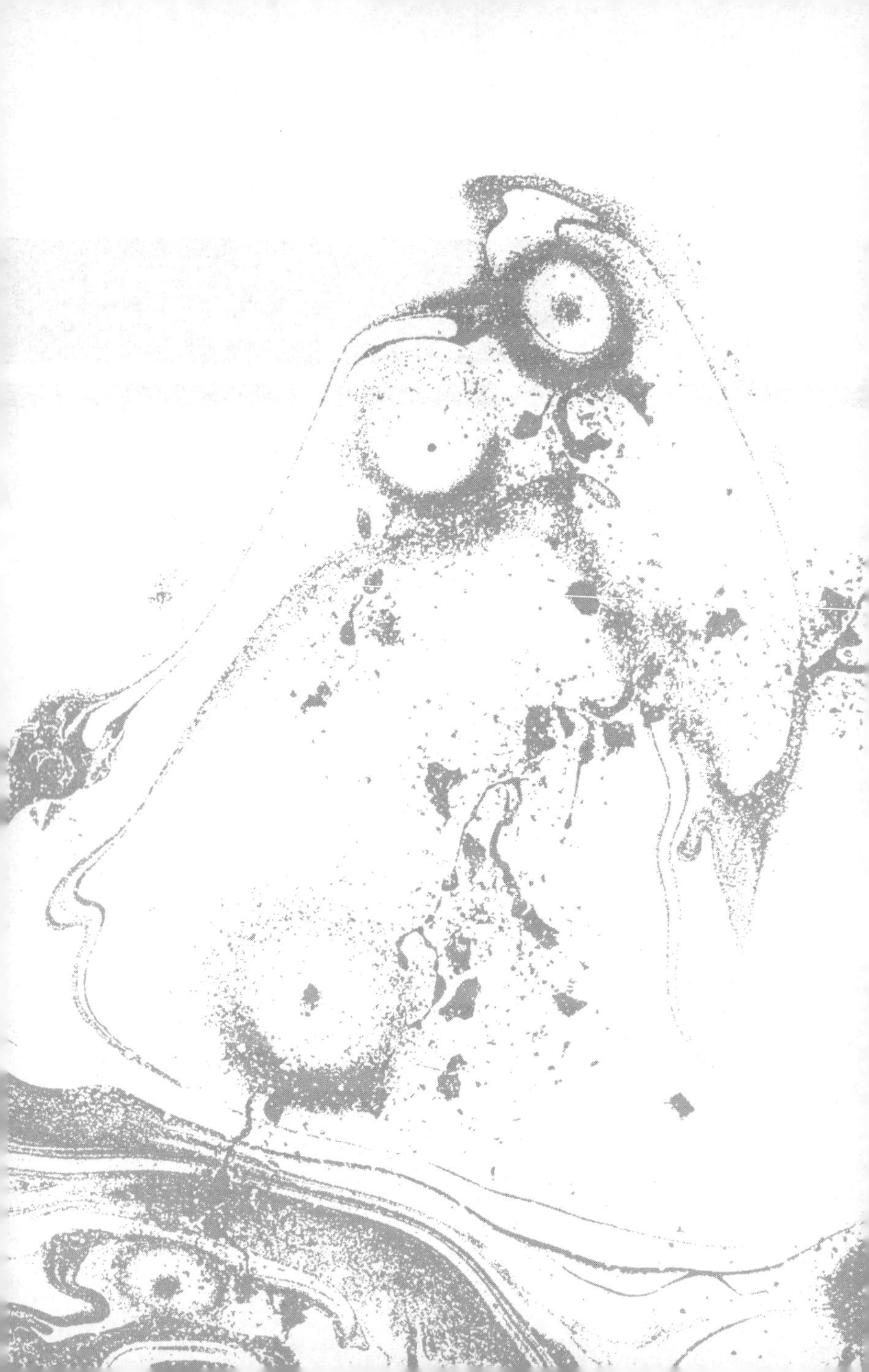

PART 12
보아라, 장한 모습 검은 베레모

삼백 명의 최종 테스트 통과자가 마을 라크에 모인 것은 진눈깨비가 휘날리는 1월의 어느 날이었다. 밤새 내린 눈으로 연병장은 물론이고, 마을 전체가 눈에 잠겨 있는 가운데, 하캄 상단에서 무료로 제공한 마차들을 타고 라크에 도착한 특전사 후보생들은 앞으로 자신들이 생활하게 될 마을을 둘러보느라 정신이 없었다.

"모두 대연병장으로 집합한다. 집합!"

"빨리빨리 움직여!"

정신을 못 차리고 있는 신병들을 향해 달려든 살린과 루크가 악다구니를 쏟아내며 그들을 대연병장으로 몰아갔다.

얼굴에 칼자국이 길게 난데다 위험한 냄새를 온몸으로 뿜어내는 살린과 머리에부터 발끝까지 검은색으로 도배하고 등 뒤로 암흑의 포스를 배경화면으로 깐 루크가 그들을 몰기 시작하자, 분위기에 압도당한 신병들은 사냥개에게 몰리는 양처럼 우르르 대연병장으로 들어섰다.

"똑바로 서란 말이다!"

마지막으로 지난 며칠간 유찬으로부터 지옥 훈련을 받은 이오스가 당장이라도 잡아먹을 것 같은 얼굴로 정리정돈에 나섰다.

"모두 오느라 수고 많았다."

어안이 벙벙하여 정신을 못 차리는 병사들을 바라보며 단상 위에 올라선 유찬이 말했다.

"맞아, 저분은 보른 성을 지켜낸 프리미엄 마스터 크리스 공이셔!"

"뭐? 그 소문이 사실이었단 말이야?"

신병 중에 유찬을 알아본 몇몇 병사들이 대놓고 손가락질을 해대며 환성을 내질렀다.

덕분에 그나마 가장 좋은 인상을 유지하던 유찬의 표정이 악귀의 그것처럼 일그러졌다.

"모두 조용!"

"이 새끼야! 조용히 하란 말이야!"

다시 한 번 비호감 삼인방이 나서서 소요 사태를 진정시켰다. 어수선하던 장내는 어느 정도 안정을 찾아갔지만 유찬의 표정은 좋지 않았다.

‘오합지졸(烏合之卒)이 따로 없군.’

앞으로 이들을 교육시킬 생각을 하면 앞이 막막했다.

특전사.

세계 최강의 군대라는 개소리를 다 집어치우고, 개고생 생고생 막말로 몸을 고문하는 곳이다. 걸핏하면 몇만 피트 상공에서 낙하산에 목숨 걸고 뛰어내리고, 정말 재수없으면 비무장 지대에서 북한군 애새끼들과 드잡이질을 해야 한다.

그런데도 그곳이 좋다고 자원해서 가는 놈들이 있다. 그렇다고 그들이 사이코나 돌아이들이라는 것은 아니다.

그들에게는 한가지씩 목적이 있다.

그것이 단순한 사명감일 수도 있고, 단순히 베레모가 멋있어서라는 것일 수도 있다. 하지만 그들의 바탕에는 어느 정도 국가에 대한 충성심과 애국심이 깔려 있다. 그렇지 않다면, 최강이란 수식어는 이미 오래전에 반납했으리라.

하지만 이곳의 예비 특전사들은 아니다.

이들을 한마디로 표현하자면 목구멍이 포도청인 이들이다.

먹고살기 위해 특전사에 지원한 이들이라는 것이다. 이들에게는 충성심이나 애국심 따위는 쥐뿔도 없다. 이들은 첫째도 돈이요, 둘째도 돈이다.

물론 어떻게 교육하느냐에 따라 다르겠지만 충성심이나 애국심이라고는 쥐뿔도 없는 이들을 교육하는 일은 순탄치 않은 길이 될 것이다.

“모두 들어라!”

연병장을 울리는 유찬의 목소리에는 다시금 힘이 담겨 있었다.

"이곳이 무엇을 하는 곳인지, 너희들이 무엇을 할 것인지 매우 궁금할 것이다. 한마디만 하겠다. 너희들은 최강이 될 것이다. 너희들은 제국 최강, 아니, 대륙 최강의 군대가 될 것이다."

예비 특전사들 사이에서 다시금 소요가 일었다. 이를 무시한 유찬은 계속해서 말을 이었다.

"그 길은 죽을 만큼 험난하고 힘든 길이 될 것이다. 하지만 대륙 최강의 부대로 다시 태어난다면 너희들은 그동안에 흘린 땀과 피와 노력의 대가를 모두 받게 될 것이다. 최강의 군인으로서 그에 맞는 명예와 부를 보장받을 것이며 역사는 너희들의 이름을 영원히 기억할 것이다."

잠시 말을 멈춘 유찬은 비장한 표정으로 말했다.

"자, 이제 선택은 너희들의 몫이다. 대륙 최강의 전투 부대 부대원이 되어 명예와 부를 누릴 준비가 되어 있는가? 준비되어 있지 않다면, 지금 이곳을 떠나라! 아무런 제지도, 아무런 간섭도 하지 않을 것이다."

유찬의 연설에는 영혼을 사로잡는 알 수 없는 무언가가 있었다.

"할 수 있습니다."

"하겠습니다."

중구난방으로 대답들이 터져 나왔다. 그들을 흡족한 시선으

로 바라본 유찬은 단상 좌측에 있는 살린과 이오스를 바라보
며 말했다.

"대답은 그렇게 하는 게 아니다. 숙달된 조교 앞으로!"

"앞으로!"

며칠간 훈련을 통해 숙달된 조교 이오스와 살린이 앞으로
나서며 거수경례를 했다.

"충성!"

손바닥을 곧게 펴서 눈썹 언저리에 가져다댄 그들의 모습은
생소했지만 멋있었다.

"자, 이제 다시 해본다. 복명은 한 번에 짧고 강하게 한다.
누릴 준비가 되었는가?"

촤악!

"충성!"

삼백 명의 거수경례, 비록 손의 위치가 머리 위로 올라간 사
람부터 손목이 모로 꺾인 사람까지 제대로 된 경례를 하는 이
는 삼분지 일도 되지 않았지만 이러면 어떻고 저러면 어떠한
가?

비록 중대 병력에도 미치지 않는 삼백 명이지만 그에게도
어엿한 부대가 생겼다.

이놈저놈 개놈까지 온갖 잡놈들을 다 섞어놓은 외인구단 같
은 용병들이 아니라 이제부터 그가 키워가야 할 새끼(병사)들
이 말이다.

'이 맛에 대가리를 해먹는구나!'

밑에 애들이 죽어나가든 말든 눈이 오나 비가 오나 연병장에 애들 모아놓고 사열식하던 장성들의 마음을 조금이나마 이해하며, 성취감에 빠져 있던 유찬은 부들부들 떨리는 손으로 단상 한쪽에 놓인 베레모를 들어 올렸다.

'반갑다, 둥글 모자야.'

챙이 없고 둥근 모양의 납작한 검은 베레모, 그는 마치 로마 황제가 월계관을 쓰듯 조심스럽게 머리에 베레모를 눌러썼다. 유찬이 베레모와 쓰는 동안 예비 특전사들에게도 베레모와 검은 군복이 지급되었다.

"여러분이 쓰게 될 이 모자는 베레모라 한다. 베레모는 우리들의 상징이자 우리들의 긍지다. 설령 제국의 황제라 하여도 이 검은 베레모만은 쓸 수 없다. 검은 베레모를 쓰는 그 순간부터 너희들은 대륙 최강의 전투 부대 특전사의 대원이 되는 것이다."

이오스를 위시한 교관들은 이미 베레모를 쓰고 있었고, 잠시 망설이던 예비 특전사들도 하나둘 베레모를 눌러썼다. 베레모를 쓴 삼백 명의 예비 특전사, 그들의 눈동자에는 휘날리는 눈발이 녹아내릴 만큼 뜨거운 열정과 자부심이 불타고 있었다.

*　　*　　*

특전사의 훈련은 예비 특전사 부대원들이 새로 지어진 집에 자리를 잡은 지 이틀 만에 시작되었다. 아침 훈련은 산뜻하게 새벽 6시 기상과 함께 마을 뒷산으로 이어지는 6㎞ 행군으로 시작되었다.

환자나 보초 근무자를 제외한 모두가 참가해야 하는 것이기에 유찬이나 교관들이라고 예외일 수는 없었다.

한겨울 눈발까지 날리는 상황에서 아침 구보는 예비 특전사들에게 고문이었다.

"으, 추워!"

"으윽, 이게 무슨 미친 짓이야!"

구보가 끝나면 간단한 몸 풀기와 함께 유찬이 직접 특공 무술에 대한 시범을 보여주었다.

그것마저 끝나면 대략 한 시간 정도 긴 식사 시간이 주어졌으며, 취사장의 음식들은 그들이 평소 먹어보기 힘든 좋은 것들이었다.

현역 시절 유찬이 가장 싫어했던 것 중 하나가 바로, 똥국과 짬밥을 3분 내에 아가리에 쑤셔 넣는 대한민국 군대의 극악무도한 식사 방침이었다.

밥 한 번 처먹자고 취사장 앞에서 얼마나 많은 군가를 목이 터져라 외쳐야 했던가?

유찬은 아직도 그 이유가 궁금했다. 도대체 왜 밥 한 끼 먹이면서 군가를 그렇게 시킨단 말인가? 한국 군대의 불가사의가 아닐 수 없었다.

거기다 특히 햄버거 같지도 않은 군대리안 버거는 그야말로 고문이었다.

그 정도가 얼마나 심했냐면, 강철도 녹인다는 그의 위장이 한 입만 먹으면 바로 반납 조취를 취하겠다는 통보를 보낼 정도였다. 짬이 생기면서 먹기 싫은 버거는 모두 후임의 아가리에 밀어 넣었고, 고참 시절에는 버거가 나오는 날은 취사병을 협박해 건빵을 튀겨 그걸로 식사를 때울 때도 있었다.

처음 육 주간은 체력 단련과 행군, 검술 등을 비롯하여 군인이 익혀야 할 기본적인 것들을 교관 모두가 달려들어 가르쳤다.

몸 만드는 데는 방법이 없었다, 그냥 열심히 빡세게 굴리는 수밖에.

"똑바로 못하나!"

"군기가 빠졌군. 저기 보이는 소나무까지 선착순!"

덕분에 덩달아 고생하게 된 교관들은 이를 부득부득 갈며 훈련병들을 몰아붙였다.

말 그대로 지옥 같은 육 주가 펼쳐졌다.

"이것들이 죽고 싶어 발악을 하는구나. 대가리 심어!"

"정신 상태가 썩었어. 방패 들고 앞으로 나란히!"

"거기 쓰러진 놈 누구야! 투구 쓰고 대가리 심고 앞으로 전진"

이오스와 살린의 다혈질적인 성격을 다분히 잘 알고 있는 유찬은 교관들의 폭력을 철저히 금지시켰지만 대신, 수많은 얼차려 기술을 전수했다.

그 기술이 얼마나 많은지 말려, 널어, 심어, 거꾸로 박어, 선착순, 머리 박고 전 후진 돌기, 기상, 앞으로 취침, 뒤로 취침, 좌로 굴러, 우로 굴러 시리즈, 오리걸음, 포복으로 연병장 돌기, 어깨동무 일어나기, 엎드려뻗쳐, 깍지와 아리랑 깍지, 방패 들고 앞으로 나란히, 해자다리(한강철교), 결합형 김밥말이, 단체 윷놀이, 에밀레종, 팬텀기, 오크 눈깔 캐기(김일성 눈깔 캐기), 고목나무 매미, 전갈, 석가탑, 통닭구이…….

이오스와 교관들은 유찬이 전수해 준 얼차려를 남용해 가며 훈련병들을 극한의 상태까지 몰아붙였다. 십여 일이 지나자 훈련병들 사이에서 불만이 하나둘씩 터져 나왔다.

사건은 삼 주 차에 터졌다.

훈련이 끝난 뒤 취사장에서 훈련병 두 명이 식판을 휘두르며 싸움을 벌인 것이다.

한 놈이 다른 한 놈의 머리를 식판 모서리로 찍어버렸다.

유찬은 이십 명을 최소 단위로 보고 1개조로 묶어 잘잘못에 관하여 꼭 연대책임을 묻도록 했는데, 그것이 화근이었다. 아무 죄 없이 얼차려를 당한 병사 중 하나가 화를 참지 못하고 주먹을 휘두른 것이다. 순식간에 취사장은 아수라장이 되고 말았다.

"훈련병들의 불만이 많습니다."

"훈련 양을 조금 줄이시는 것이 어떻습니까?"

기실 육 주간의 기초 체력 훈련은 말이 기초 체력 훈련이지 지옥 훈련에 버금가는 무시무시한 것이었다. 상대적으로 체력이 떨어지는 그란 남작은 말할 필요도 없고, 실전으로 다져진 살린이나 루크까지도 체력적 한계를 느낄 만큼 훈련은 힘들었다.

"내일은 다른 훈련은 모두 취소한다."

교관들의 얼굴에 순간 화색이 감돌았다. 하지만,

"내일부터 모든 훈련은 구보로 대체한다. 완전군장으로 아침부터 저녁까지 계속해서 뒷산 정상까지 뛴다. 목표량은 하루에 백 번이다."

"네에?"

"주군, 진심이십니까?"

루크와 살린이 자리를 박차고 일어나 항의하려 했다. 하지만 그런 그들의 어깨를 이오스가 내리누르며 작은 목소리로 말했다.

"보스께서는 한 번 하신다고 하면 기어이 하시는 분입니다."

설마 하는 표정으로 그를 올려다보는 그들의 등 뒤로 유찬의 중얼거림이 들려왔다.

"내일부터 한번 죽어보자!"

"……."

다음날 유찬은 자신이 한 말을 철저히 지켰다.

웃통을 벗고 추위와 싸워야 하는 구보를 옷을 입고 하게 되었다고 좋아하던 훈련병들은 모든 훈련 취소와 완전군장으로 하루 종일 구보가 이어질 것이라는 말에 절망했다.

보통 완전군장을 하게 되면 대한민국 군인의 경우 차이는 있지만 30㎏ 정도의 군장을 하게 된다. 훈련병들의 군장은 그보다는 가벼웠다. 침낭을 비롯한 옷가지들이 든 기본 세트와 방패, 투구, 검, 창, 탄띠 대용으로 만들어진 단검 띠에 수통을 포함 대충 20㎏ 정도로 대한민국 육군의 소총을 더한 단독군장 정도의 무게였다.

"빨리 안 뛰고 뭐 해, 명령에 불복종하면 퇴소 조치하겠다."

구보를 시작하는 훈련병들 뒤에 버티고 선 유찬이 몽둥이를 휘두르며 소리쳤다.

"빨리 안 뛰어!"

"이 자식들아 빨리 뛰어!"

살린을 비롯한 교관들 역시 악다구니를 퍼부으며 훈련병들을 몰아붙였다. 이미 몇 번 교관들에게 덤비다가 쓴맛을 본 적 있는—알면서도 이 부분에 대해서는 유찬이 묵인하고 넘어갔다—훈련병들은 울며 겨자 먹기 식으로 달리기 시작했다.

부대 뒷산 꼭대기를 반환점으로 하는 구보의 끝은 다시 구보였다.

지쳐 쓰러진 동료들을 내버려 두고 먼저 들어온 놈들은 다시 구보를 해야 했고, 지쳐 쓰러졌다가 걸어 들어온 놈들은 자존심을 찢어발기는 험한 욕설을 들으며 다시 구보를 시작했다.

아무리 제때 먹고 제때 쉰다고 해도 구보를 계속한다는 것은 엄청난 체력적인 부담이 될 수밖에 없다. 살린, 루크, 이오스마저도 이틀째 저녁부터는 걸어 다니기 시작했고, 훈련병들은 대부분 네 발로 기어 다녔다.

오직 한 사람…….

삼 일이 지나도 멀쩡한 사람이 있었다.

당연 유찬이었다.

다 죽어가는 훈련병들과는 달리 가장 먼저 산 정상을 돌아 내려와 기어가는 훈련병들의 등 뒤를 쫓아가며 악다구니를 쏟아놓았다.

"이런 워리보다 못한 놈들아! 똑바로 안 뛰어!"

그 거침없고 다채로운 욕설들의 향연이란, 사전을 꾸며도 모자람이 없었다.

지옥 같은 구보 삼 일째.

해가 저물어 가던 시간, 오늘도 가장 먼저 반환점을 돌아 연병장에 도착한 유찬은 인상을 찌푸리며 느릿느릿 기어오는 훈련병들을 닦달해 다시 산으로 올려 보내고 있었다.

'오늘도 무리인가?'

오만상을 찡그리며 다시 산을 오르는 훈련병들을 바라보며 유찬이 한숨을 쉬려 할 때 맨 뒤로 처진 두 사람의 훈련병이 서로가 서로를 부축하며 구보 끝 지점에 들어왔다.

"거기 둘, 이리로."

"네!"

땀범벅이 된 빨간 말총머리 녀석과 다리가 삔 것이 분명한 갈색머리 녀석은 저번 바퀴를 돌 때까지만 해도 선두 그룹에서 달리고 있던 녀석들이 틀림없었다.

"어떻게 된 건가?"

"제가 산 능선에서 넘어지는 바람에 다리를 삐었습니다. 그래서 이 친구가 저를 부축해 준 것입니다."

갈색머리가 다 죽어가는 목소리로 말했다.

잠시 녀석들을 지켜보던 유찬은 기분 좋은 미소를 지었다. 비록 이들은 이 훈련의 참의미는 알지 못했지만, 적어도 서로가 서로를 배려하는 마음만은 높이 사줄 만했다.

이 훈련에서 유찬이 바란 것은 아주 사소한 것으로, 그것은 바로 동료 간의 신뢰 관계와 믿음이었다. 하지만 그것은 생각보다 얻기 어려운 것이기도 했다. 그래서 그들을 벼랑 끝으로 내몰 듯 지옥 훈련으로 몰아붙였다.

다친 동료를 부축해서 구보 끝 지점에 오는 것, 지친 동료의 손을 잡아서 끌어주는 것, 사소한 것이지만 그사이 서로 간의 믿음이 쌓이는 것이다. 그런 관계들이 너와 나에서 우리를 만들고, 전우라는 이름으로 한 부대를 뭉치게 한다.

'그것이 무엇이 어렵겠냐?' 라고 생각하는 사람들도 있겠지만 인간의 믿음이란 그리 쉽게 얻어지는 것이 아니다.

옛날 어떤 곡예사가 세추리어스 폭포를 가로지르는 외줄을 매어놓고, 아무 보호 장치 없이 그 줄 위로 자전거를 타고 왔다 갔다 하며 묘기를 부리고 있었다. 보는 사람들마다 감탄했고 박수 치며 환호했다. 그 곡예사가 관중들한테 물었다.

"여러분, 내가 의자 위에 사람을 한 명 앉혀서 그 의자를 들고도 여기서 저 끝까지 갔다 올 수 있다고 믿으십니까?"

그러니까 많은 사람들이 하는 말이,

"예, 당신은 할 수 있어요!"

곡예사가,

"그럼 여러분들 중 아무나 한 명 나와보십시오."

그러나 아무도 안 나오자, 썰렁한 분위기 끝에 한 아이가 자진해서 나왔는데 그 아이는 다름 아닌 곡예사의 아들이었다. 믿는다고 말했던 그 많은 사람들은 과연 믿음의 정도가 좀 약해서 자진해 나오지 못했던 것일까?

그것은 아닐 것이다. 입으로만 믿는다 말했지만 정말 자신의 이익이 특히, 목숨이 걸리게 되면 그들이 말했던 소위 '믿음'이 허구였다는 게 들통나게 되는 것이다.

전장에서 '믿음'은 곧 목숨과 직결된다.

서로의 검에 목숨을 맡기지 못하면, 믿음이 흔들리면 부대 전체가 전멸할 수도 있다. 서로를 믿고 신뢰할 때 진정한 동료가, 전우가 되는 것이다.

내 등은 내 동료가 지키고 있다. 내가 여기서 무너지면 동료들이 죽는다.

나도 힘들지만 나보다 더 힘든 동료를 위해 손을 내밀어주는 것, 그리고 그 손을 붙잡아주는 것, 마주 잡은 손이 두 사람을 믿음이라는 이름으로 이어준 것이다.

'너희 둘은 이것으로 되었다.'

유찬은 흡족한 표정을 지으며 두 사람에 말했다.

"너희들은 열외!"

"충성! 감사합니다."

유찬은 과감히 두 훈련병을 열외시켜 주었고, 그렇게 다시 삼 일이 지났다. 어느덧 많은 수련생들이 서로가 서로를 의지하고 부축하며 구보의 끝 지점에 도착했다. 그들 모두가 구보를 통과하기까지 일주일이 걸렸다.

지옥 구보라고 이름 붙게 된 한 주간의 구보가 끝나고 난 뒤, 훈련병들 사이에 큰 변화가 있었다. 서로가 서로를 챙겨주는 모습들이 여기저기서 보였으며, 처음 식판을 들고 싸웠던 두 훈련병은 모든 훈련병들이 보는 앞에서 화해했음은 물론, 서로가 서로의 등 뒤를 지켜주기로 약속까지 했다.

그리고 후일 아주 오랜 시간이 흐른 후에 지옥 구보는 특전사의 오랜 전통이 되었다.

지옥 구보를 끝으로 육 주간의 기초 체력 훈련이 끝나고 본격적인 군사 교육이 시작되었다.

삼백 명의 훈련병들을 여섯 개 조로 나눈 유찬은 살린과 루크, 그란 남작을 교관으로 삼아 많은 분야의 기술들을 전수하도록 하였다.

유찬은 훈련병들을 여섯 개 조로 재편성했는데, 훈련병 열 명을 한 팀으로 보고 알파, 브라보, 찰리, 델타, 에코의 다섯 개 팀을 한 조로 구성하고 이들을 한 개 소대로 묶었다.

이중 가장 뛰어난 실력을 가진 이를 훈련이 끝난 후 소대장으로 승격시키고, 소대장에게는 다른 대원들보다 1골드 많은 월급의 특혜를 제시했으며, 살린과 루크가 각각 이 개 소대, 그란 남작이 한 개 소대를 맡아 중대장이 되었다. 이오스는 유찬의 부관이 되었고, 철기방 대장인 아일론에게는 대대장 급 대우를 약속했으며, 굳이 들어오겠다는 에리나에게는 간호 장교 및 중대장 급 지휘와 함께 자금 관리를 맡겼다.

어느 정도 군 체계가 갖추어지자 본격적인 훈련이 시작되었다.

살린은 검술 교관으로서 무예도보통지 상의 등패무와 본국검을 훈련병들에게 가르쳤다. 나무로 된 방패인 등패가 없는 관계로 둥근 타워실드로 등패무를 가르치게 되었는데 결과는…….

"방패 들고 앞으로 나란히!"

이렇게 나타났다.

하지만 그나마 훈련병들의 인성 교육과 궁수 훈련은 그란 남작 쪽보다는 나았다.

그란 남작의 인성 교육은 처음부터 난항이었다. 국민 95%가 문맹인 시대에 아무리 앞에서 공자왈 맹자왈 하고 떠들어봤자 맨땅에 헤딩하는 짓, 아무리 가르쳐도 훈련생들의 대부분이 '뉘 집 개가 짖나' 라는 태도로 일관했다.

하얀 것은 종이요, 검은 것은 글씨로되 아는 것은 없도다.

오리무중, 설상가상, 첩첩산중, 진퇴양난.

훈련 한 번 하고 나오면 세상 다 산 것처럼 땅이 꺼져라 한숨 쉬기를 수일.

결국 이쪽도,

"감히 내 수업 시간에 존다 이거지, 이 새끼들 군기가 빠졌구만. 오크 눈깔 캐기 실시!"

"아악! 교관님!"

"쓰러지는 놈은 내 손에 죽을 줄 알아!"

당대의 지성이고 뭐고 없다. 말 안 듣는 놈은 패면 말을 듣는다.

결국 희대의 천재라 주장하던 그란 남작도 지성으로서의 면모를 벗어던지고 얼차려 신공을 난무하며 스파르타식 교육에 들어갔다.

그나마 가장 양호한 쪽은 루크였다. 물론 어디까지나 육체적인 면에서.

루크가 가르치는 것은 은신술과 단검술을 비롯한 잡기들로서, 은밀한 작전을 수행하는 특전사에게는 필수 과목이라 해야 할 만한 것들이었다.

루크는 어쌔신이다.

그의 특성은 어둠, 고요, 침묵이다. 어찌 보면 사람답지 않은 존재가 바로 루크다. 그런 만큼 그의 교육은 피도 눈물도 없었다.

침묵.

루크의 교육은 언제나 조용했다.

루크가 조용히 시킨 것은 아니었다. 그리고 루크는 결코 조용하지 않았다. 오히려 그는 케케케 하는 칠팔십 년대 모 만화에 나오는 악당처럼 웃고 있었다.

하지만 훈련병들은 숨소리조차 제대로 쉬지 않고 눈만 말똥말똥 굴려야 했다.

휘익~!

장난감처럼 던졌다 받았다 하던 단검이 루크의 손을 떠나 어딘가로 날아갔다.

푹!

그리고 예외없이 목표물에 명중했다.

"에이, 또 맞춰 버렸네."

뭔가 굉장히 아쉽다는 말투다.

"좀 빗나가란 말이다."

이건 또 무슨 해괴한 말인가? 빗나가라니?

"웁웁웁!!"

목표물을 맞혔는데, 불만이라는 표정의 루크와 곧이어 터져 나온 답답한 신음 소리, 부동자세로 선 훈련병들의 앞에는 살벌한 광경이 펼쳐져 있었다. 무슨 십자가에 말뚝 박힌 예수님도 아니고 십자형 틀에 훈련병 하나가 매달려 있었다.

그 훈련병의 양팔과 머리에는 먹음직스러운 사과가 하나씩 올려놓아져 있었는데, 그 사과들에는 두세 개의 작은 단검이 손잡이까지 깊숙이 박혀 있었다.

이 재수없는 훈련병이 십자가에 매달려 팔자에도 없는 과녁 역할을 하고 있는 이유는 하나, 신법 훈련 도중 세 번이나 통나무 위에서 발을 헛디뎠다는 것이었다.

"세 번 이상 실패하면 과녁에 메달아 버리겠다."

훈련을 시작하기 전 루크가 생글생글 웃는 얼굴로 내뱉은
으름장을 무시한 대가였다. 설마 했는데, 그 설마가 사람 잡았
다.
"야, 야! 움직이지 마라. 내가 아무리 표적을 잘 맞춘다고 해
도 네가 움직이면 빗나갈 수도 있어⋯⋯."
마치 빗나기를 바라는 사람 같은 말투다.
저게 사람인가?
훈련병들의 표정은 이렇게 묻고 있는 듯했다. 차라리 얼차
려를 받는 것이 나았다. 십자가에 묶여 저 음침한 인간의 유희
감이 되는 이⋯⋯.
'무, 무슨 일이 있어도 마스터한다.'
그 과정이야 어찌 되었든 루크의 훈련은 다른 교관들보다
빠른 진척을 보였다.
유찬도 그걸 보고 혀를 차며 한마디 했다.
"지가 빌헬름 텔이여 뭐여⋯⋯."
후일 이 훈련법을 알게 된 그란 남작이 말 안 듣는 훈련병을
나무에 묶어 놓고 진정한 빌헬름 텔 흉내를 냈다나 뭐라나. 아
무튼 살린과 그란 남작과는 달리 루크의 훈련은 순풍을 만난
배처럼 빠르게 흘러갔다.
평균 5.7명당 한 명이 부상이 나오는 게 특전사의 훈련이다.

아무리 주의를 하고 대비를 한다고 해도 부상이 나오는 것은 어쩔 수 없다. 그런 의미에서 볼 때 간호 장교인 에레나와 그녀의 부하들은 부대에서 없어서는 안 될 존재였다. 문제는 에레나의 부하들인 그녀들이 전직 사창가 출신들이라 무슨 코스프레도 아니고 간호복을 쫄티로 만들고 입고, 얼굴에 화장을 떡칠 하고 다닌다는 것 정도?

그러나 그 정도는 애교로 넘어가기로 하자. 정작 문제는 그녀들의 우두머리, 풍운의 마담 에라나였다. 부대의 자금줄과 내정을 한 손에 움켜쥐고 유찬조차 함부로 하기 힘든 무소불위의 권력을 휘두르는 철혈의 여인네 간호대 대장 에레나!

오늘도 그녀의 눈꼬리는 하늘 높은 줄 모르고 치솟았다.

'이놈의 나일론들…….'

나일론은 꾀병 환자들을 보며 유찬이 한 말이었다. 그때부터 그녀도 꾀병 환자를 보며 나일론이 환자라고 불렀다.

'루크님의 수업 시간만 되면 이러니…….'

그녀도 장이 꼬였네, 발목이 삐었네 하며 간호소를 점령하고 있는 나일론 환자들의 마음을 십분 이해했다.

누가 십자가에 매달려 단검 서커스를 하고 싶겠는가?

하지만 이해를 한다고 해서 나일론 환자들을 이대로 방치할 수는 없었다. 결국 마음을 정한 그녀는 손가락 마디마디를 풀며 다리가 삔 것 같다고 찾아온 훈련병에게로 다가갔다.

"다리가 삐었다고?"

"네. 아이고 아파라. 심하게 삔 것 같습니다."

“어머, 정말 심하게 삔 것 같군요.”

그녀는 조심스럽게 다리가 삐었다는 훈련병의 발목을 움켜잡았다.

순간 그의 얼굴에 행복한 미소가 어렸다. 매일같이 시커먼 남자만 상대하다가 나긋나긋한 여자의 손길을 느낄 수 있었으니 말이다. 하지만 그는 보지 못했다.

‘좋단다.’

그녀의 입가에 어린 살벌한 미소를…….

“어디 보자 삔 다리는 어떻게 하더라?”

그녀의 팔에 힘이 들어갔다.

그리고…….

우드득!

“…….”

이게 정령 사람 다리뼈에서 난 소리란 말인가?

“*끄아아악!*”

생 다리가 부러진 훈련생은 머릿속을 하얗게 탈색시키는 고통에 죽는다고 고함을 질렀다.

“어머! 다리가 삔 게 아니라 부러졌나 보네요. 루나야, 신관 부르렴.”

“*끄아악!*”

“닥쳐요!”

퍽!

고통에 몸부림치는 훈련생 하나를 수도로 잠재워 버린 그녀는 눈앞에서 벌어진 믿을 수 없는 광경에 입을 헤 벌리고 있는 다른 나일론 환자들을 향해 다가갔다. 그녀의 등 뒤로는 루크의 그것보다 더욱 끈적끈적하고 암울한 기운이 마구 뿜어져 나왔다.

피장봉호.

그들은 노루를 피하려다 호랑이를 만난 격이다.

"아, 갑자기 팔이 안 아픕니다."

"배가 다 낳은 것 같습니다."

"저는 조금 전부터 어깨가 안 쑤십니다."

고양이 앞에 쥐 신세가 된 나일론 환자들이 쥐덫에 걸린 쥐 새끼처럼 파닥거리며 필살의 탈출을 시도했다. 하지만 그녀는 눈앞에 있는 먹잇감을 놓칠 만큼 미숙한 고양이가 아니었다.

'야옹~!'

그녀의 눈이 고양이의 그것처럼 가늘어졌다.

"끄아아악!"

"으아아아악!"

처절한 비명이 간호소 전체에 메아리쳤다.

"도대체 이것들은 뭐야?"

감히 자신의 시간에 들어오지 않은 괘씸한 훈련생들을 응징하기 위해 몸소 간호소까지 무거운 발걸음을 때었던 루크는 걸레와 같은 몰골로 사지에 붕대를 감고 퍼질러져 있는 나일론 환자들의 모습에 할 말을 잃어버렸다.

이건 어디 가서 오크랑 드잡이질을 해도 심하게 하고 온 놈들의 몰골이 아닌가?

"이게 어떻게 된 겁니까?"

"그러게 말이에요. 팔다리가 하나씩 부러져서 오다니, 저 친구의 경우에는 어깨뼈가 부서져서 신관을 불러놨어요."

얼굴색 하나 변하지 않고 천연덕스럽게 거짓말을 내뱉는 그녀를 보며 나일론 환자들은 한기가 밀려옴을 느꼈다.

'마녀!'

그들의 공통된 생각이었다.

그 뒤로부터 간호소를 찾는 나일론 환자의 숫자는 전무했다. 그 후 특전사의 간호소는 멀쩡한 인간도 병신 만들어 내보내는 곳으로 유명해졌다.

하지만 이에 대한 불만을 들은 유찬 왈,

"약 한 종류면 암도 때려잡을 수 있다고 믿는 놈들이 치료하는 것보단 낫잖아."

훈련병들이 물었다.

"거기가 어딥니까?"

유찬은 대답 대신 쓸쓸한 미소를 지었다.

'니들이 대한민국 군대 의무실의 실상을 알기나 아냐?

무좀에도 항생제, 감기에도 항생제, 골절에도 항생제. 심지어 심장병에도 항생제를 주는 그곳을…….

*   *   *

유찬이 맡은 교육은 특공 무술이었다.

대한민국 특전사 대원은 기본적으로 육 개월에서 일 년에 걸쳐 태권도 유단자가 되게 되어 있다. 특히 3공수 비호의 경우 태권도의 달인들이라 할 수 있었다. 하지만 태권도는 특공 무술이 아니다.

단지 무인으로서의 마음가짐을 제대로 갈고닦기 위한 정신 수양을 위한 것이다.

물론 실전에서 군용 워커를 신고 태권도 이단 옆차기나 돌려차기 한방이면 거의 크리티컬에 가까운 타격을 주겠지만 태권도의 화려하고 범위가 큰 기술들은 은밀하고 신속함을 기본으로 하는 특전사의 작전에 거의 도움이 되지 않는다.

유찬처럼 눈 감고도 펼칠 정도의 무술 고수가 된다면 이야기는 또 달라지겠지만. 그렇게 긴 시간을 투자할 수 없는 유찬은 바로 특공 무술을 훈련생에게 가리켰다.

"너, 이리 나와 봐!"

"150번 훈련병 자츠 앞으로!"

특공 무술을 가르치기로 한 첫날 훈련생들을 쭉 둘러보던 유찬이 한 수련생을 지목하여 불러냈다. 호명당한 훈련생은 교육받은 대로 관등 성명을 대며 앞으로 나섰다. 충격을 줄이기 솜을 채워 넣은 두툼한 매트 위에서 유찬과 훈련생은 서로를 마주보고 섰다.

"지금부터 네가 할 수 있는 모든 방법을 동원해 나를 공격해 봐라!"

"네?"

잠시 상황 파악을 못하는 훈련병을 향해 유찬이 다시 말했다.

"나를 공격해 보란 말이다."

"아, 알겠습니다."

당황한 표정의 자츠, 하지만 이내 뒷골목의 불한당 같은 미소를 지어 보이며 우두둑 소리가 나게 손가락을 꺾고 주먹을 말아 쥐었다. 자츠는 한가락하는 놈들만 모였다는 훈련생들 중에서도 완력이 좋기로 소문난 이였다.

"이야아아앗!"

훈련소 전체가 떠나가라 내지르는 기합과 함께 자츠가 엉덩이에 칼질당한 곰처럼 양손을 머리에 올리고 달려들었다. 레슬링의 스피어나, 크로스 라인이라도 할 기세였다.

'이런 미친놈!'

혹시나 했는데, 역시나라는 표정의 유찬이 왼발을 뻗어냈다. 가볍게 드는 것 같았지만 그 빠르기는 섬전과 같았다.

"켁?"

요상한 비명 소리, 머리 위로 들어 올렸던 손으로 자신의 사타구니를 부여잡은 자츠. 그는 보기에도 애처로운 표정으로 말조차 잊지 못하고 있었다. 섬전처럼 날아든 유찬의 발차기가 그의 낭심, 영어로 페니스를 강타해 버린 것이다.

지켜보고 있던 훈련생들마저도 할 말을 잃은 채 멍하니 바라보고 있는 가운데 자츠가 모로 넘어갔고, 곧 훈련생들도 오만상을 찌푸렸다.

'저런 비겁한…….'

말들은 하지 않았지만 다들 표정이 이랬다.

여자의 가슴, 남자의 낭심. 누가 이곳을 공격한단 말인가? 될 수 있으면 공격하지 않는 곳이 이곳이었다.

"왜, 뭐 문제있나?"

"……."

'나 얼굴 철판이야' 라는 표정으로 유찬이 말하자 몇몇 수련생들이 고개를 숙이고 중얼거렸다. 자츠가 급히 출동한 간호대에 의해 실려 가고, 훈련생들 사이의 소요가 가라앉자 또다시 한 명의 훈련생이 지목되어 앞으로 나왔다.

"87번 훈련병 쿠룬입니다."

"알지?"

주먹을 말아 쥔 쿠룬은 신중히 유찬을 바라보았다.

뒷짐까지 떡 하니 쥐고 올 테면 와봐라는 표정의 유찬. 이를 앙다문 쿠룬은 양 주먹을 앞으로 세우고 파이트 자세를 취했다.

뒷골목 격투장 출신 파이터인 그는 신중히 숨을 고르며 유찬의 주위를 돌기 시작했다. 힘만 믿고 무식한 곰처럼 달려들었던 자츠와는 확연히 다른 모습. 쿠룬은 타고난 싸움꾼의 기질을 가진 이였다.

하지만…….

'호오— 요놈 봐라?'

그의 그런 모습은 유찬으로부터 흥미를 자아내기는 했지만 단지 그뿐이었다. 오히려 유찬은 눈까지 감아버렸다.

'지금이다.'

유찬이 눈을 감는 순간 틈을 보이기만을 기다렸던 쿠룬이 몸을 움직였다.

바람을 가르는 회심의 돌려차기!

한방만 맞으면 뼈가 부러지는 그의 장기였다. 뒷골목 격투장의 쟁쟁한 격투가들이 이 발차기를 맞고 추풍낙엽처럼 쓰러졌었다. 거기다 요 몇 주간의 훈련으로 그의 발차기는 더욱 강해져 있었다.

턱!

격한 타격음 대신, 무엇인가 붙잡히는 소리가 들렸다. 눈까지 감은 유찬이 그의 발차기를 공중에서 잡아버린 것이다.

"어, 어떻게?"

"동작이 크면 클수록 그 전초 준비가 요란한 법이지. 그렇게 크게 몸을 움직이는데, 모른다면 바보지."

잡고 있던 그의 발을 팅겨낸 유찬이 손가락 두 개를 팅기며 말했다.

"난 이 손가락 두 개면 너를 쓰러뜨릴 수가 있어!"

말과 함께 유찬이 쿠룬을 향해 달려들었다. 당황한 쿠룬이 주먹을 뻗어보지만 이미 유찬의 손가락은 그의 눈을 가득 메우고 있었다.

톡!

"크아아악!"

얼굴을 두 손으로 감싸 쥔 쿠룬이 죽는다고 비명을 질렀다.

눈.

유찬은 쿠룬의 눈을 때려 버린 것이다.

그것도 정확히 눈알에 한방을 날렸다. 그리 강하지도 약하지 않은 무지 아플 만큼의 공격이었다.

예로부터 눈을 맞으면 대호도 쓰러진다 했다. 하물며 사람이야 말해 무엇 하겠는가?

"어떤 말하기 좋아하는 이는 전투에 낭만이 있다고 한다. 하지만 그건 어디까지나 위에 놈들 말이고, 밑에서 싸우는 너희 같은 이들에게 그런 게 다 무슨 소용이란 말이냐? 죽어버리면 낭만도 뭐도 안 남아. 그저 너희들의 이름을 새긴 비석과 후에 들어설 특전사 충혼탑에 이름 정도 남기는 것밖에 되지 않아. 그걸 명예로 알아도 좋지만 이왕이면 벽에 똥 칠 할 때까지 살다가 충혼탑에 이름 올리는 게 낫지 않겠나?"

간호대가 다시 쿠룬을 실어가는 것을 본 유찬이 다시 말했다.

"그러기 위해서 방금 보았던 걸 익혀야 해. 치사하고 비열해 보일지도 모르지 하지만 일격필살, 이보다 더 좋은 방법이 없지 않나?"

맞는 말이다.

남자의 낭심, 여자의 가슴, 눈알 등은 한 대만 때리면 상대는 YOU LOST, 그리고 자신은 YOU WIN이라는 문구가 생기는 곳이다.

"체면, 명예? 이런 건 죽으면 다 필요없어. 물론 무고한 상대를 죽여선 안 되겠지만 적이라고 판단되면 수단과 방법을 가리지 말고 죽여라. 체면이나 명예 같은 건 일단 살아남고 나서 생각해라! 알겠나?"

"알겠습니다."

"이제야 좀 배울 자세가 된 것 같군."

특공 무술은 말 그대로 인명 살상을 위한 무술이다. 그만큼 치명적이고 위험하다는 것이다.

일격일살!

한번에 상대의 숨통을 끊어내는 것을 목표로 훈련은 이루어졌다. 특공 무술은 박투에만 치중한 것이 아니었다.

단검과 삽 등의 무기는 물론이고, 식사용 포크, 나이프, 벨트 등 상대의 숨통을 끊어낼 수 있는 것이라면 무엇이든 무기로 활용할 수 있도록 가르쳤다. 심지어 식판 모서리로 허수아비의 정수를 찍어 젖히는 훈련도 했다.

특전사들의 훈련은 입에서 단내가 날만큼 힘들게 이루어졌다. 산악 구보와 병기 훈련, 정신 교육, 특공 무술 훈련까지 11주간의 교육은 정신없이 계속되었다.

*　　　*　　　*

깡깡깡!

특전사내 철기방은 정신없이 강철을 내려치는 소리로 요란했다.

"야, 이놈들아 좀 더 힘차게 내리치란 말이야 힘차게! 그렇게 하면 쇠가 무뎌진다고 몇 번을 말했냐! 이 밥통 같은 놈아! 좀 더 힘을 주란 말이야! 힘을!"

철기방 대장 아일론의 잔소리는 오늘도 철기방 문턱을 넘어 울려 퍼졌다.

특전사가 만들어진 이후 가장 바쁜 사람을 꼽으라면 당연 아일론이 첫선에 꼽힐 것이다. 물론 반 강제로 협박해서 데려온 대장장이 다섯 명이 있었지만 지금까지 그들은 주조로 철을 다뤄온 이들이었다.

"두들겨라, 두들겨!"

그런 그들에게는 이렇게 주문을 한다고 해서 하루아침에 아일론과 같은 실력이 나올 리는 만무했다.

특전사가 쓰는 무기들을 제때 만들어내기 위해 아일론은 밤잠까지 설쳐 가며 일에 매달리고 있었다.

사악!

단검의 궤적과 함께 나무토막 하나가 거짓말처럼 두 동강 났다.

아일론의 손에 들린 것은 군용 대검, 그중에서도 미 해병대에서 사용하는 OKC—3S대검으로, 조만간 특전사들에게 보급할 예정이었다.

처음 한국군이 사용하는 M7이나 미 육군용 M9대검을 보급하려 했으나, 이 두 대검은 백병전에서 높은 전투력을 발휘하지 못할 뿐 아니라 응용력도 실망스러운 수준, 결국 고심 끝에 특전사용 대검으로 채택된 것이 미해병대 용 OKC—3S였고, 한 달 만에 아일론이 시제품을 내놓았다.

아일론이 만든 미스릴 코팅 OKC—3S대검의 성능은 티타늄 코팅이 된 원래의 OKC—3S와 비교해도 그다지 떨어지지 않았다. 대신 제작비가 대폭 증가했지만 말이다.

"역시 대단하십니다."

"뭘요. 다 주군이 가르쳐 주신 방법대로 했을 뿐입니다. 아참, 그리고 이리로 오십시오."

아일론은 OKC—3S대검, 앞으로 특전 대검이라 불리게 될 대검을 바라보며 흐뭇한 미소를 짓고 있는 유찬을 잡아끌었다. 그가 유찬을 이끌고 간 것은 철기방 뒤편에 마련된 공방이었다.

특전사 공방은 주로 목공품들을 만드는 곳이었다.

유찬이 건네준 무기도록—철기방이 생긴 이후 유찬이 적어서 건네줬다—을 본 아일론의 주장에 의해 만들어진 공방에서는 주로 목재들을 무기로 만들었다. 특전사 대원들에게 전해진, 미각궁(미노타우르스의 뿔로 만들어진 궁)과 그란 남작이 쏘는 철태궁을 만든 곳이 바로 이곳 공방이다.

유찬을 공방으로 이끈 아일론은 작고 가는 화살 하나와 긴 대롱 하나를 꺼내 보여주었다.

"이것은 통아와 편전이 아닌가?"

통아와 편전.

조선 시대에 쓰인 화살에는 여러 종류가 있다.

유엽전, 대우전, 착전, 철전, 세전, 박두, 효시 등 수없이 많다. 지금 특전사들이 훈련받고 있는 화살은 유엽전으로 가장 대표적인 전투용 활이다. 유엽전은 그냥 당겨 쏘면 되는 일반적인 활로 기술만 한두 달만 숙지하면 그냥 쏴 젖힌다.

하지만 눈앞의 편전은 다르다.

일반 화살의 반도 되지 않는 크기 때문에 애기살이라고도 불리는 편전은 통아와 함께 사용되는 활로, 신기전과 함께 화살계의 특전사라 할 만한 화살이다. 편전은 통아라는 반으로 쪼개진 나무통에 넣고 발사하는데 최대 사거리가 500야드(457.2m)나 되는 무시무시한 무기였다.

그것을 아일론이 이 낯선 땅에서 복원해 낸 것이다.

"궁을 가져오게."

"알겠습니다."

아일론은 급히 어디론가 뛰어 갔다 왔다.

그의 손에는 유찬을 만났을 때 그가 처음으로 만든 철궁이 들려 있었다. 유찬은 철궁에 통아를 걸고 편전을 받쳤다.

기이잉!

현을 당기자 철궁이 휘어질 듯 구부려졌다.

"오오!"

아일론의 입에서 탄성이 터졌다. 유찬이 당긴 철궁은 그냥 철궁이 아니다. 천하에서 가장 강하다는 미스릴이 삼분지 일이나 들어간 궁으로 장정 오십여 명이 한꺼번에 달려들어 현을 걸었던 궁이다.

퉁! 쉐엑!

경쾌하게 바람을 가르는 소리와 함께…….

콰쾅!

무엇인가 박살 나며 부서지는 소리가 요란하게 들렸다. 궤적조차 남기지 않고 날아간 편전이 저 멀리 뒷산 초입에 있는 바위를 반쯤 박살 내버리는 소리라는 걸 아일론은 알지 못했지만 비상식적으로 눈이 좋은 유찬은 그것을 볼 수 있었다.

"정말 좋아! 아주 좋아!"

"주군께서 그렇게 만족하시니 저도 기분이 좋습니다."

유찬과 아일론은 공방이 떠나가라 껄껄 웃었다.

'훈련 기간이 필요하겠지만, 이로서 특전사는 월등한 화력을 보유하게 됐다.'

현대전의 승패를 가늠하는 것은 화력의 차이다.

중동 전쟁 당시 거의 대부분 이슬람 국가가 이스라엘을 치기 위해 연합을 했지만 소총 들고 돌격하는 그들의 머리로 쏟아진 것은 미국의 신형 미사일과 전차의 포격이었고, 결국 중동의 국가들은 이스라엘에게 항복하고 말았다.

쪽수로는 도저히 승부가 나지 않는 전쟁이었지만 압도적인 화력이 승리를 바꾼 것이다. 쪽수 앞에 장사 없다는 말이 무색한 사건이었다.

6.25 당시 중공군이 밀려올 때 미국의 항모 두세 대만 동해

상에서 총력전을 펼쳤어도 1.4 후퇴는 일어나지 않았을 것이라는 말에 힘을 실어주는 일이기도 했다.

이 세계라고 해서 다를 것이 없다.

아니, 이 세계의 화력 우세는 거의 승패와 직결된다고 해도 무방하다. 그들이 가진 쇼트 보우와 롱 보우로는 도저히 상상도 할 수 없는 400m 밖에서 오는 편전, 그것은 곧 적들에게 내려지는 사형 선고와 같은 것이리라.

"이것도 한번 봐주십시오."

이번에 아일론이 들고 나온 것은 검은색 가루 같은 것이었는데, 그것을 잠시 바라보던 유찬은 익숙한 냄새에 경악성을 터뜨렸다.

"이건 설마 화약인가?"

"네, 일단은 처음 만들어본 시제품입니다."

유찬은 천천히 화약을 만져 보았다.

염초와 유황, 그리고 숯을 섞어 만드는 화약임에는 틀림없었지만 냄새도 약하고 질도 안 좋았다.

"이걸 어떻게……."

"이것이 전쟁을 바꿀 마법의 가루라 적어놓으셨지 않습니까?"

"하지만 결코 쉽지 않았을 것인데."

타 들어가지도 않을 조잡한 수준이지만 화약을 만들어낸다는 것 자체가 결코 쉬운 일이 아니다.

만약 염초의 정제 기술을 더욱 발전시키고 질 좋은 유황과 숯을 구할 수만 있다면 기초적인 화약 무기를 특전사에 보급할 수 있게 될 것이다.

그렇게만 된다면 특전사는 가히 준무적의 부대라 불러도 좋을 만큼 강해질 것이다.

'잘하는 짓인지는 모르겠지만……'

화약의 위험성을 누구보다 잘 알고 있는 유찬이다. 아니, 당장 그의 머릿속에는 이 세계의 체제를 송두리째 흔들어놓을 만큼의 지식들이 넘쳐 났다.

하지만 과유불급이라 했다.

넘치는 것은 부족한 만 못한 법, 그의 지식들이 당장은 이 세계를 좀 더 살기 좋게 변화시킬지는 모르겠지만 나중에도 그럴 것이라는 장담은 할 수 없는 일이었다.

통제하지 못할 힘은 양날의 검이 되어 돌아오는 법이다. 당장 눈앞의 화약이 그렇지 않은가?

'어차피 이제 와서 돌리기에는 늦었다. 못 먹어도 고다.'

마음을 정한 유찬은 아일론에게 화약의 정제에 힘쓰도록 지시하고 공방과 철기방을 돌아보며 수노궁을 비롯한 기타 병기의 제작에 대한 자세한 보고를 듣는 것으로 특전사 훈련이 한창인 하루를 마감했다.

*　　　*　　　*

새로운 생명이 움트고 겨우내 얼어 있던 계곡물이 다시 흐른다.

싱그러운 봄의 향연은 새로운 생명의 약동을 알리는 봄비와 기다렸다는 듯 솟아나는 새싹들의 파란 잎사귀로부터 시작된다.

지난겨울 혹독한 훈련을 통해 새롭게 태어난 특전사 훈련생들에게 오늘은 특별한 날이었다.

수료식.

교관들도 '그런 게 있어', '알려 하지 마라, 다쳐'로 일관했기에 자세히 알지는 못했지만 수료식이 끝나면 정식 특전사로 인정을 받아, 아직은 어색한 베레모를 매일같이 쓸 수 있다고 했다.

베레모.

처음 그들에게 베레모는 단지 이상한 모양의 모자였다. 하지만 언제부터인가 베레모는 그들의 목표가 되어 있었다.

첫날 한 번 써본 이후 그들에게 베레모를 쓰는 것은 허가되지 않았다.

교관들만이 베레모를 썼는데, 그 모습이 어찌나 부러운지 몰래 숙소에서 베레모를 써보며 미소 지은 이들이 한둘이 아니었다.

이제는 당당하게 베레모를 쓸 수 있다는 생각에 아침부터 베레모를 털고 닦고 난리들도 아니었다.

물론 그들을 설레게 하는 것은 베레모만이 아니었다.

수료식이 끝나면 가족들과 함께 마을 라크에서 살 수 있다.

그 생각만 하면 저절로 미소가 지어지는 예비 특전사 대원들이었다.

"일동 차렷!"

착!

오와 열을 맞춰 대기하고 있던 예비 특전사 대원들은 유찬이 등장하자 구령에 맞춰 부동자세를 취했다.

"사령관님께 경례!"

"충성!"

"충성, 쉬어!"

부동자세로 자신을 바라보며 거수경례를 하는 예비 특전사 대원들을 바라보며 흐뭇한 미소를 지은 유찬은 일단 그들의 자세를 풀어주었다.

번뜩이는 눈빛과 검게 그을린 구릿빛 얼굴. 산이 떠나갈 정도의 우렁찬 함성과 당당한 기백. 비로소 한 마리 늑대다운 기세를 가지게 된 예비 특전사들의 얼굴을 돌아본 유찬은 감회에 젖은 표정으로 입을 열었다.

"나는 지금 목이 메 뭐라 말을 이어야 할지 모르겠지만 무엇보다 지난 몇 달간의 혹독한 훈련을 잘 견뎌준 너희들이 자랑스럽다는 말을 가장 먼저 하고 싶다. 앞으로 너희들을 기다리고 있는 길은 한걸음만 내디뎌도 피가 흐르고 죽음이 난무하는 가시밭길이 될지도 모른다. 하나, 기억하라! 너희가 흘린 땀방울을! 너희가 불러일으킨 불굴의 투혼을! 그렇다면 어떠한 난관이 온다 하여도 헤쳐 나갈 수 있을 것이다!"

잠시 말을 멈춘 유찬은 한 손을 들었다.

"그동안 정말 잘해주었다. 너희들은 이제 자랑스러운 특전사의 대원이다. 충성!"

거수경례!

유찬이 먼저 했다. 수고했다는, 고맙다는 그 어떤 말보다 더한 진심을 담은 거수경례!

"충성!"

특전사들도 거수경례로 답했다.

"보아라, 장한 모습……."

"검은 베레모……."

누구로부터 시작된 것일까?

특전사의 요람을 울리는 우렁찬 군가 소리는 더없이 성결하고 숭고했다.

보아라, 장한 모습 검은 베레모
무쇠 같은 우리와 누가 맞서랴
하늘로 뛰어올라 구름을 찬다
검은 베레 가는 곳에 자유가 있다
수천 리 제국 영토 길을 지킨다
안 되면 되게 하라 특전 부대 용사들
아아~! 검은 베레 무적에 사나이

國士無雙

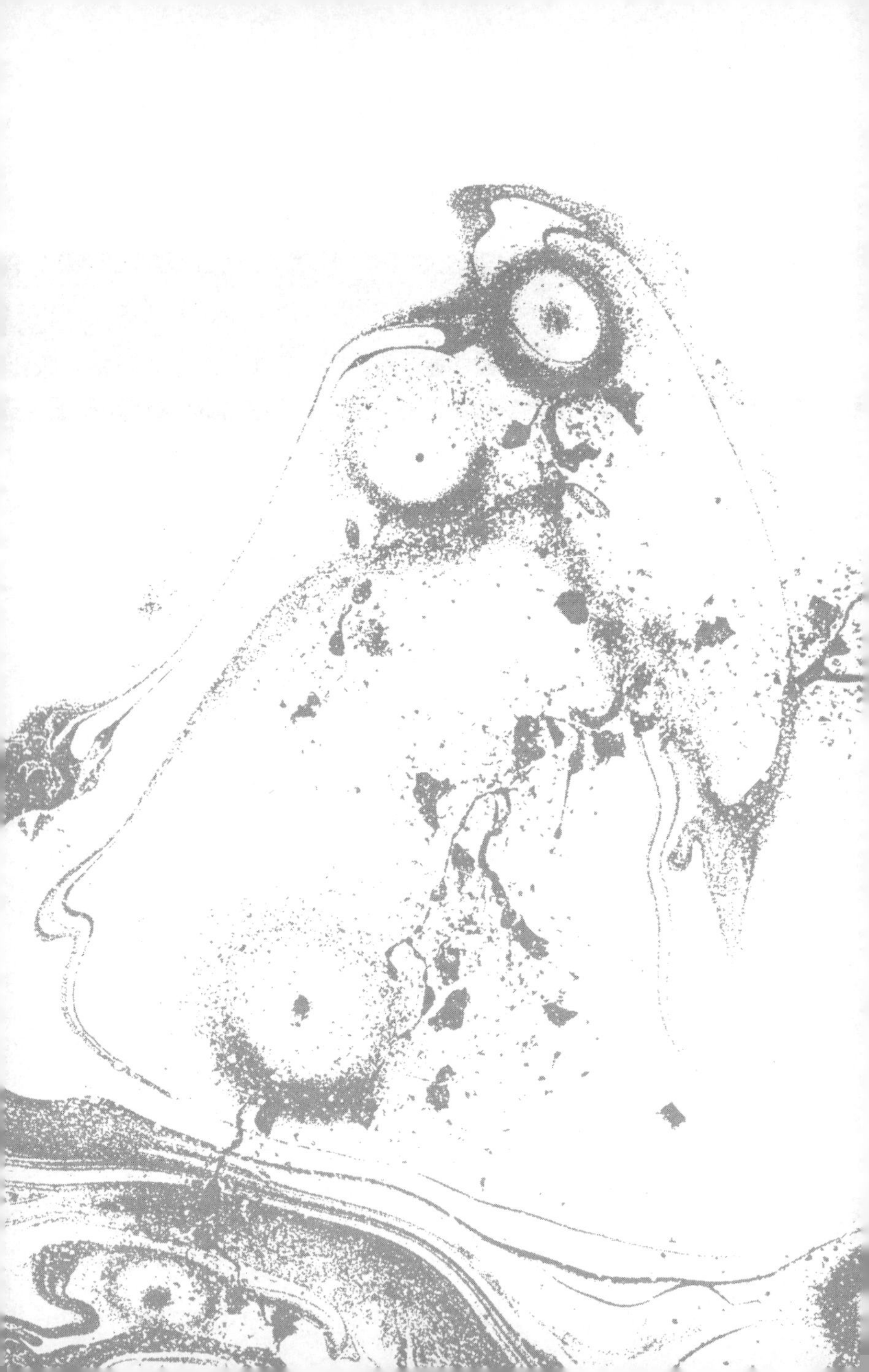

PART 13
전사의 싸움, 문답 무용, 무자비

수료식이 끝났으나 특전사의 일상엔 변화가 없었다.

꾸준히 무한 반복되는 훈련만이 있을 뿐이었다. 물론 아예 변화가 없었던 것은 아니다. 대원들의 가족들이 하나둘 마을에 입주하면서, 그들이 내지르는 기합과 고함만이 가득하던 곳에 아이들 웃음소리와 여인네들의 수다 소리가 들려와 사람 사는 냄새가 나기 시작했으며, 저녁이면 각자의 집에서 밥 짓는 연기가 모락모락 피어나 그 흥취를 더했다.

덕분에 지난 몇 달간 삼시 세끼, 수백 명분의 짬밥과 똥국을 만들어내던 배식소가 점심 시간을 제외하고는 조용하고 한산해졌다. 그나마 묵묵히 짬밥과 똥국으로 굶주린 일신을 달래는 노총각 교관들이 없었다면 배식소는 문을 닫았을 것이다.

특전사들이 내부적으로 안정을 취하는 사이, 유찬을 비롯한 수뇌부는 정신없이 바쁜 일상을 보냈다.

은밀 상단의 도움을 받아, 그동안 라이언 울프에서 운영해 오던 정보 조직을 그레이 울프 산하로 옮겨 로즈 울프라는 이름으로 정식 발족시켰으며, 그 대장 자리를 에레나가 꿰차고 눌러앉았다.

기존 정보를 담당하고 있어, 크게 반발할 것이라 생각했던 이오스는 예상과는 달리 머리 아픈 일에 해방됐다면 쌍수를 들고 환영했다. 대신 조직의 관리는 이오스가 맡았다. 서로 자리를 바꾼 것이다.

로즈 울프의 탄생으로 유찬과 특전사 그레이 울프는 제국 전역을 아우르는 정보망의 기틀을 다지게 되었다. 덕분에 에레나는 이오스가 엉성하게 짜놓은 정보 조직을 꼼꼼하게 재편하느라 몇 날 며칠을 자지 못했다.

순풍에 돛 단 듯 거침없이 일을 진행시키던 유찬의 앞에 칼리어스 공작이 나타난 건, '제국 내 해골 모양 액세서리 폭주'라는 보고서를 읽으며 그가 다른 의미에서 폭주하기 일보 직전인 상태였을 때였다.

제때 칼리어스 공작이 나타나지 않았다면 이오스는 유찬의 손에 맞아 죽었을지도 모른다.

"어쩐 일이십니까?"

공작이 자리에 앉자마자 심기 불편한 유찬이 본론부터 꺼냈다.

막 차를 입에 가져가려던 공작은 머쓱한 표정으로 찻잔을
내려놓으며 입을 열었다.

"칼들을 아주 잘 벼려두었더군."

특전사 대원들을 보고 하는 말이었다.

이곳으로 오는 동안 공작은 몇몇 특전사 대원들과 마주쳤
다. 특히 외각에서 그의 일행을 막아섰던 특전사 대원들은 실
력을 떠나 그 기세만으로도 호위기사들의 그것에 밀리지 않을
만큼 대단했다.

'그런 이들을 몇 달 만에 키워내다니. 괴물이야, 괴물!'

유찬, 그 자신은 인식하고 있지 못하겠지만, 많은 이들의 이
목이 유찬을 주시하고 있었다. 특히 공작의 경우 그의 일거수
일투족에 늘 신경을 쓰고 있었다.

그런 만큼 그는 유찬이 모집한 특전사 대원들에 대해서도
잘 알고 있었다.

몇 달 전 유찬이 모집한 이들은 고작 신체 조건이 좋은 일반
병사들에 불과했다. 하지만 몇 달 후 만난 이들은 감히 그 역
량을 추측키 어려운 전사들로 변해 있었다.

"날이 바짝 선 것이 무엇이라도 베어낼 것만 같군."

"날을 세웠으니 뭐 좀 베어내 달라는 말로 들립니다."

잠시 말을 망설이던 공작이 양손으로 찻잔을 감싸 따스한
기운을 느끼며 말했다.

"고향으로 돌아가던 난민 무리들이 약탈당했네, 난민들이
재건 중이던 마을 하나도 불에 타 없어졌네."

오크와의 전쟁 때, 보른성으로 피난을 왔던 난민들은 하나둘씩 무리를 지어 고향으로 돌아가고 있었다. 그런 난민 무리를 대상으로 약탈이 벌어졌다. 인근 귀족들이 사병을 이끌고 출동했을 때는 이미 모든 상황이 끝난 뒤였다.

위협을 느낀 난민들은 없는 돈을 모아 용병을 고용하기도 했고, 공작이나 네헤른 자작 같은 뜻이 있는 귀족들이 사병을 내어 호위해 주기도 했지만, 그것을 비웃기라도 하듯 용병들과 사병들이 돌아간 뒤, 재건 중이던 마을 하나가 약탈당했고, 사병들과 난민들의 연락이 동시에 끊긴 곳도 있었다.

"마적이나 산적들입니까?"

"그것을 도저히 알 수가 없네."

"알 수가 없다니요?"

"나 역시 처음엔 대수롭지 않게 여겼네. 그런데 말틴이 당해 버렸어."

공작이 답답하다는 듯 다시 한숨을 내쉬며 말했다.

그의 말에 의하자면 난민들을 약탈한 무리들은 철저하게 모든 흔적을 지웠다고 한다. 난민들 중 남자들은 다 도륙하고, 여자들은 끌고갔으며, 돈이 되지 않는 물건들은 모두 불살라 버렸는데, 워낙 신출귀몰해 그 꼬리조차 잡히지 않은 상태였다.

놈들을 토벌하겠다고 토벌대를 이끌고 나섰던 말틴 남작마저 기습당해 이끌고 갔던 병력 대부분을 잃고, 본인도 중상을 입었다 했다. 더욱 기가 막힌 건 야영 중에 당한 기습이라 적의 정체조차 파악하지 못했다는 것이었다.

말틴 남작이 당했다는 말에, 유찬도 깜짝 놀라지 않을 수 없었다. 말틴 남작은 프리미엄 러너 상급에 속하는 인물로, 북부에서 유찬을 제외하면 가장 강한 인물이었다. 그런 인물이 중상을 입었다면 상대는 결코 만만치 않았다.

만약 이 일에 나섰다가 잘못되기라도 하면 애지중지 키워온 특전사 대원들이 죽을 수도 있었다.

"놈들의 흔적만이라도 찾아내게. 그럼 자네가 해달라는 것은 뭐든지 해주겠네."

지금 공작의 상황은 매우 좋지 못했다.

북부의 상황도 상황이지만 폭풍전야와 같은 수도 세타의 상황이 더욱 문제였다. 현 황제와 귀족들이 견원지간인 것은 이제 공공연한 비밀이 되었다. 그나마 그가 있을 때는 황제도 귀족도 그의 눈치를 보며 충돌을 자제했다.

공작은 귀족과 황제의 충돌을 막고, 그들의 힘을 억누르는 중재자와 같았다.

그런 그가 빠졌으니 황제와 귀족들의 싸움이 본격화된 건 어찌 보면 당연한 일이었다. 하지만 지금은 그 도가 지나쳐 파국을 향해 치닫고 있었다.

만약 이대로 사태가 악화된다면 최악의 경우 황제와 귀족들 간의 전쟁, 내전이 일어날지도 몰랐다. 그런 최악의 사태를 막기 위해서라도 공작은 하루라도 빨리 수도로 돌아가야 했다. 그런데 계속된 악제들이 그의 발을 잡고 놓아주지 않으니 공작의 입장에서는 미치고 환장할 노릇이었다.

'검은 베어내기 위해 가는 법이지……'

공작이 간절한 표정으로 유찬을 바라볼 때쯤 유찬도 장고를 끝내가고 있었다.

어차피 특전사들에게 조만간 실전 훈련을 시킬 계획이었다. 지금의 특전사는 강하기는 하지만, 실전 경험이 없는 반쪽짜리에 불과했다.

'철은 두드릴수록 강해지는 법. 검이 상할 것을 두려워해 휘두르기를 주저한다면 언젠가는 부러져 버리지.'

어차피 특전사를 양성한 목적은 전투에 써먹기 위해서다.

아무리 좋은 작전을 세우고 완벽을 기한다고 해도 인간이 하는 일이기에 전투에는 항상 희생이 따른다. 그것을 최소화할 수는 있어도 완전히 없앨 수는 없다.

죽음은 군대라는 집단이 만들어짐과 함께 따라붙는 피할 수 없는 운명과 같은 것이다. 그것이 특전사라고 해서 예외일 수 없다.

"좋습니다. 그럼 우리가 놈들을 추적해 보지요."

유찬의 결정에 공작이 반색하며 말했다.

"정말인가? 고맙네, 정말 고마워."

"약속이나 꼭 지켜주십시오."

"그건 걱정 말게. 그리고 따로 지원금도 내 섭섭지 않게 보내겠네."

공작은 행여 유찬의 마음이 바뀔세라 번갯불에 콩 구워 먹듯 한 달에 오백 골드의 지원금을 약속하는 증서까지 써주고 부리나케 떠나 버렸다. 또한 적의 규모가 예상보다 커, 특전사 단독으로 상대할 수 없을 시에는 지체없이 토벌군을 지원하기로 했다.

공작이 떠난 이후, 창밖을 바라보고 설치된 흔들의자로 자리를 옮긴 유찬은 한참 동안이나 멍하니 창밖을 바라보고 있다가 입을 열었다. 어느새 소식을 듣고 달려온 교관들이 유찬의 뒤에 자리를 잡고 있었다.

"이야기는 들은 걸로 안다."

"알고 있습니다."

특전사 교육을 받는, 정신 수업을 받은 것은 훈련생들만이 아니다. 교관들 역시 강도 높은 정신 교육을 받았다.

'명령에 죽고 산다!'

'안 되면 되게 하라!'

그들은 유찬을 주군으로 받들었던 이들인지라 정신 교육의 효과가 더욱 확실하게 나타났다. 하지만 딱 두 사람 에레나와 이오스만은 정신 교육의 효과가 없었다.

'그때 생각하면 아직도 울화가 치밀어!'

붉은 부채를 입을 가지고, 여왕마마 모드가 되어 '오호호'라고 웃던 에레나야 열외로 치더라도, 정신 교육 시간만 되면 무뇌아가 되어버리는 이오스 때문에 유찬의 혈압 수치가 급격히 상승했다.

우이독경.

몇 시간 동안 죽어라 가르쳐도, 이오스의 대답은 '흰 것은 종이요, 검은 것은 글씨인데, 아는 것은 없다' 였다.

일명 빠가사리 모드.

결국 두 달 만에 유찬은 이 부분에서는 이오스를 포기해 버렸다. 뒷골목에서 너무 있어서 머리가 오염됐다며 뒷말을 하긴 했지만, 어차피 정신 교육 없이도 우직하고 말 잘 듣고, 몸으로 때우는 일이라면 누구보다 잘하니 그냥 그렇게 내버려 두기로 했다.

잠시 교관들을 바라보던 유찬이 그들을 한 명씩 호명하며 할 일을 말해주었다.

처음은 살린이었다.

"살린, 특전사 전원 내일 아침 7시까지 완전무장으로 대연병장에 집합시키고, 대원들의 상태를 체크하여 열외 병들을 뽑아라!"

다음은 이오스와 루크 차례였다.

"이오스, 하캄 상단으로부터 들어온 전마의 상태를 점검하고 출전을 준비하라! 루크, 대원들의 무장을 손보고 보급품 목록을 작성하라!"

"충성!"

살린을 필두로 명을 받은 이들이 밖으로 나가자 잠시 그들을 바라보던 유찬도 자리에서 일어나며 말했다.

"그란, 자네는 나와 같이 아일론 철기방 대장에 가세. 그리고 놈들이 난민들을 했다면 어딘가에서 그것들이 거래 됐을 터, 에레나는 로즈 울프를 동원해서 약탈당한 물품이 거래된 곳이 있는지 알아봐 줘.”

“충성!”

“맡겨만 주세요.”

이오스가 사들인 해골 악세사리에 파묻혀 있던 에레나가 좋아라 하며 나가 버린 뒤, 그란 남작을 대동한 유찬은 아일론이 있는 철기방으로 향했다.

철기방은 여전히 쇠를 때리는 소리와 아일론의 고함 소리로 시끄러웠다.

그란 남작이 먼저 유찬의 방문 소식을 전했고, 아일론은 구르듯 뛰어나왔다. 굳이 정신 교육이 필요없는 대상 중 하나가 바로 아일론이었다. 이 우직한 대장장이는 나이를 잊은 듯 우람한 근육질로 뒤덮인 상반신을 그대로 드러내고 있었다.

“오셨습니까, 주군!”

“여전히 힘차시군요.”

그의 대답이 얼마나 큰지 철기방 전체가 쩌렁쩌렁 울렸다.

어떻게 된 게 철기방에 온 이후로 아일론은 나이를 거꾸로 먹어가는 것만 같았다. 그란 남작이 먼저 본론을 꺼냈다.

“아일론님, 드디어 이번에 저희가 출전을 하게 되었습니다.”

“정말입니까!”

아일론의 왕방울만 한 눈이 당장이라도 튀어나올 만큼 커졌다.

"드디어 출전을 하시는군요!"

아일론의 다음 반응은 예상외였다. 그는 얼씨구나, 물 만난 물고기처럼 좋아했다. 유찬이 없다면 덩실덩실 춤이라도 출 기세였다. 아일론의 이런 반응에 그란 남작은 의아한 표정을 지었지만 유찬은 어느 정도 그의 기분을 이해했다.

그는 무기를 만드는 대장장이다.

전쟁은 그런 그의 실력을 평가받는 시험 무대와 같은 것이다. 그가 만든 무기가 얼마나 강한지, 얼마나 날카로운지 전쟁은 그의 무기들을 시험한다. 사용자의 목숨이라는 담보를 걸고서.

'대장장이만이 이해할 수는 뭐, 그런 건가?

아일론은 기분 좋게 웃으며 유찬과 그란 남작을 대장간 안으로 안내했다.

"보십시오."

아일론은 대장간 한쪽에 마련된 탁자 위에 무엇인가를 자신 있게 펼쳐 놓았다. 검은색 일색인 그것의 표면에는 마치 물고기 그물처럼 가는 철판들이 이어져 있었다.

"이름은 흑찰어린갑이라 지었습니다."

"이것이 도대체 무엇입니까?"

그란 남작은 흑찰어린갑을 이리저리 만져 보며 관심을 나타냈다.

"갑옷일세."

"이게 갑옷이라고요. 하지만 이래서야 어디 화살을 막아내겠습니까?"

그란 남작은 고개를 갸웃거리며 흑찰어린갑을 다시 한 번 만져 보았다. 까끌까끌한 표면이 마치 물고기 비늘을 만지는 것 같았다.

하지만 외피를 이루는 찰갑의 두께는 잘해야 2㎜을 넘지 못했고, 내피의 경우에는 단단하지만 철의 그것 같지는 않았다. 그가 보기에 이것을 입고 전쟁에 나갔다는 화살 밥 되기 딱 좋아 보였다.

"역시 백 번 말로 듣는 것보다 한 번 보는 게 낫다 이거군. 저기를 보게."

아일론이 창밖에 세워진 허수아비를 가리켰다. 허수아비에는 예의 흑찰어린갑이 입혀져 있었다.

"저것을 활로 쏘아 맞출 수 있겠나?"

"당연한 거 아닙니까?"

그란 남작은 습관적으로 등에 차고 있는 철태궁을 뽑아 들었다.

레드 드래곤의 문양이 멋지게 양각된 남작의 궁은 언뜻 보기에도 예사 물건이 아니었다. 아일론이 기겁하며 말렸다.

"이 친구야, 그걸로 쐈다가는 통짜 쇠로 된 풀 메탈 아머도 작살나! 이걸로 쏘게 이걸로!"

아일론이 내민 것은 특전사가 쓰는 각궁이 아닌 롱 보우였다.

롱 보우는 제국을 비롯한 대부분의 군대가 주력으로 사용하는 전투용 활로 사정거리가 길고 파워가 좋았다. 하지만 특전사의 주력 무장인 미각궁에 비할 바는 아니었고, 그가 쏴대는 철태궁의 위력에 비하자면 조족지혈에 불과했다.

"쩝. 이걸로 한때는 멧돼지도 쓰러뜨렸는데, 지금 잡으니 이게 활인지 원…….."

팅팅!

철태궁을 쓰기 전까지는 그도 이 롱 보우를 사용했었기에, 현을 두어 번 팅겨본 능숙한 솜씨로 활시위에 화살을 걸고 창문 밖 목표를 조준했다.

쉐엑!

현을 박차고 날아가는 화살이 만들어내는 파공음은 날카로운 여운을 남겼다. 하지만,

탱!

세상 그 무엇이라도 단번에 꿰뚫어 버릴 것 같던 화살의 최후는 '탱' 이라는 비참한 소리와 함께 목표물을 꿰뚫기는커녕 목표물에 맞고 팅겨져 나가는 것으로 끝났다.

"이, 이럴 리가?"

믿을 수 없다는 표정으로 목표물을 바라보던 그란 남작은 누가 말릴 틈도 없이, 이사, 삼사 연속해서 십여 발의 화살을 날렸다.

하지만,

탱, 탱, 탱~!

그란 남작이 쏘아낸 화살 군단은 모두 비참한 최후를 맞이

했다.

자존심이 상할 대로 상한 그란 남작!

"이, 이럴 순 없어!"

한참 동안 멍한 표정으로 표적이 된 흑찰어린갑을 바라보던 그는 소리를 지르며 철태궁을 집어 들었다.

"꿰뚫어 버리겠다."

"이, 이봐 멈추라고, 멈춰!"

만약 아일론이 제지하지 않았다면 미스릴도 뚫어버리는 그란 남작의 철태궁 세례를 받고 흑찰어린갑이 걸레가 되었을 것이다.

"도대체 이 갑옷은 어떻게 된 것입니까?"

비록 롱 보우로 쏘았다고 하지만 그는 활에 있어서만큼 대륙제일궁이라 자부하는 사람, 통짜 쇠로 만든 풀 메탈 아머라도 십여 발의 일점사라면 뚫을 자신이 있었다. 그런데 흑찰어린갑은 뚫리지 않았다. 그 정도라면 롱 보우보다 파워가 세 배나 쎈 특전사용 미각궁으로도 쉽사리 뚫기 어려울 것이 분명했다.

"이 갑옷에는 두 가지 비밀이 있네."

"두 가지 비밀이라니요?"

유찬은 대답 대신 아일론에게 고개를 돌렸고, 아일론은 품속에서 작은 조각 두개를 꺼냈다. 하나는 흑찰어린갑의 표면이 되는 얇은 쇠판이고, 또 하나는 하얀 종이 뭉치와 같은 것이었다.

"이 두 개가 이 갑옷의 비밀이지. 하나는 티타늄 특수 합금, 그리고 하나는 갑의지라는 것일세."

"티타늄 특수 합금? 갑의지?"

아일론은 잔뜩 거드름을 피우며 티타늄 특수 합금과 갑의지에 대해 설명했다.

특전사의 훈련이 한창이던 두 달 전쯤 유찬은 방어구의 필요성을 절감했다.

전투를 하다 보면 어디서 눈먼 칼과 활이 날아올지 모른다. 특전사들이 아무리 강하다고 해도 기천의 창검을 모두 막아낼 수는 없다. 그래서 방어구가 필요했다. 하지만 현 시대의 방어구를 특전사에게 입힌다는 것은 어불성설이었다.

누가 뭐라고 해도 특전사의 전투는 고속 기동전이다. 그것은 특전사의 특기이자 장기이며 최대의 공격 무기이다. 그런데 40~50kg은 우습게 나가는 이 시대의 갑옷을 입힌다면, 고속 기동전 자체가 불가능했다.

그래서 가벼우면서도 방어력이 뛰어난 갑옷이 필요했다.

아일론과 유찬이 한 달여간 고민 끝에 생각해 낸 것이 바로 이 흑찰어린갑이다. 어린갑의 표면은 물고기의 그것처럼 물고기의 비닐과 같은 모양의 찰이라 불리는 철판이 하나하나 이어져 있었는데, 이 찰 모두가 티타늄으로 만들어진 것이었다.

가끔 일부 사철에서 추출되는 티타늄을 대부분의 대장장이들은 철의 불순물 정도로 생각했었다. 그것은 티타늄을 정제하는 독특한 기법인 크롤법이 없었기 때문이다.

우연히 철을 정제하는 과정을 지켜본 유찬은 이곳 사철에 티타늄 함량이 높다는 것을 알아냈고, 확인 결과 사철이 들어온 서북부 아르칸 광산 일대에 티타늄의 원석인 금홍석이 사철광산 근처에 많이 난다는 것을 알아냈다.

금홍석의 가치를 모르는 이들은 이곳 광부들은 금홍석을 쓸모없는 광물로 취급했고, 유찬은 그것을 헐값에 대량 매입하여 티타늄을 만들어내는데 성공했다. 완벽한 티타늄이라고 할 수 없었지만 그 강도가 지금까지의 일반 철들에 비할 바가 아니었다.

열흘 전부터는 조금씩 특전사들에게 보급되는 무기들을 티타늄으로 바꾸는 작업이 진행 중이었다.

"이게 그 정도로 강합니까?"

티타늄 찰을 이리저리 만져 본 그란 남작이 아일론을 바라보며 물었다.

"미스릴만큼은 아니지만, 지금까지 내가 생산했던 일반 철들에 비할 것이 못되지. 거기다 계속 순도를 올리고 있네. 최대 극점 순도까지 불순물을 제거할 수만 있다면 미스릴과 비교해도 손색이 없을 것이네."

"놀랍군요. 놀라워!"

귀족의 체면이고 뭐고, 연신 감탄사를 쏟아내던 그란 남작의 시선이 옆에 놓인 갑의지로 향했다.

"이것은 무엇입니까?"

"이것은, 갑의지라고 하네. 말 그대로 종이로 만든 갑옷이지."

갑의지는 조선 시대 속 갑옷 대신 입던 것으로, 한지를 여러 장 덧대어 만든 일종의 종이 갑옷이다. 한지 수십 장을 밀가루 풀을 이용해 정성스럽게 겹쳐 붙인 뒤, 이 위에 다시 물고기의 부레를 끓인 아교를 바르고 다시 옻칠을 하면 철판 못지않은 강도를 자랑했다.

이곳에서는 한지가 없었기에 한지와 비슷한 루트지를 이용했으며 아교를 바르고 옻칠 대신 카루고라는 나무에서 나오는 진액을 칠해 건조시켰다.

이곳에서 만들어진 갑의지는 그 강도가 기존의 갑의지에 비해 약했지만 한지보다 탄력이 배는 뛰어난 루트지를 사용하였기에 충격 흡수 효과는 기존의 갑의지에 두 배에 달했다.

이 갑의지를 찰의 모양대로 잘라 찰의 뒷면에 덧댄 뒤 다시 아교와 카루고 나무진액을 발라 강도와 광택을 더해 완벽한 하나의 찰을 만들었다.

이렇게 찰들을 물고기 비늘처럼 엮어서 만들어진 것이 바로 흑찰어린갑이다.

흑찰어린갑의 방어력은 통짜 쇠로 만들어진 이곳의 갑옷들 못지않았다. 그러면서도 그 무게가 10㎏ 내외로 가벼웠다.

현재 철기방에는 사백여 벌의 흑찰어린갑 완제품이 있었다.

유찬은 이중 삼백 벌을 특전사에게 일괄 지급하도록 명령하고, 전마들에게 입힐 마갑들을 챙겨, 철기방 일꾼 오십여 명과 함께 마사로 향했다.

"워, 워~"

뒷산 넘어, 새롭게 만들어진 마사에는 이오스가 이십여 명의 마구간 지기를 데리고 출전할 전마들을 선별하고 있었다.

이 말들은 수료식이 있던 날, 그란 남작의 제안에 따라 네헤른 자작이 보내온 말들이었다.

특전사의 최대 무기인 기동성을 살리기 위해서는 말이 필수였다. 요청을 받은 네헤른 자작은 전마 중에서도 젊고 뛰어난 놈들을 선별하여 보내왔다. 또한 전마를 교육하고, 지도할 뛰어난 조련사들도 같이 보냈다.

전마의 중요성을 아는 유찬도 특전사들로 하여금 전마와 친해질 것을 명했다.

아침 구보 중간에 마사에 들러, 아침밥을 챙겨주도록 하고 하루에 한 번은 말들을 타고 달리는 시간을 가지라 지시했다.

유찬에게도 특별히 블랙 스톰, 흑풍이라는 멋진 이름을 가진 전마가 배정되었다.

"오셨습니까?"

"전마의 상태는 어떤가?"

유찬을 발견한 이오스가 마중을 나왔다.

손을 들어 간단히 인사를 한 유찬은 전마의 상태부터 물었다.

"총 사백팔십 마리 중 출전 가능한 말은 사백이십두 마리입니다. 나머지 서른여덟 마리 중 열세 마리는 임신한 암컷이고, 다섯 마리는 종마이며, 나머지는 아직 훈련이 덜된 말들입니다."

"가장 좋은 놈으로 삼백 마리만 추려서 마갑을 채우도록
해."

"알겠습니다."

마갑은 말머리에 씌우는 마두갑와 목을 보호하는 목마갑,
안장과 연결되어 가슴과 몸을 보호하는 마흉갑과 엉덩이와 꼬
리를 가리는 마후갑으로 이루어져 있었다.

'다 입혀 놓으니 개마무사 같군.'

흑찰어린마갑을 입은 전마들의 모습은 한때 만주를 지배했
던 영광스러운 대제국 고구려의 개마무사들을 생각나게 했다.

철갑이라는 것 자체가 개마무사들의 마갑인 만큼 비슷하지
않다면 그것이 오히려 이상한 것이겠지만 지금 특전사의 전마
는 개마무사들의 전마를 훌쩍 뛰어넘는 녀석들이다. 개마무사
의 전마들은 강력한 방어력을 가진 대신 그만큼 스피드가 떨
어졌다.

하지만 흑찰어린마갑으로 무장한 특전사의 전마들, 약칭
'특전마' 들은 개마무사와 비슷한, 아니, 개마무사를 상회하는
방어력을 가지고 있음에도 배 이상 빠른 스피드를 낼 수 있었
다. 마갑 자체가 가벼운 탓도 있었지만 기존의 그 어떤 마갑보
다 말들의 활동에 지장을 주지 않도록 마체공학(?)적으로 설계
되었기 때문이다.

전마들에 마갑을 채우는 것을 확인한 유찬은 그란 남작을
대동하고 뒷산에 올랐다.

발아래로 분주하게 오가는 특전사들의 모습이 보였다. 그들

이 느끼는 긴장감과 묘한 흥분의 열기가 고스란히 느껴졌다.

'전사가 된 이상 싸우는 것은 운명이겠지…….'

유찬은 두 손을 마주 잡고 마음속으로 빌었다.

'신이시여, 만약 당신이 있다면 저들이 전사로서, 남자로서 원없이 싸우도록 하여주소서.'

유찬의 소리 없는 기도 속에 특전사 첫 출전에 아침이 밝아 오고 있었다. 마갑을 입은 삼백 기의 기마가 대연병장에 도열했고, 흑찰어린갑을 입은 특전사 대원들이 그 옆에 섰다.

특전사의 출전은 요란하지 않았다.

함성도 기합도 없었다. 칼날 같은 기세와 폭발하기 일보 직전의 긴장감만이 대연병장을 내리눌렀다. 유찬의 간단한 인사와 목표에 대한 설명이 끝난 이후, 특전사 대원들은 조용히 라크 시를 벗어나 말을 달렸다.

＊　　　＊　　　＊

악몽이었다. 꿈을 꾸고 있는 것이 분명했다.

소년은 그렇게 믿고 싶었다.

"쿠웨엑!"

"아아악!"

조금 전까지 새롭게 만들어갈 고향 마을에 대한 꿈과 희망을 노래하던 이들이, 처절한 비명과 함께 시커멓게 죽어가는 피 웅덩이 위에 고통에 몸부림치며 악마의 절규를 하늘에 대고 토해냈다.

"막아, 막으란 말이야!"

마을 사람들을 지켜주던 용병 아저씨들이 고함을 지르며 검을 빼 들었지만 그들의 몸도 곧 차가운 대지 위에 쓰러졌다.

그들은 악마가 분명했다.

악마가 아니고서야 아무 죄도 없는 마을 사람들을 무참하게 도륙할 이유가 없었다.

"도, 도망쳐야 해."

소년은 소리를 내지 않으려 애쓰며 바닥을 천천히 기어 수풀 밖으로 도망치려 했다.

그러나 이미 앞은 무언가에 의해 가로막혀 있었다. 짙은 비린내를 풍기는 악마의 상반신에는 붉은 사자의 문양이 아로새겨져 있었다. 노란 사자의 눈동자가 자신을 주시한다고 느낀 순간 비아냥거리는 누군가의 목소리가 들렸다.

"이런, 여기 쥐새끼 한 마리가 있는데, 어디를 도망가려고!"

사형선고와도 같은 한마디에 소년은 의식이 날아가 버리는 것을 느꼈다.

묵직한 발이 소년의 등을 누르고, 무엇인가 차갑고 뜨거운 것이 소년의 등을 통해 들어왔다 나갔다. 그리고,

"이런 창두가 뽑혔잖아!"

누군가의 신경질적인 외침이 뒤를 이었다.

＊　　　　＊　　　　＊

불타고 깨진 마차와 여기저기 아무렇게나 널브러진 시신들. 목불인견의 참상 앞에 기마를 멈춰선 특전사 대원들은 모두 할 말을 잊어버린 표정들이었다. 몇몇 대원은 말에서 내려 구토를 하기도 했다.

'생각보다 심하군.'

말에서 뛰어내린 유찬은 약탈의 흔적이 그대로 남아 있는 난민들의 휴식처를 돌아보며 이맛살을 찌푸렸다. 유찬의 전마인 흑풍이 그의 뒤를 따라 걸으며 신경질적으로 투레질을 했다.

난민들의 시체 사이로 검을 쥐고 쓰러진 사내들의 시체가 간간이 보였다. 복장이 일정하지 않은 걸로 보아 난민들을 호위하던 용병들이 분명했다.

"난민들은 이곳에 캠프를 치고 야영을 한 것 같군. 특전사들은 뒤에서 대기하고 교관들은 사건 현장을 살펴 적의 흔적을 찾는다."

"알겠습니다. 충성!"

유찬의 명령이 떨어지자마자, 이오스를 제외한 나머지 교관들은 몸이 날랜 부하 몇 명을 이끌고 참혹한 살육의 현장을 조사하기 시작했다. 흔적을 찾는 것이 특기 중에 하나인 암살자 루크와 뛰어난 관찰력과 지식을 가진 그란 남작, 오랜 실전 경험이 있는 살린은 아무것도 나올 것 같지 않던 현장에서 몇 가지 중요한 단서들을 찾아냈다.

시체들을 살펴보던 루크가 입을 열었다.

"캠프 규모로 보아 난민들은 대략 이백여 명 정도고 용병들이 서른 명 정도 있었던 것 같습니다. 아마도 이틀 전 네헤른 영지를 떠난 무리가 분명합니다. 그런데 시체들을 보니 숫자가 맞지 않습니다. 적어도 삼분지 일의 시신이 보이지 않습니다. 그리고 시신들의 대부분은 남자입니다."

"여자들은 끌고 갔단 말인가? 그렇다면 적은 노예 상단?"

노예 거래는 성국의 주도로 정해진 대륙법에 금지된 행위였다.

하지만 있는 자들에게 법이란 지키라고 있는 게 아니라 어기라고 있는 것이었다. 귀족들 사이에서 노예 거래는 공공연한 비밀이었다. 노예 상단들은 주로 무거운 세금을 피해 영지에서 도망쳐 나온 이들이 만든 화전민 마을을 노렸다. 하지만 때에 따라서는 전쟁으로 난민이 된 이들을 잡아가기도 했다.

"노예 상단은 아닙니다."

쓰러진 시체 중 하나를 확인하고 있던 살린이 고개를 가로저으며 말했다.

"노예 상단의 병력이 아무리 대단하다고 해도 용병 삼십여 명을 순식간에 처리할 정도는 아닙니다. 거기다 이곳에 있던 용병들도 그렇게 약한 수준이 아니었습니다."

용병의 시체 하나를 뒤져 용병패를 찾아낸 살린이 그 패를 들어 보이며 말했다. 용병패에는 이급 용병을 상징하는 블루 드래곤이 양각되어 있었다. 곳곳에서 수거한 용병패는 대부분

삼급 용병패였지만 개중에는 이급 용병패 몇 개와 일급 용병패도 하나 섞여 있었다.

사급과 삼급 용병들은 그다지 뛰어난 실력을 가진 이들이 아니다.

하지만 이급 용병부터는 하나 이상의 특기를 가지고 수십 또는 수백 번의 전투 경험이 있는 노련한 용병들이었다. 일급 용병은 특급 용병에는 미치지 못하나 기사와 싸워도 족히 수십 합은 견딜 수 있는 강자들이다.

"이 정도 인원이면 삼 개 조로 나눠서 번을 섰을 겁니다. 적들은 번을 서는 이들을 쥐도 새도 모르게 먼저 처리한 뒤 순식간에 나머지 용병들을 도륙하고, 난민들을 덮쳤습니다. 수많은 실전 경험을 가진 용병들이 반항도 제대로 못하고 제압당한 것으로 보아 적은 노예 상단 따위가 아닙니다."

"또 한 가지 이상한 점이 있습니다."

살린의 뒤를 이어 그란 남작이 입을 열었다.

"놈들은 자신들이 사용했던 무기들을 모두 수거해 갔습니다. 화살까지 말입니다."

그제야 루크와 살린도 시체들을 돌아보며 고개를 끄덕였다. 격전의 흔적은 곳곳에 있는데, 격전을 벌인 무기는 어디에도 없었다.

전투를 벌이다 보면 무기가 상하게 마련이다.

모두가 신병으로 무장하지 않는 이상, 창두가 떨어져 나갈 수도 있고, 검날이 깨져 검을 버려야 할 때도 있다. 아무리 일방적인 도륙이었다고 해도 말이다. 보통 그런 무기들은 그 자리에 버려두고 가게 마련이다.

한 번 깨지거나 상한 무기는 수리를 한다고 해도 다시 깨지게 마련이기 때문이다. 하지만 적들은 그렇지 않았다. 심지어 몸에 박힌 화살까지 뽑아갔다. 남들이 보기에는 철저히 흔적을 지운 걸로 생각하겠지만 교관들의 생각은 달랐다.

"녀석들은 무기를 통해 자신들의 신분이 드러날까 두려워한 것입니다. 무기를 찾으면 녀석들이 누구인지 알 수 있습니다."

"확실합니다. 이런 경우는 그런 경우밖에 없습니다."

한참 동안 시신들을 살펴보던 그란 남작과 루크가 자신에 찬 어조로 말했다.

이름있는 대장간에서 생산된 무기들에는 대장간 특유의 마크가 새겨진다. 제국의 군단이나 귀족가의 사병들이 쓰는 무기의 경우 소속 병단이나 귀족 가문의 문양이 새겨졌다. 그들이 무리를 해가며 무기를 회수해 갔다면 그들의 무기에 신분을 나타내는 문양이 찍혀 있을 것이 분명했다.

유찬은 즉시 특전사 전원을 풀어 캠프 주위를 이 잡듯이 뒤지도록 했다. 특전사들의 수색 결과 이십여 종의 무기가 발견되었다. 하지만 그들이 수거한 무기들은 용병들이 쓰던 것이었다.

"놈들이 깨끗이 수거해 간 모양입니다."

루크가 아쉬운 표정으로 고개를 숙일 때쯤 멀리까지 수색을 나갔던 그란 남작이 창에 관통당해 죽은 소년의 시체를 안고 돌아왔다. 아이의 여린 몸을 관통한 스피어의 창날이 아이의 몸 밖으로 반쯤 고개를 내밀고 있었다.

아이의 얼굴에는 마지막으로 느꼈던 죽음에 대한 공포와 절망이 고스란히 남아 있었다. 그란 남작은 참담한 표정으로 아이의 시신을 공터 중앙에 내려놓았고, 캠프를 뒤지던 특전사 대원들이 아이의 시신을 중심으로 둥글게 원을 그리며 모여들었다.

"등 뒤에서 창으로 찌른 것 같습니다. 용병 중에 창을 쓰는 사람은 별로 없으니, 아마도 놈들의 것일 겁니다."

아이의 몸에 남은 자상을 살펴본 루크가 조심스럽게 아직 감기지 않은 소년의 눈을 감겨주며 말했다.

"예를 다해서 빼내도록."

"알겠습니다."

루크는 조심스럽게 아이의 몸에서 창날을 빼내려 했다. 하지만 척추 사이에 이음쇠 부분이 낀 창날은 쉽사리 빠지지 않았다. 결국 소년의 몸을 검으로 갈라 척추 사이에 낀 이음쇠 부분을 잡아 뜯자, 피에 젖은 창두가 마침내 그 모습을 드러냈다.

조심스럽게 창두에 묻은 피를 닦아낸 루크는 창두를 거꾸로 들고 이음쇠 부분을 살폈다. 보통 이 이음쇠 부분에 식별 문양이 찍혀 있기 때문이다. 한참 동안 이음쇠 부분을 살피던 루크가 깨끗한 천으로 다시 한 번 이음쇠 부분을 닦았다.

자세히 보지 않으면 보이지 않을 만큼의 작은 문양이 이음 쇠 안쪽 면에 새겨져 있었다.

"문양이 있습니다. 그런데 이 문양은……."

말을 하려던 루크의 얼굴이 순식간에 흙빛으로 변했다. 그리고 믿을 수 없다는 표정으로 이음쇠 부분을 노려보았다. 무엇인가를 느낀 그란 남작이 창두를 빼앗아 문양을 살펴보더니, 루크와 마찬가지로 사색이 되어버렸다.

"왜 그러나?"

결국 성질 급한 살린이 창두를 살펴보더니 허탈한 표정으로 유찬을 올려다보며 대답했다.

"주, 주군 창두의 문양은 쌍두 독수리 아래… 사자입니다."

이야기를 듣고 있던 유찬의 안색도 별반 좋지 않았다.

쌍두 독수리 아래 사자.

쌍두 독수리는 제국의 황제를 의미한다. 제국의 어떤 귀족도 쌍두 독수리의 문양을 쓸 수 없다. 그것은 곧 황제를 칭하는 것이고, 그것을 쓴다는 것은 곧 반역을 의미하기 때문이다. 그러나 단 몇 곳만은 예외였다. 황제의 검이라 불리는 제국의 군단들과 근위기사단들은 황제의 휘하임을 나타내기 위해 쌍두 독수리의 문양 아래 자신들의 문양을 새겨 넣었다.

고로 제국에서 쌍두 독수리 문양과 사자의 문양을 같이 쓸 곳은 오직 한 곳뿐이었다.

제국 14군단 사자군단.

지난 오크와의 토벌전에 임시로 주둔하게 된 14군단은 지난

번 전투로 폐허가 된 메른 남작 영지에 머물고 있었으며, 또한 북부에서 칼리어스 공작의 영향을 받지 않는 군부이기도 했다.

창날을 확인한 유찬이 그란 남작에게 물었다.

"이곳에서 메른 남작 영지와 이곳을 왕복하는데 거리는 얼마나 되나?"

"대략 오 일 정도 걸립니다. 하지만 군단에서 보유하고 있는 전마를 동원한다면 삼 일이면 충분히 왕복이 가능합니다. 특히 사자군단은 제국의 군단 중에서도 기마대의 숫자가 일만에 가까운 기병군단입니다."

제국의 군단들은 각 군단마다 핵심 병력이 있었다.

사자군단의 경우 기병이 핵심 병력이 되는 기병군단에 속했다. 잘 정비된 기병의 전투력은 보병의 열 배에 달했다. 만약 난민들의 캠프를 14군단의 기병들이 들이쳤다면 용병들과 난민들이 순식간에 처리당한 것도 모두 설명이 되었다.

'하지만 함부로 단정지을 수는 없다.'

유찬은 신중해질 수밖에 없었다.

만약 제국의 14군단이 이 일에 관련된 것이 맞다 해도 지금은 한발 물러서야 했다. 특전사 의 전력은 삼백인대 반해, 사자군단은 이만에 육박하는 대군이다. 아무리 증거가 있다고 해도 무턱대고 들이칠 수 있는 상대가 아니었다. 지금은 일단 한발 물러나야 했다.

"최대한 신속하게 이곳을 정리하고, 네헤른 영지로 귀환하여 로즈 울프와 합류한다.”

네헤른 영지에는 특전사의 눈과 귀가 되는 로즈 울프의 수장 에레나가 십여 명의 특전사들과 함께 정보를 수집하고 있었다.

‘제국 14군단이라 어려운 적을 만났군, 처음부터…….’

특전사 대원들은 신속하게 장내를 정리했다.

부서지고 박살 난 마차며 난민들이 남긴 여러 가지 물건들을 불태우고 난민들의 시체를 한 구덩이에 몰아넣고 명복을 빈 뒤, 자신들의 흔적마저 지운 대원들은 급히 네헤른 자작의 영지로 향했다.

*   *   *

지난번 오크와의 전투로 완파되었던 네헤른 자작의 성은 어느새 북부 최고의 전투성다운 면모를 되찾아가고 있었다. 자작은 지난번 성보다 더욱 견고하고 튼튼한 성을 짓기 위해 남부에서 석재를 공수해 옮은 물론 실력 좋은 장인들을 동원해 성을 증축하고 해자를 깊게 만드는 등, 아낌없는 투자를 퍼붓고 있었다.

덕분에 자작이 기병대를 재건하기 위해 야심 차게 준비했던 거대한 기병 전용 숙소를 특전사가 대신 차지했다. 중간에 안 된다는 자작의 반항은 유찬이 콧바람으로 무마시켜 버렸다.

유찬의 지시를 받은 에레나는 북부 곳곳에 흩어져 있는 로즈 울프의 조직원들을 풀 가동시켰다. 그녀는 단기간에 북부 전역에 상상하기 힘들 만큼의 엄청난 정보망을 구축해 놓았고, 그 세력권을 중부로 확대하는 중이었다.

그녀는 앉아서 제국의 절반 가까이를 손바닥 들여다보듯 보고 있었다.

"역시나 했는데……."

자작의 집무실을 무단으로 점령한 하고 앉아 있던 에레나가 몇 장의 서류를 구겨 버리며 자리에서 일어났다. 그녀가 들고 있는 서류에는 지난 며칠간 14군단의 움직임과 난민들의 동선이 빼곡하게 적혀 있었다.

"14군단은 메른 남작의 영지에 주둔하면서, 오크 무리들을 정찰한다는 명목하에 정찰 부대를 계속 운용했죠. 이게 정찰 부대의 움직임이에요. 그리고 이건 난민들이 습격당한 곳이고요. 이것만 봐도 대충 그림이 그려지지 않나요?"

북쪽으로 이동하다 습격당해 전멸하거나 연락이 끊긴 난민 무리와 14군단 정찰대의 동선은 거의 일치하고 있다고 해도 과언이 아니었다. 서류를 다 보기도 전에 네헤른 자작이 발끈하고 나섰다.

"어찌 제국의 군단이 이런 짓을!"

자작은 당장이라도 검을 빼 들고 메른 영지로 달려갈 기세였다. 그런 자작을 에레나가 말리며 서류 한 장을 더 내밀었다.

"아직 흥분하시기에는 일러요. 이걸 좀 보시죠, 자작님."

“이건 뭔가?”

“최근 은밀 상단의 상행이 세 번 정도 습격받은 적이 있지요?”

“그걸 어떻게?”

에레나로부터 서류를 넘겨받은 자작의 표정이 시시각각 변했다.

에레나가 넘겨준 서류에는 북부에서 움직이는 은밀 상단의 행적과 상단이 습격받은 지점, 그리고 사자군단 정찰대의 움직임 등이 상세하게 나타나 있었다.

보고서의 내용대로라면, 은밀 상단의 상행을 습격한 것은 사자군단이 확실했다.

“어떻게 우리 상단의 상행을 이렇게 알 수 있는가?”

뜻밖에도 자작의 입에서 나온 것은 상행을 습격한 사자군단에 대한 성토가 아니었다.

지금 자작의 얼굴은 맹검의 돌격장이라 불리는 귀족의 그것이 아니라 냉철한 상단주의 얼굴이었다. 모든 것이 베일에 싸인 하캄 상단, 즉 은밀 상단에게 있어 상행의 정보는 일급비밀에 속했다.

상단이 털린 것은 있을 수 있고, 수없이 있어왔던 일이다.

하지만 상행의 정보가 남의 손에 들어간 일은 은밀 상단의 역사상 단 한 번도 없었던 일이다. 신출귀몰한 상행이야말로, 은밀 상단이라 불리는 하캄 상단의 최대 전투력이었기에 자작은 긴장하지 않을 수 없었다. 하지만 에레나는 별일이 아니라는 듯 대답했다.

"아무리 주의를 하고 사람이 하는 일인데, 조그만 정보가 없
겠어요?"

"하지만, 이렇게 자세하게 알아낼 수는 없다."

"상단이 상행을 할 때는 일정한 주기가 있지요. 아무리 은밀
상단이라도 예외일 수는 없죠. 여름에는 직물로 된 옷으로, 겨
울에는 모피로 상행을 하지요. 그리고 그 시기는 대동소이 아
닌가요? 그 주기들을 파악해서 물목의 흐름을 읽으면 그리 어
려운 일도 아니죠. 은밀 상단이 물목을 모으고, 언제쯤 움직이
겠다. 이 정도는 기본이지요."

에레나는 별것 아닌 듯이 말했지만 그것은 엄청난 일이었
다.

북부에서 유통되는 물자의 흐름을 완벽하게 알고, 그 물자
의 이동이 누구의 손을 거쳐 얼만큼 움직이는지, 그리고 그 물
목 중 은밀 상단이 사들이는 물목이 얼마이고, 그 물건이 어디
서 얼마만큼 풀리는지 정확히 꿰뚫지 않으면 불가능한 일이
다.

"무섭구만, 정말 무서워. 그걸 모두 알아냈단 말인가?"

"대장님이 시키시는 일이라면 저는 목숨을 걸고 해내지요.
완벽하게."

그녀는 환하게 유찬을 바라보았다. 마치 '나 잘했으니 칭찬
해줘요' 라는 것 같았다.

유찬은 그 대답으로 입가에 예의 작은 미소를 띄었다. 그 미

소를 확인한 그녀는 가만히 고개를 숙여 보였다.

"그나저나 산적들의 소행으로 생각했는데, 제국 군단의 짓이라니… 이때 털린 물목이 대략 이천 골드, 네 이놈들을……."

그제야 자신의 상단이 털렸다는 생각에 이를 부득부득 가는 네헤른 자작을 내버려 둔 채 에레나가 또 한 장의 서류를 꺼내 유찬에게 공손히 받쳤다.

"부탁하신 것 여기 있습니다."

"알아냈나?"

"물론입니다. 예상하신대로 14군단으로 보급되는 보급품 중 식료품이 외부로부터 보급되고 있습니다. 이건 입이 늘어나 중앙에서 나오는 기존의 보급만으로 감당이 안 되는 것이겠지요."

에레나는 더 이상 말로 보고하기가 민망한 듯 보고서를 내밀었다.

유찬은 14군단의 행적을 파악하는 와중에 군단에 보급되는 보급 물자 양의 변동을 파악할 것을 에레나에게 지시했다. 군단이 난민들을 습격할 때 잡혀간 여자들이 14군단 내에 있는지 확인하기 위해서였다.

난민 여자들이 14군단 내에 있다면 그들을 모두 굶겨 죽이지 않는 이상 그들이 먹고 마실 물자가 필요했다. 그들이 그동안 잡아간 여자의 숫자는 물경 오백이 넘었다. 오백이 넘는 여자가 먹고 마시는 양이라면 물자 보급에 이상이 생길 수밖에 없었다.

군단은 이를 채우기 위해 외부로부터 물자를 들이고 있었다. 이것은 군단 내에 난민 여자들이 있다는 명백한 증거였다.

에레나의 보고서를 읽은 유찬은 네헤른 자작에게도 보여주었다. 자작이 부들부들 떨며 소리쳤다.

"이런 쳐죽일 놈들!"

유찬이 말리지 않았다면 자작은 보고서를 발기발기 찢어버렸을지도 몰랐다.

보고서에 따르면 에레나가 파견한 로즈 울프의 요원들이 군단의 주둔지에서 멀지 않은 곳에서 여인들의 사체 십여 구를 발견해 냈는데, 대부분 소녀들로 보이는 그녀들의 하체는 거의 으깨져 있었으며, 그 처참하기가 필설로 형용할 수 없다고 했다.

안 봐도 상황은 명백했다.

군단의 병사들이 잡아들인 난민 여자들을 상대로 욕심을 채우고, 죽여 버린 것이다.

'군대는 때론 악마의 집단이 되기도 하지.'

군대라는 집단은 하나의 생명체와 같다.

상명하복, 특전사와 마찬가지로 군대의 기본은 이것이다. 특히 이곳의 군대는 그 어느 곳보다 상명하복의 체계가 확실하다 할 수 있다. 기사들과 장교들에게 즉결 처형권이 있기 때문이다.

하급자가 말을 안 들으면 죽여 버릴 수도 있다는 것이다.

아무리 나쁜 짓이라도 위에 있는 자가 하라고 하면 해야만 한다. 안 그러면 죽을 수도 있기 때문이다. 거기다 죄책감 또한 줄어든다. 나 혼자서 한 것이 아니기 때문이다. 여자를 죽여도, 아이를 죽여도 나 혼자 한 것이 아니기 때문에 죄책감을 느끼지 않을 뿐만 아니라 오히려 그것을 당연하게 받아들인다.

군대라는 집단이 주는 소속감이 그것을 가능하게 한다.

일례로 저명한 대학의 교수님이 예비군복 입고 60트럭 타면, 밖에 여자 차만 지나가도 일어나서 저질 댄스를 춰대는 것과 같은 이치다.

'우리는 군인이니까!'

'여기는 군대니까!'

그런 것이다. 강간을 해도 같이하고, 살인을 해도 같이한다. 그리고 단체라는 소속감과 일체감이 죄를 죄가 아니게 하고, 죄책감을 없애 버린다. 그것이 군대라는 이해 불가능의 집단이 가진 심적인 최대 무기다.

신경질적으로 보고서를 내팽개쳐 버린 네헤른 자작이 고개를 돌려 그를 바라보며 말했다.

"북부 전역에 이 일을 알리고, 귀조들의 의견을 모아야 하네. 이 일은 제국의 군단이라도 결코 묵과할 수 없는 일이야!"

"그건 아니 될 말이네!"

"그럼 이대로 저들의 만행을 두고 보잔 말인가?"

"포로로 잡힌 여인들을 다 죽이잔 말인가?"

"그게 무슨 소린가?"

"녀석들의 정보력은 만만치 않아. 난민들의 이동 경로를 어떻게 알아냈다고 보는가? 거기다 일부이기는 하지만 은밀하다는 자네 상단의 상행까지 털렸어. 로즈 울프만큼은 아니지만 녀석들의 눈이 곳곳에 퍼져 있음이야. 그런데 자네가 북부 전역에 이 사실을 알린다면 녀석들이 어떻게 행동하겠나?"

그제야 무엇인가 떠오른 네헤른 자작이 씹어뱉듯 말했다.

"증거 인멸… 그리고 오리발인가?"

"아마도."

14군단의 정보력이 어디까지 뻗어 있는지 모르는 이 사실을 북부 전역에 알린다는 것은 풀을 쳐서 뱀을 놀라게 하는 것과 같았다. 최악의 경우 14군단은 증거 인멸을 위해 잡아들인 난민 여자들을 모두 죽여 매장해 버리고 그런 일은 없다고 딱 잡아뗄 수도 있었다.

구겨진 서류를 펴던 레이나가 분한 표정의 자작을 보며 말했다.

"공작님께 보고드리면 안 됩니다."

"그건 또 어째서인가?"

"제가 조사한 바에 의하면 정보가 새고 있는 곳은 공작령입니다. 난민의 출발은 그렇다 치더라도 자작님의 상단이 당한 상행 세 건 모두 출발 지점이 공작령입니다."

"이거야 원, 도대체 그럼 어떻게 하잔 말인가?"

자작은 막막한 심정을 대변하기라도 하듯 두 주먹으로 탁자

를 내려쳤다. 침중한 표정으로 그런 자작을 바라보고 있던 유
찬이 무겁게 입을 열었다.

"모을 수 있는 군대가 얼마나 되나?"

"군대는 왜?"

"이대로 두고 볼 수는 없지 않나?"

"설마? 자네 14군단을 치려는 건가?"

유찬은 당연하다는 표정으로 고개를 끄덕였고, 자작은 경악
했다.

"자네 제정신인가? 14군단은 제국의 정규 군단이자 황제의
검이네. 황제의 검을 공격한다는 것은 반역 행위야!"

제국의 군단들은 표면상 황제를 최고 사령으로 한다.

즉, 제국의 모든 군단은 황제의 군대이고, 제국 군단의 모든
일은 황제가 하는 일이 된다. 그 속이야 어찌 되었든 말이다.
황제가 최고 사령으로 있는 군단을 공격한다는 것은 황권에
대한 중대한 도전이고, 이는 곧 반역과 연결된다. 거기다 14군
단은 몇 되지 않는 친황제파에 속한 군단이었다. 그런 14군단
을 공격한다면 황제가 가만히 있지 않을 것이다.

자작이 14군단을 공격하지 않고, 항의하겠다는 것도 다 이
런 이유에서였다.

"그만 진정하고, 이야기를 좀 들어보게. 나도 무턱대고 14군
단을 칠 생각은 없어!"

펄펄 뛰는 자작을 겨우 진정시킨 유찬이 계속 말을 이었다.

"자네 이런 말 들어봤나? 역사는 승자의 손에서 쓰인 소설

과 같은 것이다는 말."

"그거야 당연한 것 아닌가?"

대대로 역사란 것은 승자의 손에서 쓰여왔다. 그것은 만고 불변의 진리다. 막말로 다 망해 아무것도 남지 않은 패자가 무슨 수로 역사의 기록을 남긴단 말인가?

"즉, 역사는 강자존의 법칙과 같다는 거지."

"그래서?"

"승자가 진실을 묻어버리면 그만이라 이거지."

"14군단을 다 죽이고 그 사실을 묻어버린다고 해서, 그 사실이 드러나지 않을 것 같나?"

"누가 14군단을 묻는다고 했나? 진실을 묻는다고 했지."

네헤른 자작은 유찬이 하는 말을 도저히 못 알아듣겠다는 표정을 지었다.

14군단을 운 좋게 전멸시킨다고 해도 모든 증거를 완벽하게 지운다는 것은 불가능한 일이었다. 그런데 어떻게 진실을 묻어버린단 말인가?

"사람 열 명이, 사람 한 명 바보 만드는 일은 쉬운 일. 14군단을 전멸시키고 도발에서 공격과 전투까지 모든 것을 14군단의 잘못으로 돌린다. 예를 들어 14군단을 천인공노할 악마의 군대, 죄를 모르는 후안무치한 군대로 만들어 버리면 어떨까? 그 죽음조차 명예롭지 못하게 된다면 황제가 어떻게 나올까?"

"그렇게 된다면… 하지만 어떻게?"

만약 유찬의 말대로 14군단이 그런 오명을 뒤집어쓴다면 황제는 14군단을 쳐다보지도 않을 것이다. 하지만 무슨 방법으로 제국의 군단에게 저런 악랄한 오명을 뒤집어씌운단 말인가?

"정보 조작!"

"정보 조작이라니?"

"14군단이 전멸하고 이틀 후 이런 소문이 제국 중부와 북부 전역에 퍼지는 거야. '난민들이 약탈당한 사건을 조사하던 네헤른 자작은 14군단으로 이어진 범인들의 흔적을 잡고 14군단을 방문한다. 그로 인해 모든 범행이 14군단장 엥겔 백작이 저지른 것으로 드러나고, 이를 추궁하던 네헤른 자작은 엥겔 백작과 14군단의 공격을 받아 죽음의 위기에 처한다. 이때 그를 비밀리에 수행한 프리미엄 마스터가 그를 구해내고, 죄를 추궁받을 것을 두려워한 엥겔 백작은 증거를 없애기 위해 노예로 잡아둔 수백 명의 여자들을 죽이려 한다. 이에 분노한 네헤른 자작과 프리미엄 마스터 크리스 공의 군대가 14군단을 공격한다. 악독하고 잔인한 14군단은 최후의 일인까지 저항하다 프리미엄 마스터와 맹검의 돌격장에 전멸한다'. 어떤가?"

"……."

자작은 꿀 먹은 벙어리라도 된 것마냥 멍한 표정으로 유찬을 올려다보았다. 만약 저 말대로 모든 것이 이루어진다면, 14군단장 엥겔 백작은 죽어도 편히 쉬지 못할 것이고, 14군단 자체가 불명예스러운 군단이 될 것이다.

그때 손가락을 탁 하고 튕긴 유찬이 말을 이었다.

"그리고 한가지 더 '엥겔 백작은 죽어가면서 모든 일은 황제가 시켰다, 자신은 죄가 없다! 라고 소리쳤으며, 그의 군단병들은 쓰레기 같은 평민 난민들 몇 명 죽인 게 뭐가 대수냐며 악에 받쳐 소리를 질렀다'. 여기에 나중에 양념을 좀 더하면 잘 나신 황제 폐하도 14군단을 공격한 이유를 묻지 않을 것 같거든. 어때, 완벽하지 않아?"

"소설을 쓰지 그러나?"

"불가능할 것 같나?"

"가능이고 불가능이고를 떠나서 고작 그 정도에 누가 속을 것 같나?"

자작은 어처구니가 없다는 표정으로 유찬에게 말했다. 그가 듣기에 유찬의 계획은 허무맹랑하게만 보였다.

하지만 처음부터 끝까지 이야기를 듣고 있던 에레나의 생각은 달랐다.

"충분히 가능합니다."

"가능하다니?"

이번에는 네헤른 자작의 안색이 살짝 변했다. 정보에 관한 에레나의 능력을 이미 눈으로 확인했기에 그는 그녀의 말에 큰 비중을 둘 수밖에 없었다.

"대장님께서 하시려는 일은 충분히 가능합니다. 군중은 어리석은 법이니까요."

"그 말은?"

"지금의 상황과 군중심리를 잘 이용하면, 아주 멋진 계획이

됩니다. 지금 제국의 내정은 극도로 혼란스럽습니다. 그로 인
해 제국민들의 불만은 상당한 수준이지요. 그들에게 이 일은
억눌렀던 불만은 터뜨리는 분출구가 될 것입니다. ‘황제의 군
대가 제국민을 학살했다’. 이 얼마나 호제입니까? 제국 전체
가 당장 폭동이라 일어날 듯 들끓을 겁니다.”

네헤른 자작은 저도 모르게 마른침을 꿀꺽 삼키며 그녀를
바라보았다.

“그렇게 되면 그때부터는 정보의 진실성 같은 건 그리 중요
하지 않습니다. 제국민 전체가 진실이라고 믿어버리는데, 황
제 폐하나 귀족들이 거짓이라고 한다고 해도 역효과만 날뿐이
지요.”

“그, 그렇군.”

“거기다 최근 수세에 몰린 귀족파로서는 다시없는 호제, 귀
족파 측은 수단과 방법을 가리지 않고 이 일을 사실로 만들고
대장님을 보호해 주겠지요? 이렇게 되면 황제 폐하께서는 어
떻게 될까요?”

그녀의 말대로라면 황제는 사면초가의 위기에 놓이게 될 것
이다. 만약 그 상황에서 황제가 유찬과 그를 처벌이라도 하겠
다고 나선다는 것은 어불성설. 만약 진짜 그렇게 나온다고 해
도 귀족들이 가만히 있지 않을 것이며, 제국민들의 신망마저
잃어버리게 되니 자충수도 이런 자충수가 없었다.

득이한 표정의 에레나 입가에 섬뜩한 미소가 물렸다.

촌철살인, 그녀의 입술을 핥고 지나가는 그녀의 세 치 혀가

무섭게만 느껴지는 자작이었다.

'역시, 이 여자는 위험해. 어쩌다 내가 이런 상식 밖의 인간들과…….'

자작이 고개를 절래절래 흔들고 있을 때 유찬이 자작을 보며 물었다.

"동원할 수 있는 병력은 얼마나 되나?"

결국 올 것이 왔다. 자작은 한숨을 쉬며 손가락 하나를 세웠다.

"일천 정도……."

"많군."

"그럼, 내가 그동안 사병들을 다시 모으고 훈련시킨다고 얼마나 많은 돈을 들인 줄 알아!"

"자네의 사병이 일천, 내 특전사가 삼백, 딱 좋군."

뭐가 딱 좋단 말인가?

잠시 그 말뜻을 몰라 의아해하던 네헤른 자작의 표정이 시커멓게 변했다.

"설마 일천삼백의 병력으로 14군단을 치자는 것은 아니지?"

"왜 아니겠나?"

'이런 미친……!'

자작은 차마 귀족 체면에 욕은 못하고 부들부들 떨리는 손가락으로 유찬을 향해 삿대질만 해댔다.

이건 싸우자는 게 아니라 단체로 몰살하자는 이야기였다.

아무리 그와 유찬의 군대가 정예 강군이라고 해도 숫자의 차이가 너무 심했다. 거기다 자작의 군대 전력 중 반이 아직 전투 경험이 없는 신병들이었다.

하지만 자작이 모르는 것이 있었다. 유찬의 군대는 교관들을 제외하고는 전원 전투 경험이 전무하다는 사실을. 알았다면 자작은 뒷목을 부여잡고 쓰러졌으리라.

"일천삼백으로 이만을 상대하겠다고? 제정신인가?"

"물론, 내 정신 건강에는 이상없다네!"

"족히 열다섯 배가 넘는 군대를 무슨 수로 상대한단 말인가? 무장까지 잘 갖춰진 정예 군단을 말이야! 수적으로 답이 없는 싸움이야!"

"언제 머릿수로 전쟁했나? 그리고 수적으로 답이 없는 싸움은 전에도 한 번 하지 않았던가?"

"전에?"

"보른성에서 오천으로 삼만을 막아내지 않았나?"

"그때는… 으드득!"

보른성에 있었던 오크와 전투를 말함이다. 능글맞은 표정으로 말하는 유찬의 얼굴을 바라보자 자작은 곱게 갈리는 이빨을 주체할 수 없었다.

"그때는 성벽도 있었고……."

"설마 툭 치면 와르르 무너지던 그 성벽 같지도 않은 성벽?"

"병사들도……."

"징집병, 노예병, 난민병까지. 참 병사 같지도 않은 병사들이었지."

"칼리어스 공작님도……."

"죽을 각오하셨지."

"……."

자작은 더욱 세차게 이를 갈았다.

얄밉게 톡톡 던지는 한마디 한마디가 신경을 박박 긁어놓았다. 막말로 자작은 지금 뚜껑이 열리기 직전이었다. 결국 자작은 매몰차게 말했다.

"이대로는 군사를 내어줄 수 없네."

"물론 나라도 그렇지."

씨익 웃어 보이는 유찬, 웃는 얼굴에 침 뱉지 못한다고 누가 그랬는가?

귀족 체면만 아니면 자작은 카악 하고 속에서부터 가래를 모아 힘차게 퉤 하고 유찬의 웃는 얼굴에 뱉어주었을지도 몰랐다.

"계획이 있네."

"계획?"

"지금 놈들은 우리가 놈들의 정체를 알아차렸다는 사실을 모르지. 그걸 십분 이용한다면 얼마든지 가능하네. 그리고 오늘 아침 기다리던 물건이 배달되어 왔지."

유찬은 방 한쪽에 놓인 가방을 가리키며 말했다.

그 가방은 오늘 아침 특전사 본부가 있는 라크로부터 배달된 것으로 아일론이 만들어낸 그 무엇인가가 있었다.

유찬은 조심스럽게 가방을 들어 안에 있는 물건을 꺼냈다.

나무로 된 그것은 일견 석궁처럼 보였다. 하지만 활틀 위에 있어야 할 고정쇠 대신 네모 반듯한 상자 하나가 올라와 있었다.

"그것이 뭔가?"

"삼시수노궁이라는 것이네."

"삼시수노궁?"

유찬은 대답 대신 수노궁을 벽을 향해 겨누고 뒤쪽 손잡이를 잡아당겼다.

튀잉!

현이 튀기는 소리와 함께 세 발의 수노전이 수노궁 앞에 뚫린 세 개의 구멍을 박차고 날아가 벽에 박혔다.

튀잉!

하지만 거기서 끝이 아니었다. 유찬은 연속해서 수노궁의 손잡이를 잡아당겼고, 그때마다 어김없이 세 발의 수노전이 날아가 벽에 박혔다. 유찬이 신나게 손잡이를 당기자 수노전은 집무실 한쪽 벽을 벌집으로 만들어 버렸다.

순식간에 수노전 모두를 벽에 박아버린 유찬은 만족한 표정으로 수노전을 내려놓고, 자작을 바라보았다.

"어떤가?"

"이, 이 이게 도대체……."

자작은 수노궁의 위력 앞에 말조차 제대로 하지 못했다.

수노궁은 활틀 위에 얹은 목제 탄창에 가장 짧은 화살인 수노전을 여러 개 놓고, 뒤쪽의 손잡이를 잡아당기면 시위가 잡아당겨졌다가 자동으로 화살이 발사되는 연사 무기였다. 전갑이라고 부르는 탄창에는 대개 10~20개의 화살이 장전되는데, 1초에 거의 한 발 꼴로 발사할 수 있었다. 삼시 수노의 경우 초당 세 발씩 동시에 쏴댔다.

"서, 석궁으로 연사라니……."

자작의 시선은 수노궁에서 떠날지 몰랐다.

활의 한 종류인 석궁은 나무나 쇠막대기 위에 고정시킨 활을 말한다.

석궁은 기존의 활보다 강할 뿐만 아니라 일반 활보다 사정거리가 훨씬 멀다. 하지만 그만한 파워와 힘을 얻기 위해 인간의 힘으로 재장전이 불가능한 철재로 활대를 만들기 때문에 재장전을 위해서는 크랭크와 톱니바퀴 같은 것들 사용해야 했다. 이 성가신 과정 때문에 발사 속도는 1분당 두 발 정도로 최악이라, 접근전에서는 무용지물이나 마찬가지였다.

기존 석궁과 비교할 때 수노궁은 일대 혁명이라 할 수 있는 물건이었다.

비록 위력은 석궁에 비할 것이 아니었지만 수노궁은 그것을 무시할 만한 연사력이 있었다.

보병과 보병이 싸우는 난전에서 근접 직사 무기인 수노궁의 등장은 전쟁의 향방을 완전히 뒤바꿀 만한 물건이 틀림없었다.

"자네, 부대원 전원을 이것으로 무장시켜 주지."

"으음……."

자작은 대답 대신 무엇인가 골똘히 생각하다가 한숨을 쉬며 말했다.

"어쩔 수 없겠군……."

"그럴 줄 알았어."

자작이 별수없다는 표정으로 고개를 끄덕이는 것을 본 유찬이 자리에서 일어났다. 자작은 그런 그의 모습을 바라보다가 불쑥 물었다.

"왜인가?"

"뭐가 말인가?"

"난 한 가지 이해가 되지 않는 게 있어. 아무리 칼리어스 공작님의 명이라고 하지만 제국의 정규 군단을 상대로 왜 싸우려고 하는가?"

"왜냐?"

녀석들과 왜 싸워야 하는 걸까?

자작이 물어 온 순간 유찬은 속으로 자신에게 물었다. 왜 싸워야 하는지 그조차도 알지 못했다. 14군단을 적으로 인식한 순간 싸워야 한다는 생각이 들었다.

'이것도 빌어먹을 운명인가?

유찬은 미소 지었다.

어차피 운명을 받아들이기로 하지 않았던가?

"내가 해야 할 일이니까."

"14군단과 싸우는 게 네가 해야 할 일이라고?"

"일일이 설명하려면 귀찮아, 그러니까 내 사명 정도라고 생각해 두라고, 그리고 녀석들은 나쁜 놈이잖아?"

유찬은 미소를 지으면서 앞서 나갔다. 멍하니 그의 말을 듣고 있던 자작이 그의 모습이 멀어지자, 황급히 그의 뒤를 따르며 소리쳤다.

"그런 시답지 않은 사명에 날 끌어들이지 말란 말이야!"

*　　　*　　　*

네헤른 자작의 움직임은 신속하고 정확했다.

정확히 한 달 만에 자작은 영지 곳곳에 풀어놓은 모든 병력을 모두 네헤른 성으로 끌어 모으는 한편, 비밀리에 모병을 실시했다. 그 작업 역시 은밀하고 신속하게 이루어졌다. 한 달 뒤, 네헤른성에 모인 자작의 병력은 그 숫자는 정확히 일천삼백에 달했다.

자작이 군사를 모으는 사이 에레나는 로즈 울프의 정보망을 풀 가동시켜 14군단에게로 집중했다. 14군단에 관한 것이라면 어느 것 하나 놓치는 법이 없었다. 그란 남작은 첫 실전에 대비해 특전사들과 지옥 훈련에 들어갔다.

특전사 대원들은 북부 곳곳에 흩어져 있는 크고 작은 오크 마을들을 상대로 이 주간에 걸친 실전 훈련을 쌓았다. 그 와중에 특전사 대원 십여 명이 크고 작은 부상을 입었지만 회복 못할 수준은 아니었다.

지옥 훈련에서 돌아온 특전사들의 기세는 더욱 날카로워져,

그 기세만으로 상대를 압도할 정도였다. 그란 남작과 같이 특전사들을 이끌고 훈련에 참여하려 했던 살린은 느끼는 바가 있어 홀로 수련을 떠났다.

그는 유찬이 전수한 참선과 묵상을 통해 새로운 그만의 검로를 열어나갔고, 다시 합류했을 때 그는 뭐라 말할 수는 없었지만 많은 부분 변해 있었다.

루크는 발이 빠른 특전사 대원 십여 명과 함께 14군단을 직접 감시했다.

암살자인 루크는 14군단 내부로 침입을 시도해 두 번이나 성공했다. 14군단의 어느 누구도 루크가 내부로 잠입했다가 빠져나온 사실을 몰랐다. 그로 인해 14군단의 경비 체계와 병력의 배치 현황이 유찬의 손바닥으로 떨어졌다. 하지만 뭐니 뭐니 해도 루크의 가장 큰 공적은 군단 내에 잡혀 있는 여자들의 위치를 알아냈다는 데에 있었다.

유찬은 작전을 세우기 위해 집무실에 처박혔고, 덕분에 할 일이 없어진 이오스는 매일같이 연병장에서 구슬땀을 흘렸다.

얼마 전부터 자신의 무력에 한계를 느끼고 있던 이오스는 고심 끝에 환도를 버리고 아일론에게 부탁해 통짜 티타늄으로 된 청룡언월도를 들었다.

군인 출신으로 이곳의 군격기로 틀을 다졌던 그인지라 오래 전부터 특전사의 훈련과 자신이 맞지 않다는 것을 느끼고 있었다. 그래서 이번 기회에 유찬을 졸라 무예도보통지 상의 '월도보' 와 '마상월도보' 를 얻어 수련에 박차를 가했다.

크지 않은 체구에 믿기지 않는 괴력을 가진 그는 유찬이 전해준 근육 단련법을 수련하며 쓰러질 때까지 청룡언월도를 휘둘렀다. 그 집념이 얼마나 대단한지 모두다 찬사를 아끼지 않았다. 누군가 그에게 왜 그렇게 죽자살자 수련을 하냐고 물었을 때 그는 청룡언월도를 들어 보이며 말했다.

"나는 주군의 뜻이 이 정도가 아님을 안다. 주군이 뭘 보고 있는지, 뭘 하실 건지 모르지만 나는 주군의 옆에서 주군이 가시는 곳이라면 어디든지 갈 것이다. 그래서 강해져야 한다. 그게 내가 사는 방법이다."

어찌 보면 멋있고, 어찌 보면 촌스러운 말. 아니, 건달 같은 대사다.

이오스, 이 다부진 사내는 뼛속까지 건달인 사내였다. 의와 협이 있는 진짜 협객, 건달 말이다.

"닝기리 샹!"

이오스가 수련을 위해 구슬땀을 흘리고 있다면 한편에서는 다른 의미에서 구슬땀을 흘리는 이가 있었다.

그는 바로 철기방 대장 아일론이었다.

일천 개의 수노궁과 수만 발의 수노전, 천백 자루의 도검을 만들기 위해 특전사 철기방과 공방은 24시간 풀 가동되고 있었다. 환갑을 바라보는 나이에도 구릿빛 근육을 자랑하는 아일론은 자는 시간까지 쪼개가며 일했다.

덕분에 한달 만에 자작 군대에 보급될 수노궁과 수노전이 완성되었다.

"이오스, 이놈!"

그 와중에 이를 부득부득 갈며 이오스가 주문한 청룡언월도까지 만들어내니 노익장도 이런 노익장이 없었다.

자신들을 향해 사신이 아가리를 벌린 줄은 꿈에도 모르는 14군단은 그 후에도 세 번이나 더 난민 무리를 습격했고, 곧이어 더 큰일을 벌였다. 에스트라 후작 영지 외각에 위치한 마을 세 곳을 습격하고 약탈했다. 난민들의 습격 때와 마찬가지로 생존자는 전무했고, 여자들은 끌려갔다.

북부가 발칵 뒤집혔다.

영지에 대한 직접적인 공격은 난민들을 약탈한 것과는 본질부터가 달랐다. 거기다 상태도 안 좋았다.

지난 오크와의 전쟁 때 후계자를 잃고 사병 대부분은 전사했지만, 에스트라 후작가는 북부의 전통있는 명문이자 강세로 칼리어스 공작도 함부로 할 수 없는 대귀족이다. 또한 후작가는 대대로 영지민들을 자식처럼 아끼기로 유명했다.

분노한 후작이 직접 사병을 이끌고 북부 이곳저곳을 들쑤시고 다녔다. 하지만 결국 후작도 아무런 단서를 찾지 못했다.

후작가가 수색을 포기할 때쯤 작전을 짜기 위해 네헤른 자작의 서재에 틀어박혔던 유찬이 서재를 박차고 나섰다. 그의 손에는 14군단을 이 세상에서 지워 버릴 계획이 완벽하게 짜여 있었다.

"이제 놈들을 세상에서 지우는 일만 남았군."

그날 오후, 유찬은 휘하의 모든 이들을 서재로 불러 모아 작전을 지시했다. 그날 저녁 어둠을 틈타 유찬의 특전사와 네헤른 자작의 병력이 14군단이 주둔 중인 메른 남작 영지를 향해 움직이기 시작했다.

최대한 적의 눈에 띠지 않기 위해 적게는 열에서 많게는 오십 단위로 흩어진 그들은 은밀 상단의 마차를 타고 북진했다.

그것은 유찬이 14군단을 공격하기로 마음먹은 지 한 달 반만의 일이었다.

*   *   *

늘상 조용한 칼리어스 공작의 저택이 떠들썩했다.

한 달 동안 자신의 영지를 습격한 범인을 잡겠다고 북부 전체를 뒤집어놓은 에스트라 후작이 가신 몇 명을 이끌고 쳐들어와 성질을 부리고 있었기 때문이다.

“도대체 어떤 놈들이란 말입니까!”

“그, 그걸 나한테 물어보면 어떡하나?”

수염이 얼굴의 반을 뒤덮고 있어, 사교계의 산적 또는 불타는 털보라는 별명을 가진 후작은 공작으로서도 상대하기 만만치 않은 인물이었다. 다혈질이라는 한마디로 표현되는 후작이 드래곤 피어 저리 가라의 목소리로 고함을 질러대며, 공작도 아까워서 아껴 먹는 샤또블롱 45년산 와인을 몇 병째 아작 내고 있으니, 차마 마시지 말라 말 못하는 공작의 속은 시커멓게 타 들어갔다.

"거기다 이거 보셨습니까? 안 그래도 열불 터져 죽겠는데, 이건 뭐 하자는 수작인지!"

후작은 품속에서 둥글게 말린 편지 하나를 꺼냈다.

편지를 마감 처리한 촛농에는 황제를 상징하는 쌍두 독수리의 인장이 선명하게 찍혀 있었다. 영지로 회군했던 후작이 새벽 댓바람부터 공작 저택에 쳐들어와 이 난리를 치는 직접 적인 이유는 다 이것 때문이었다.

그것은 황제가 북부의 대귀족인 칼리어스 공작과 에스트라 후작에게 보낸 친서였다.

짐은 얼마 전 이번에 북부에서 일어나고 있는 사건들에 대한 보고를 받고 귀를 의심할 수밖에 없었네. 한편으로는 믿고 의지하던 귀공들의 무능력함에 실망할 수밖에 없었네. 귀공들이 어찌하였으면 짐의 백성들이 흉악무도한…(중략)…….

하여, 짐은 범인을 잡을 때까지 귀공들을 만나지 않기로 하였느니라.

이 무슨 지랄 옆차기 하는 소린가?

이 편지를 받았을 때 공작은 기가 막혀 웃기만 했었다. 그리고 후작은,

칼을 빼 들고 집무실을 때려 부쉈다.

중앙에서 산전수전 다 겪은 그들이 이 편지에 숨은 뜻을 모를 리 없었다.

'절대, 제발, 무슨 일이 있어도 수도로 오지 마!'

황제의 뜻은 이것이었다.

"낚시가 끝나면 미끼를 어찌한다더니 공작님이 꼭 그 꼴입니다그려."

"말을 그렇게밖에 못하나? 그리고 남 걱정하기 전에 자네 걱정이나 하지 그러나?"

"저야 공작님과 같이 붙어 있다가 돌 맞은 개구리 아니겠습니까."

공작은 답답한 표정을 지으며 자신에게 온 친서를 탁자 위에 내려놓았다. 친서의 내용은 후작에게 온 그것과 글자 하나 다르지 않고 똑같았다.

'폐하, 무슨 생각을 하시고 계신 겁니까?'

황제파와 귀족파의 싸움은 황제파 쪽으로 기울었다. 하지만 단지 그뿐이었다.

위기를 느낀 귀족파는 발악이라도 하듯이 거칠게 나왔고, 승기를 확실히 잡기 위해 황제파 역시 사납게 맞대응했다. 그로 인해 제국의 내정은 극도로 혼란스러워졌다. 칼리어스 공작은 당장이라도 중앙으로 돌아가 이 혼란한 정국을 바로잡고 싶었다. 그에겐 그만한 힘도 능력도 있었다. 하지만 그의 주군인 황제가 그것을 막고 있었다. 황명이라는 이름으로.

공작이 저도 모르게 탄식을 내뱉었을 때 방문이 열리면서 말틴 남작이 들어왔다.

그는 지난번 입은 상처가 아직 다 낫지 않은 듯 왼팔에 붕대를 감고 있었다.

"말씀 중에 죄송합니다. 크리스 공께서 보낸 편지가 도착했습니다."

"크리스 공이!"

공작의 얼굴이 환해졌다. 후작 역시 관심을 나타냈다. 아무리 산적 같은 후작이라고 해도 귀는 열어놓고 산다. 프리미엄 마스터의 이름 정도는 그도 익히 들어 알고 있었다. 공작은 급히 편지를 읽어나갔다.

편지를 읽는 동안 공작의 표정은 시시각각 변했다.

편지를 다 읽고 난 뒤, 무엇인가를 한참 생각하던 공작은 얼굴이 붉으락푸르락해져서는 끝내,

"이런 짓까지 하시는 겁니까!"

쾅!

탁자를 내려쳤다.

그래도 분이 덜 풀린 공작은 연이어 탁자를 내려치기 위해 주먹을 들었다.

"공작 각하!"

놀란 남작이 공작을 말리는 사이 에스트라 후작은 공작이 떨어뜨린 편지를 주워 읽기 시작했다.

"14군단, 이놈들!"

편지를 다 읽은 후작의 반응도 공작과 별반 다르지 않았다.

유찬이 보낸 편지에는 그동안 14군단이 저질렀던 만행이 하나도 빠짐없이 쓰여 있었다.

또한 독자적으로 군대를 움직여 14군단을 치겠다는 통보와 함께, 공격 날짜와 시간이 상세하게 기술되어 있었다.

"엥겔 이놈이 미치지 않고서야!"

후작은 분노에 찬 얼굴로 칼리어스 공작을 바라보며 말했다.

"지금 당장 군대를 모아야 14군단을 쳐야 합니다. 제국의 군단이 제국의 영지와 난민들을 공격했습니다. 이는 반역입니다, 반역!"

"지금 우리가 군대를 몰고 간다고 해도 족히 사나흘은 걸릴 것이야. 크리스 공이 14군단을 공격하는 건 삼 일 뒤 새벽. 우리가 갔을 때는 이미 모든 일이 끝난 후일 걸세."

"그럼 이대로 보고만 있자는 겁니까?"

"나는 이 일을 크리스 공에게 일임했네. 우리는 이 일이 끝난 후 몰아칠 후폭풍을 대비해야 하네."

"후폭풍이라 하시면……."

"자네는 14군단의 군단장 엥겔의 별명을 알고 있나? 안다면 그가 이런 일을 벌일 인물이라고 생각하나? 그 소심한 너구리가?"

후작은 머릿속으로 14군단의 군단장 엥겔 백작을 떠올렸다.

엥겔 백작은 이백 년 전통을 자랑하는 엥겔 가문의 가주였지만 모든 면에서 2% 부족한 귀족이었다. 겉보기엔 능글맞지만 속은 겁 많고 소심한 인물로 사교계에서는 소심한 너구리라는 한심한 별명까지 붙어 있었다.

그런 능력없고, 실력도 없는 간덩이마저 작은 모지리가 14군단의 군단장이 될 수 있었던 이유는 오직 하나. 그가 황제파라는 것이었다.

전임 군단장의 은퇴로 14군단장의 자리가 공석이 되자 귀족파에서는 은각의 방패라 불렸던 7군단 부사령관 그랑뉴 백작을 군단장에 올리려 했고, 황제파는 이를 결사적으로 저지하고 나섰다.

수도에서 가장 가까이 주둔한 군단인 14군단의 군단장 자리를 귀족파에게 내줄 수는 없었기 때문이다.

결국 군단장 자리를 놓고 석 달 가까이 논쟁을 벌인 끝에 황제의 고집으로 엥겔 백작이 14군단의 군단장이 되었다. 하지만 같은 황제파 귀족들도 엥겔 백작을 군단장에 올리면서 '그렇게 사람이 없나?' 하며 한숨을 쉬었다고 한다.

그는 버리자니 아깝고, 먹자니 떨떠름한 황제파의 계륵 같은 존재였다.

그런 이가 다른 이도 아닌 제국 최고의 귀족 칼리어스 공작과 건드리면 피 보는 걸로 유명한 에스트라 후작을 건드렸다. 엥겔 백작의 평소 인물됨을 볼 때 아무리 생각해도 있을 수 없는 일이었다.

"확실히 엥겔 이놈은… 공작 각하, 엥겔 이놈 진짜 미쳐 버린 거 아닙니까?"

"그럴 수도 있겠지. 갑자기 숨쉬기 운동이 귀찮아졌는지도. 하지만 그게 아니라면 놈에게 뭔가 믿는 구석이 있는 것이겠지."

"믿는 구석이라면?"

공작이 한숨을 내쉬며 황제가 보낸 칙서를 들어 올렸다.

"뭔가 좀 이상하지 않나?"

"뭐가 말입니까?"

"폐하께서는 지금 귀족파와 힘 싸움하기도 바쁜 상황이지. 비록 승기를 잡았다고는 하나 명문 귀족들의 힘은 드러난 것이 다가 아니야. 드러난 것보다 숨겨진 것들이 더 많은 것이 제국의 귀족가들이지. 그런데 황제 폐하께서 어떻게 알고 이런 칙서를 보냈을까?"

"그거야……."

"황제의 눈은 제국 어디에나 있다 따위의 말을 할 생각이면 하지 말게, 황제 직속 정보 기관인 안개의 기사들은 지난번 반란 사건으로 완전히 괴멸되어 버렸으니까."

그제야 후작도 뭔가 짚히는 것이 있는지 표정이 굳어졌다.

14군단의 소심한 너구리 엥겔 백작이 북부를 혼란으로 빠뜨리고, 황제는 마치 기다렸다는 듯이 이것을 빌미로 그와 귀족들의 싸움에 최대 변수가 될 수 있는 칼리어스 공작을 영지에 묶어놓는다. 모든 것이 잘 계획된 연극 같았다.

'이런 경우는…….'

공작의 말을 듣고 무엇인가 곰곰이 생각하던 후작이 씹어뱉듯 말했다.

"설마 폐하께서……."

"믿고 싶지는 않지만 모든 정황이 폐하를 가리키고 있어. 그리고 그렇게 생각하면 모든 것이 맞아떨어져. 감히 엥겔 따위가 이런 짓을 한 것도. 이 편지가 이 시기에 우리에게 온 것도 말이야."

후작은 벌레 씹은 표정으로 한동안 말이 없었다. 그것은 공작도 마찬가지였다.

"용서할 수 없습니다."

후작이 말했다. 그는 피가 나도록 입술을 깨물며 한 자 한 자 끊어내듯 말을 이었다.

"만약 이 일에 진정 폐하께서 관여한 것이라면 결코 가만히 있지 않을 겁니다. 아무리 제국의 주인이시라도 이러실 수는 없는 겁니다."

"자네……."

"각하, 지금은 모든 것이 명확하지 않습니다. 폐하께서 관여하셨다는 증거는 그 어디에도 없습니다. 하지만 엥겔 백작을 심문해 보면 뭐가 나와도 나오겠지요. 만약 정말로 이 일이 폐하의 뜻이라면 폐하께서는 에스트라 후작이라는 적을 만드시게 될 것입니다. 각하께서는 어찌하실 겁니까?"

칼리어스 공작은 대답하지 않았다.

지금의 황제가 있게 한 일등 공신은 바로 공작이었다. 이십여 년 전의 반란. 그 반란을 막고 반란의 무리를 주살한 것이 바로 그였기 때문이다. 그게 당연하다고 생각했고, 지금도 후회는 없었다. 모든 것이 그 스스로의 업이라 황제가 보내는 더러운 꽃도 자식의 품에 안겨 주지 않았던가?

하지만,

'두 분 황자님의 죽음, 그리고 그분의 선택과 지금의 황제 폐하, 내 결정이 잘못된 것인지도 모르겠구나.'

한참만에 무겁게 공작이 입을 열었다.

"자네 말대로 그 무엇 하나 명확한 없네, 일단은 엥겔 그놈을 만나봐야겠지."

둘의 대화를 묵묵히 듣고 있던 말틴 남작이 말했다.

"군을 소집하고 영주들에게 연락을 취하겠습니다."

군례를 올리고 밖으로 나가려는 남작을 공작이 손을 들어 제지했다.

"그럴 필요 없어. 호위기사들과 기병대 백여 명 정도면 딱 정당해."

"각하, 14군단을 상대하려면……."

"누가 14군단과 싸운다고 했나? 14군단은 크리스 공이 완전히 분해해 버릴 거야. 난 엥겔 그 친구를 만나러 가는 것뿐이야."

"하지만 네헤른 자작과 크리스 공의 군대를 합친다고 해도 채 이천이 되지 않습니다. 그런 군대로 이만이 넘는 14군단을 어찌……."

"그 친구는 오천의 군대로 삼만도 막아내지 않았던가?"

직접 벽에 걸린 외투를 찾아 입은 공작은 한쪽에 놓아두었던 검을 잡아 들며 말했다. 말틴 남작이 시종을 부르려 했으나,

손을 들어 그것을 막은 공작은 직접 검을 허리에 찼다. 제국의 상징인 쌍두 독수리가 새겨진 화려한 검은 황제가 그에게 직접 하사한 보검이었다.

"출발 준비를 서두르게. 늦으면 그 친구 성격에 엥겔의 모가지가 무사하지 못할 테니까."

"알겠습니다."

뒤돌아선 말틴 남작의 등을 묵묵히 바라보던 공작은 시선을 굳은 얼굴로 천장을 바라보고 있는 에스트라 후작에게로 옮겼다. 수북한 털 속에 무심한 눈동자를 숨긴 후작의 얼굴은 도대체 무슨 생각을 하는지 알 수 없었다.

하지만 한 가지는 확실했다. 그가 이대로 당하고 가만히 있지 않을 것이라는 것이다. 에스트라 가문의 종자가 원래 그랬다. 그중에서도 지금의 후작은 독종으로 유명했다. 저 단순무식함 속에 얼음같이 차가움이 숨어 있다고 누가 생각이나 할까?

고개를 잘래잘래 흔든 공작은 답답함에 가슴을 탁탁 두드렸다.

'폐하, 왜 자꾸만 이런 일들을 벌이시는 것이옵니까? 신더러 어찌하라고 이러신단 말씀입니까?'

그날 오후, 이십여 명의 기사와 백여 기의 기마를 대동한 칼리어스 공작 일행이 14군단이 주둔 중인 메른 영지로 향했다. 같은 시각 유찬이 이끄는 선발대 삼십여 명을 태운 은밀 상단의 마차가 메른 영지로 들어서고 있었다.

*　　　*　　　*

메른 영지는 지난 오크와의 전쟁 때 가장 큰 피해를 본 영지였다.

기세등등한 사만 오크 대군이 가장 먼저 상륙한 곳이었기 때문이다. 대부분을 토벌대에 보내 백여 명의 사병만을 거느리고 있던 메른 남작은 사만이 넘는 오크의 대군을 맞아 용감히 싸우다 장렬히 전사했다.

흥분할대로 흥분한 오크군은 메른성의 모든 생명체를 말살하고 성을 파괴했다.

그로 인해 14군단은 철저하게 파괴되어 잔해만 남은 메른성을 버리고 메른성 외각의 평지에 주둔한 채 일부 병력을 성에 남겨 식수만을 성안의 우물에서 해결하고 있었다.

14군단이 주둔한 주둔지에서 얼마 떨어지지 않은 언덕 위, 십여 명의 인영이 낮은 포복 자세로 14군단을 살피고 있었다.

"얼씨구, 아주 천하태평이구만."

14군단의 동정을 살피고 있던 자작이 혀를 찼다.

그의 손에는 해군 제독들이 자주 애용하는 이단 접이식 망원경이 들려 있었다. 아일론이 유찬을 위해 직접 세공하고, 문양을 새긴 이 망원경은 겉보기에는 검은색 일색의 볼품없는 망원경에 불과했지만 자세히 들여다보면 표면에 깨알 같은 무늬가 아름답게 새겨진 최고의 예술품이었다.

‘저렇게나 멀리 있는 물체를 눈앞에서 볼 수 있다니.’

자작은 망원경의 매력에 푹 빠져 버렸다.

훔쳐보기의 세계라는 것이 한 번 빠지면 나오기가 힘든 마력이 있다. 벌써부터 귀족의 체면도 잊고 망원경을 보며 히죽히죽 웃는 폼이 조만간 자작 감투를 쓴 변태 한 마리가 태어날 조짐이 보였다. 보다 못한 유찬이 망원경을 빼앗으려 했다.

“이리 주게!”

“아앗, 좀만 더 보고!”

“지금 우리는 작전을 수행 중이네, 작전!”

유찬이 망원경을 빼앗으려 하자 자작이 완강히 저항하며 소리쳤다.

“이 꼴을 좀 보라고, 첫 번째 작전은 이미 끝났잖아!”

지금 자작의 몰골은 처참했다.

화려한 망토와 옷은 찢어지고 먼지가 묻어서 원래의 모양은 찾아볼 수 없었고, 옷 여기저기에 발로 밝힌 자국이 나 있고 칼로 찢긴 곳에는 자잘한 자상과 혈흔도 보였다.

자작뿐만 아니었다. 유찬의 몰골도 별반 다르지 않았다.

그들만 그런 것이 아니었다. 지금 구릉에 엎드린 살린, 이오스, 그리고 십여 명의 특전사 대원 모두 상거지 꼴을 하고 있었다. 어디 가서 대판 싸운 몰골들이었다. 특전사의 자존심이라는 베레모는 구겨지고, 전투복은 찢어져 있었으며, 몇몇 대원들이 감고 있는 붕대에는 붉은 피가 번져 나오고 있었다.

‘후, 적을 속이기 위해서는 먼저 아군부터 속여야 하는 법

이지.'

유찬과 자작의 몰골은 자해의 결과였다.

한 시간 거리의 숲 속에 군대를 매복시킨 유찬은 자작과 심복들을 데리고 이곳으로 왔다. 그리고 그들에게 작전을 설명했다.

전쟁이든 싸움이든 대외적인 명분이 필요했다.

특히 황제의 군대인 14군단을 없애 버리려면 웬만한 명분으로는 불가능했다. 난민들의 습격이나 영지 습격만으로 14군단을 없애기에 명분이 부족했다. 그래서 유찬이 생각해 낸 것이 아군을 먼저 속이는 고육계였다.

'난민과 영지를 공격한 14군단이다. 그들은 이를 알고 항의하러 갔던 네헤른 자작마저 죽이려는 음모를 꾸몄다. 그들은 제국의 군단도 그 무엇도 아닌 인면수심의 악마들이다. 해서 분노한 자작과 친우 크리스 공은 14군단을 토벌하고, 노예로 잡혀 있던 여자들을 구해냈다.'

내일이면 이 소문이 제국 북부와 중부 일대를 강타할 것이고, 여론은 불판에 올려놓은 냄비처럼 끓어오를 것이 분명했다.

이를 위한 모든 준비는 에레나가 모두 마친 상태였다.

명분을 위한 마지막 준비인 고육계 역시 최종 단계에 들어섰다. 숲 속에 매복 중인 아군 병사들은 유찬과 네헤른 자작이 14군단을 마지막으로 설득하기 위해 간 줄 알고 있다. 그런 이들이 부상을 당해 돌아온다면, 그들의 부하들까지 소문을 사실로 믿게 될 것이다. 그렇게 되면 아무도 소문이 거짓이라 믿지 않을 것이다.

누군가 병사들을 통해 정보를 알아내려 한다고 해도 그들은 소문 이외의 아무것도 알아내지 못할 것이다.

'그로 인해 14군단은 쥐새끼 한 마리 살아남지 못하겠지.'

삭초제근에 사자무언이라 했다.

싹은 뿌리까지 잘라야 하고 죽은 자는 말을 하지 못하는 법이다. 어차피 살려둘 생각도 없었지만, 이 고육계로 14군단은 몰살시켜야 할 이유가 하나 더 늘었다. 14군단이 자신들의 정체를 들키지 않기 위해 난민들을 몰살시켰던 것처럼 말이다.

"기강이 엉망이군."

자작으로부터 망원경을 빼앗은 유찬은 14군단의 진영을 바라보며 조소했다.

14군단은 평지에 아무렇게나 장사진을 이루며 늘어져 있었다.

중앙에 마련된 훈련장에서 훈련을 하는 병사들도 간간이 눈에 띄었지만 대부분의 병사들이 따사로운 햇살을 받으며 병든 닭처럼 꾸벅꾸벅 졸고 있었다. 가장 군기가 엄정해야 할 기사들과 초병들도 예외는 아니었다.

부대로 다가오는 위험을 경계해야 할 초병들이 창대에 기대 조는 건 예사였고, 심지어 대놓고 자는 놈도 있었다.

'막장 군대라 이거군.'

초병이 무너지면 부대가 무너진다는 말이 있다.

그만큼 초병의 역할은 중요하다.

초병은 단순히 한 명의 병사가 아니다.

부대에 다가오는 위협을 제일 먼저 막는 방패요, 창이다. 그들이 무너지면 부대는 적의 공격에 무방비로 노출되게 되고, 그로 인해 전멸한 부대는 역대 전사에 무수히 많다. 그들이 곧 부대의 생명인 것이다.

'용장 밑에 약졸 없다고들 하지. 하지만 다르게 생각하면 약장 밑에는 약졸들이 수두룩하다는 이야기가 되지. 엥겔 백작이라는 놈 안 봐도 뻔한 놈이군.'

군대는 그 군대의 장을 닮게 마련이다.

상명하복의 명령 체계가 자연스럽게 그렇게 만드는 것이다. 군대의 장이 현명하면 현명한 군대가, 바보면 바보 같은 군대가 되는 것이다. 그것인 군대 최대의 폐단이다. 위에서 하는 일은 아무리 잘못해도 옳은 일이고 밑에 사람은 반발은 묵살, 밑에서 하는 주장은 아무리 좋은 것이라도 윗사람의 심기를 거스른 일이라면 항명이 된다.

'진인사 대천명이라, 할 수 있는 것은 다했다. 이제 나머지는 하늘에 맡기는 수밖에.'

의미를 알 수 없는 묘한 미소를 지어 보인 유찬은 자작에게 망원경을 돌려준 뒤 대기하고 있는 대원들에게 손가락으로 신호를 보냈다.

철수 신호였다.

철수 신호를 받은 대원들은 빠르게 흔적을 지우고 일사불란하게 본대가 숨어 있는 숲으로 후퇴했다.

메른성의 모습은 처참했다.

부서진 주택과 성벽의 잔해, 그리고 녹슨 병장기와 누구의 것인지 알 수 없는 유골들이 여기저기 널려 있어 지난 오크와의 전투가 어떠했는지 잘 말해주고 있었다.

14군단은 메른성의 복구 및 만에 하나 남아 있을지 모를 오크의 잔당을 토벌을 목표로 메른 영지에 주둔했지만, 주둔한 지 일주일 만에 성의 복구를 포기하고, 인근 공터로 군영을 옮겼다. 메른 성의 상태가 그만큼 안 좋기도 했지만, 그들에겐 애초부터 성을 복구할 마음이 없었다.

만약 메른성에 있는 거대한 우물이 아니었다면, 14군단은 성 근처에 주둔하지도 않았을 것이다.

"역시 크군."

메른성의 우물을 둘러본 루크가 저도 모르게 감탄사를 내뱉었다. 메른성의 우물은 단 한 곳, 하지만 그 크기는 보른성의 모든 우물을 다 합쳐 놓은 것만큼 크고, 수량(水量)도 많았다. 성을 설계한 이가 누군지는 몰라도 인근 수맥이라는 수맥은 모두 끌어 모았음이 분명했다.

"이 정도니까 이만 대군이 먹고 마시는 거겠지."

수량을 어림짐작으로 확인한 루크가 뒤에 서 있는 특전사 대원들을 돌아보며 말했다.

"수비병들은?"

"모두 잠재웠습니다."

"흔적을 남기지는 않았겠지?"

"물론입니다. 아마 한잠 자고 일어나서 왜 자기가 잤는지도 모를 겁니다."

대답을 한 대원은 사람 좋게 너스레를 떨었다.

"1호 요즘 말이 많아졌다."

"제가 아니면 저희들 중 누가 말하겠습니까? 다른 조에서 저희들 보고 뭐라고 하는 줄 아십니까? 침묵조랍니다, 침묵조. 이거 원 답답해서. 조원들이라고 모여 있는 것들이 전부 복면 뒤집어쓰고 눈만 말똥말똥 뜨고 있으니."

1호라 불린 대원은 심사가 좋지 않은 듯 툴툴거렸다.

루크의 뒤에 있는 십여 명의 특전사 대원, 그들의 복장은 기존의 특전사 대원들과는 사뭇 달랐다. 일단 그들은 암살자처럼 눈만 내놓고 모든 부위를 검은 천으로 가렸다. 그리고 얼굴을 가린 복면에는 붉은 꼬리를 가진 전갈의 문양이 수놓아져 있었다.

이들은 루크의 직속 대원들로서, 어쌔신의 비기를 전수받은 이들이었다. 이들은 조금 전, 우물을 경비하던 오십여 명의 14군단 군단병을 마비침으로 잠재워 버렸다.

"예상보다 우물이 크기는 하지만 일단 약을 풀어라."

"약이 부족한 거 아닙니까?"

"어차피 희석해서 사용할 거고, 누굴 죽이려는 건 아니니까 상관없다. 모두 풀어라."

지시를 받은 대원들은 가지고 있던 부대 자루의 내용물을 우물에 쏟아 붓기 시작했다. 하얀 가루가 사방으로 날렸다. 손으로 입을 막은 루크가 대원들에게 말했다.

"그거 마셔서 좋을 거 없다. 최대한 숨을 참아라!"

물과 섞인 가루는 이내 그 흔적을 찾아볼 수 없게 되었다. 무색무미무취, 루크와 대원들이 물에 뿌린 가루는 그런 가루였다.

물에 가루가 잘 섞여든 것을 확인한 루크와 대원들은 긴 장대로 우물을 몇 번 저어준 뒤 사라졌다.

그리고 얼마 뒤, 물을 잔뜩 실은 14군단의 보급 마차가 군단의 야영지로 출발했다.

*　　　　*　　　　*

14군단의 사령관 엥겔 백작은 여자를 유난히 밝히기로 유명했다.

수도에 있을 때는 여러 귀족가의 안주인들과 염문을 뿌리기도 했다. 심지어 한 번은 어느 자작가의 안주인과 관계에 대한 소문이 떠돌면서 모욕을 당했다고 생각한 자작으로부터 결투 신청을 받은 적도 있었다.

그의 이런 기질은 이곳에 와서도 고쳐지지 않았다.

난민 여자들을 잡아온 그는 하루하루 새로운 여인들을 취하며 정복자로서의 더러운 욕구를 채워가고 있었다.

“크흐, 좋구나.”

“…….”

백작은 오늘 밤 그의 노리개가 될 여인의 옷깃을 움켜잡았다.

지금까지 귀족가의 안방마님들만을 상대하던 그에게 거친 환경에서 자란 난민 여자들은 새로운 매력을 제공했다. 온실의 화초와 야생화의 차이라고 할까?

옷깃을 잡힌 여인을 저도 모르게 옷깃을 꽉 움켜잡았다.

반항해서는 안 된다는 것을 알고 있었지만 여인의 본능이 그녀의 손에 힘이 들어가게 만들었다. 그런 반항이 백작의 가학적인 취미에 불을 질렀다.

“크흐흐. 그래, 그렇게 반항하는 거다.”

부욱~!

반항하는 여인의 옷자락을 움켜진 백작은 그대로 그것을 찢어냈다. 그로 인해 박속같이 하얀 가슴이 그대로 노출되었다.

“흐윽!”

화살에 맞은 사슴처럼 몸을 움츠린 그녀는 최대한 가슴을 가리려 노력했다. 하지만 백작의 손은 거기서 멈추지 않았다. 그는 마치 소중한 무엇인가를 만지듯 부들부들 떨리는 손으로 그녀의 옷을 벗겨갔다.

양파의 껍질이 벗겨나가듯 여체는 실체를 보였다. 풍염한 굴곡이 백작의 아랫도리를 뻐근하게 했다.

그런데 그 순간,

백작은 이상함을 느꼈다. 평소 같으면 하늘을 꿰뚫을 듯 기세가 좋았을 자신의 물건이 서기는 섰는데, 영 기운이 없었다. 그뿐 아니었다. 온몸이 물먹은 솜처럼 무거웠다. 그러고 보니 눈앞의 여자도 평소와 같지 않았다. 왠지 반항에 힘이 없었다.

'내가 많이 피곤한가?'

백작은 고개를 갸웃거리며 그녀의 몸을 더듬었다. 하지만 그의 물건은 이미 맥을 못 추고 있었다.

'젠장!'

어떻게든 정신을 차려야 한다는 생각에 백작은 그의 부관이 가져다 놓은 물병을 찾아 들었다. 물병에는 오늘 오후 메른성에서 떠온 차가운 물이 가득 들어 있었다.

벌컥벌컥!

머리까지 땅해 오는 차가운 물을 병째 벌컥벌컥 들이켠 백작은 다시 색욕이 번들거리는 눈으로 그녀를 바라보았다. 그런데,

'어라?'

세상이 빙글 돈다고 느낀 순간 백작의 정신은 육신을 이탈했다.

털썩!

백작이 쓰러졌다. 아니, 잠이 들었다.

색욕이 번들거리는 눈을 부릅뜨고 고르고 긴 숨을 내쉬며 그대로 잠이 들어버린 것이다. 그리고,

그녀도 잠들었다.

잠시 쓰러진 백작을 놀란 눈으로 바라던 그녀 역시도 몰려오는 수마의 유혹을 이기지는 못했다. 그리고 수마의 유혹을 이기지 못한 건 비단 백작과 그녀만이 아니었다.

14군단의 마코와 라른은 초번 병사들을 담당하는 기사였다. 둘은 초번 병사들의 상태를 점검하고, 초번 조를 정하는 일을 했다. 오늘도 천여 명에 이르는 초병 병사들의 교대 시간과 조를 정해준 그들은 바로 그들의 침대가 있는 군막으로 향했다. 평소라면 초병들의 상태를 점검하기 위해 군영을 한 번쯤 돌아보았겠지만 오늘은 쏟아지는 졸음 때문에 그러고 싶지 않았다.

"오늘은 정말 피곤하네. 이런 날은 일찍 자는 게 최고라니까."

있는 힘껏 기지개를 켠 마코는 어깨를 주억거리며 라른에게 말했다. 라른 역시 오른손으로 왼쪽 어깨를 주무르며 맞장구를 쳤다.

"그러게 말이야."

"그나저나 순찰 안 돌아도 되는 거야?"

"솔직히 여기가 남부 전선도 아니고, 그동안 아무 일도 없었는데 별일이야 있겠어?"

군막을 열어젖히고 안으로 들어간 라른은 검을 던지듯 벗어놓고 경갑을 벗기 위해 매듭을 잡아가다가 무엇인가를 신기한 듯 바라보았다. 그가 바라보는 곳에는 그들과 같이 숙소를 쓰는 기사 페롤이 세상모르고 자고 있었다.

14군단의 기사들은 네 명씩 조를 이루어 하나의 군막을 사용한다.

그들과 같이 군막을 쓰는 이는 페롤과 투리앙이라고 불리는 기사였다.

"이 색골이 어쩐 일로 벌써 와서 자고 있는 거지?"

"그러게. 별일이로군."

옷을 벗고 자리에 누우려던 마코가 신기한 시선으로 페롤을 바라보았다. 페롤은 색을 밝히기로 유명한 기사였다.

난민들을 습격해 여자들을 잡아온 이후 페롤은 하루가 멀다 하고 난민 여자들을 범했다. 밥은 안 먹어도 살 수 있지만 여자를 못 안고는 살 수 없는 이가 바로 기사 페롤이었다. 그런 이가 벌써부터 군막 안에 뻗어 있으니 그들이 신기해하는 것도 무리는 아니었다.

"그러고 보면 피곤할 만도 하지. 하루도 빼지 않고 그 짓을 했으니 무쇠라고 버텨날까? 오늘은 우리도 유난히 피곤하니 그만 자세."

"그런가? 하기야 뼈가 삭아도 왕창 삭았겠지. 아무튼 잘 자게."

하지만 그들은 알지 못했다.

한쪽 구석에 이불을 뒤집어쓰고 또 다른 기사 투리앙이 잠들어 있음을……

　　　　　*　　　　　*　　　　　*

　인간은 보통 하루에 7~8시간의 잠을 자야 한다.

　그렇지 못하면 수면 부족으로 졸음이 몰려오게 마련이다. 특히 새벽 시간 때인 새벽 4시와 6시 사이는 군을 지키는 초병들도 연신 하품을 할 만큼 참기 힘든 시간이다.

　'거기에 약까지 처먹었으니.'

　망원경으로 14군단의 주둔지를 살핀 유찬은 예의 의미 모를 미소를 입가에 띠었다.

　중간중간 보이는 불빛 사이로 창대에 기대 졸거나 바닥에 쓰러져 자는 병사들의 모습이 보였다. 초병들이라고 예외는 아니었다. 그들 역시 창대에 기대거나 바닥에 엎드려 잠들어 있었다.

　"루크가 일 하나는 확실히 한 모양이야."

　"세상모르고 자는군. 하기야 그게 얼마짜리인데 안 자면 그게 이상하지."

　네헤른 자작이 혀를 끌끌 차며 말했다.

　그들의 뒤로 자작의 일천삼백의 사병과 백여 명의 특전사가 모여 있었다. 자작의 사병들은 모두 등에 삼시수노궁을 매고 있었다. 이들이 한 번 수노궁을 당길 때마다 무려 사천여 발의 수노전이 발사된다.

　한 수노궁 당 스무 발의 화살이 들어 있으니 전투가 시작되면 이들을 통해 이십만 발의 수노전이 14군단을 향해 퍼부어질 것이다.

"군영 전체가 쥐 죽은 듯 조용합니다. 작전이 완벽하게 성공한 것 같습니다."

청룡언월도를 든 이오스가 거친 숨을 내뱉으며 말했다.

"아, 그런 모양이야."

14군단을 치기 위해 유찬은 루크에게 두 가지 일을 맡겼다. 그 첫 번째가 바로 메른성의 우물에 슬림 킬이라고 불리는 수면제를 푸는 일이었다.

대륙에서 사용되는 수면제 중 가장 강력한 수면제인 슬림 킬은 가루 상태일 때는 한 스푼만 먹으면 코끼리도 재울 만큼 강력한 수면제였다. 이 수면제를 물에 풀어 사용하면 그 효력은 중화되어 떨어지지만 대신 마법으로도 존재 여부를 가릴 수 없었다.

하지만 천문학적인 제조 비용으로 인해 그 가격이 엄청나 좀처럼 구할 수 없는 물건이기도 했다.

"고맙네."

누굴 보고 한 말인가?

"젠장, 나중에 일 골드까지 다 받아낼 테다!"

"그러시던가."

고마움의 대상이 된 자작은 뻣뻣해지는 뒷목을 부여잡으며 소리쳤지만 그도 안다. 대금은 고사하고, 앞으로 더 뜯기지나 않으면 다행이다.

자작의 하캄 상단은 다량의 슬림 킬을 보유하고 있었다.

슬림 킬이 같은 무게의 다이아몬드보다 비싸고, 희귀한 물건이기는 했지만 선대부터 슬림 킬이 생산되는 족족 사 모았으니 그 양이 엄청났다. 슬림 킬은 주로 귀족의 자살용으로 많이 쓰인다. 귀족은 죽음마저 명예스러워야 한다나 어쩐다나. 그런 이유로 귀족들은 대부분 어릴 때부터 만약의 사태를 대비해 슬림 킬을 휴대하는데, 하캄 상단은 제국 내 슬림 킬 판매를 독점하여 상당한 이문을 남기고 있었다.

'이제 그것도 끝이군, 이러다간 내가 울화통으로 쓰러지고 말지.'

이번 작전을 위해 유찬은 자작이 보유한 슬림 킬 모두를 끌어다 썼다. 물론 땡전 한 푼 내지 않고 말이다.

그리고 그걸 우물에 들이부었다. 같은 무게의 다이아몬드보다 비싼 걸 말이다.

'이런 미친…….'

겉으로 말은 못했지만 속으로 얼마나 욕을 했던가.

아예 자신을 호구나 봉으로 보는 모양이다. 그러거나 말거나 14군단의 진형을 살피고 있던 유찬이 손을 들었다. 뒤에 대기하고 있던 특전사 대원 두 명이 신호를 받자마자 바람같이 어딘가로 달려갔다.

각각 칠십여 명의 대원을 이끌고 사방에서 대기 중인 루크와 살린, 그리고 그란 남작에게 신호를 하기 위해서였다. 그들이 멀어지는 것을 본 유찬이 자작을 보며 말했다.

"우리는 적의 초병을 제거하겠네. 말들이 한 번 진영을 훑고 지나가면 그때 정면을 치게.”

“알았네!”

“알고 있겠지만 한 놈도 살아 나가서는 안 되네!”

“그건 염려 말게!”

“그럼.”

유찬은 대기하고 있던 백여 명의 특전사를 향해 수신호를 보냈다.

스윽!

어둠이 일어섰다. 검은 갑옷에 검은 망토, 거기다 검은 모자, 돌출된 얼굴마저 위장 크림을 발라 눈을 빼면 모든 것이 검은 이들.

하늘을 오고 가는 무적의 사나이.

특전사.

그들이 일어선 것이다.

유찬은 잠시 그들을 바라보다가 아무 말 없이 몸을 움직이기 시작했다. 땅을 박찰 때마다 그의 신형은 앞으로 쭉쭉 나갔고, 그 뒤를 대원들이 빠르게 따라붙었다. 그가 향하는 곳에는 14군단의 남쪽 경계 초소가 있었다.

*　　　　*　　　　*

14군단 주둔지 동쪽.

“크르크륵! 크륵!”

14군단의 동쪽 초소를 경비하던 초병 구십여 명이 단체로 가래 끓는 소리를 내며 쓰러졌다. 그들의 목에는 한 대의 화살이 뿌리까지 깊숙이 박혀 있었다. 목 근육의 뒤에 숨어 있던 기도가 화살에 관통당해 목소리 대신 뜨거운 핏덩어리가 입을 통해 토해져 나왔다.

스윽!

조금 전까지 초병들이 경계를 서던 초소를 육십여 명의 특전사 대원이 점령했다. 그들을 이끄는 이의 손에는 한 자루 철태궁이 들려 있었다.

그란 남작!

14군단의 동쪽 초소를 화살 한 대로 전멸시킨 이는 바로 대륙 제일궁을 자부하는 그와 그의 대원들이었다. 그의 대원들은 그와 마찬가지로 유난히 활을 잘 다루는 대원들이었다. 백발 백중의 궁술을 자랑하는 이들의 화살 아래 수면제를 먹고 잠들어 있는 초병들은 맞추기 쉬운 표적에 불과했다.

"장내를 정리하고 다음 장소로 이동한다."

"충성!"

그의 명령에 따라 대원들이 신속하고 빠르게 움직였다.

초병들의 옷을 벗겨내고, 장대에 그들의 옷을 걸쳐 초병들이 서 있는 것처럼 만들었다. 대원들이 장내를 정리하는 것을 본 그란 남작은 별이 총총히 빛나는 하늘을 올려다보며 가만히 철태궁을 매만졌다.

14군단 주둔지 북쪽.

사악!

"켁!"

바람을 가르는 소리와 함께 살린의 검이 14군단 초병의 폐를 깊게 찔렀다. 그는 부들부들 떨리는 손으로 자신의 폐를 찌른 검을 부여잡고 고함을 지르려고 했지만 폐에 피가 차면서 목소리 대신 핏물이 올라왔다.

짧은 단말마를 시작으로 14군단의 북쪽 초소에서는 무시무시한 살육전이 벌어졌다.

"커헉!"

"크학!"

짧은 비명과 함께 백여 명에 이르던 초병들이 변변한 저항이나 신호음조차 내지 못하고 쓰러졌다. 살린이 이끄는 특전사 대원들은 검에 재능이 뛰어나 검귀라 불리는 이들이었다. 이들은 검에 대한 성취가 남들보다 뛰어났으며 대부분 본국검법을 능수능란하게 사용했다.

"장내를 정리한다."

초병 모두를 해치운 대원들은 남쪽과 마찬가지로 초소를 완벽히 정리한 후 바람처럼 이동하기 시작했다.

14군단 주둔지 남쪽.

우두둑!

뼈 부러지는 소리와 함께 초병 두 명의 몸이 축 늘어졌다.

이백여 명의 병사로 이루어진 남쪽의 초소를 공격한 유찬의 본대는 순식간에 일을 처리했다. 약을 처먹고도 깨어나 움직이는 좀비 같은 놈 삼십여 명이 편전의 공격을 받고 비명횡사한 뒤, 멋모르고 자던 나머지 초병들은 특전사의 거센 공격을 받고 추풍낙엽처럼 쓰러졌다.

특히 사십여 명의 목을 닭 모가지 비틀 듯 비틀어 버린 유찬과 자신의 키만 한 청룡언월도로 십여 명의 허리를 반 토막 내버린 이오스의 활약은 단연 발군이었다. 그가 월도보를 익힌 지는 한 달 남짓, 그의 창술은 아직 투박하고 손봐야 할 곳이 많았지만 한 달 만에 이만한 실력을 쌓기 위해 그가 얼마나 뼈를 깎는 수련을 했을지 안 봐도 뻔했다.

거침 숨을 내쉬며 언월도를 거둬들인 이오스가 망원경을 꺼내 어딘가를 살펴보며 말했다.

"주군, 북쪽과 동쪽의 초소들에서 신호가 올랐습니다."

"서쪽은 그곳이 가장 중요하다."

"서쪽은 아직……. 아, 신호가 오릅니다. 세 곳 모두 신호가 올랐습니다."

유찬이 제압한 중앙 초소를 제외한 동서남북의 초소에 설치한 망루에 횃불이 원을 그리며 춤추고 있었다. 그것은 특전사 대원들이 보내는 것으로 초소가 제압되었음을 알리는 신호였다.

"이제 곧 신호가 올 것이다. 그것들이 14군단 진영을 한바탕 휘젓고 나면 그때 우리가 돌입한다. 알겠나?"

“알겠습니다.”

유찬은 서쪽을 바라보며 마른침을 삼켰다.

사방에 위치한 14군단의 경비초소 어느 곳 하나도 중요하지 않은 곳이 없지만 서쪽의 초소가 가지는 의미는 매우 컸다. 루크가 맡겠다고 나서지 않았다면 그가 직접 서쪽으로 움직였을 것이다.

‘믿는다, 루크!’

얼마나 시간이 지났을까?

망원경으로 서쪽을 감시하고 있던 이오스가 흥분한 어조로 외쳤다.

“주군, 서쪽에서 불꽃이 치솟습니다!”

유찬은 주먹을 꼭 말아 쥐며 귀를 기울였다. 그가 원하는 소리, 14군단을 처참하게 짓밟을 소리가 들려오기를 기다렸다. 이윽고…….

두두두두!

드디어 유찬이 원하는 소리가 들려오기 시작했다. 예의 의미를 알 수 없는 미소를 피워 올린 유찬이 말했다.

“울려라! 전승의 아리아여! 더욱더 크게! 더욱더 힘차게!”

두두두두!

유찬의 외침을 들었음인가?

대지가 더욱 격렬한 울음을 토해냈다. 상기된 표정으로 특전사 대원들을 돌아본 유찬이 소리쳤다.

“이제 모든 준비는 끝났다. 이로 인해 14군단은 저항 불능

의 타격을 입을 것이다. 하나 그렇다고 해서 저들을 살려주거
나 검에 인정을 두는 행위는 결코 용서하지 않는다. 단 한 놈
도, 저곳에서 살아나가지 못하게 하라!"

"충성!"

특전사 대원들은 거수경례로 대답을 대신했다. 그리고 14군
단의 군영에서 화광이 솟아올랐다.

14군단 주둔지 서쪽.

그들이 지나간 자리에는 소리도 없다. 비명도 없다. 검광도
없다.

단지 지독한 혈향만 남을 뿐이다.

루크는 차가운 시선으로 핏물 속에 잠긴 초병들의 시신을
내려다보고 있었다. 그가 공들여 키운 대원들의 실력은 무표
정한 그의 얼굴에 미소가 어리게 할 만큼 만족스러운 수준이
었다. 순식간에 14군단의 초병 백오십이 도륙당했다. 어둠에
섞인 채 다가간 어쌔신들의 대검이 그들의 목과 몸을 분리시
켜 버린 것이다.

"다음 포인트로 이동한다."

루크의 명령에 따라 대원들은 다음 포인트로 신속히 이동하
기 시작했다. 루크와 대원들이 도착한 곳은 14군단의 군마가
모여 있는 곳이었다. 14군단은 기병을 주 전력으로 삼는 기병
군단으로 군단 내에 삼만에 가까운 기마를 거느리고 있었다.

수많은 말들을 효율적으로 통제하기 위해 14군단에서는 대

형 마사를 설치했다.

마사라고 해도 나무울타리를 대충 이어 말들이 도망가지 못하게 한 정도지만 말이다.

"크흠……."

"이거 원."

삼만 마리에 육박하는 말들이 모여 있는 마사 근처에 도착한 대원들의 표정은 그다지 좋지 못했다. 마사는 코를 썩혀 버릴 것 같은 말똥의 꾸리꾸리하고 요상한 냄새로 가득했다. 하기야 삼만 마리 말이 먹고 마시고 싸질러 대는 양이 오죽하랴.

잠시 인상을 쓰고 말들을 바라보던 루크가 뒤쪽으로 신호를 보냈다. 곧 대원 몇 명이 달려들어 동쪽에 처진 울타리를 제거했다.

히히힝. 힝.

영문을 모르는 말들은 불안한 듯 투레질을 하며 이리저리 몰려다닐 뿐이었다.

동쪽에 설치된 울타리가 완전히 분해된 것을 확인한 루크와 대원들은 마사 한쪽에 가득 쌓여 있는 건초 더미에 달려들어 마사 이곳저곳에 뿌렸다. 뭘 모르는 말들은 사방으로 뿌려진 건초 더미에 달려들어 주워 먹기 바빴다.

"불을 붙여라!"

화르륵!

루크의 명령에 따라 대원들이 마른 건초에 불을 붙였다.

말들에게 먹이기 위해 바짝 말려 놓은 건초는 순식간에 불타올랐다. 불꽃은 탐욕스러운 악마의 혓바닥처럼 널름거리며 모든 것을 집어삼킬 듯 광란의 춤을 추었다. 건초 더미에서 시작한 불은 마사 전역에 뿌려진 건초들로 옮겨 붙었다.

붙지 않는 쪽에는 대원 몇몇이 불화살을 쏘아 불을 붙였다. 건초가 타오르며 뿜어내는 열기는 상상을 초월했다.

히히힝!

갑작스러운 불꽃에 당황한 말들의 커다란 울부짖음을 토해 내며 날뛰다가 한 마리가 탁 트인 동쪽을 통해 달려나가는 것을 시작으로 일제히 마사를 빠져나갔다.

두두두두!

삼만 마리 말이 질주는 대지를 울부짖게 만들었다. 말들이 발을 박찰 때마다 지진이라도 난 듯 대지가 흔들렸다.

"무, 무슨 일이야?"

"뭐, 뭐야?"

쏟아지는 잠을 참지 못해 장대에 기대어 자던 불침병들과 몇몇 병사들이 군막 밖으로 고개를 내밀었다. 그리고 그들은 보았다. 군마의 파도가 그들을 덮쳐 오는 것을……

히히힝—!

흥분한 14군단의 말들은 군영을 감싸고 있는 엉성한 울타리를 순식간에 허물어뜨리고 군영 안으로 난입해 앞을 가로막는 것은 무엇이든 닥치는 대로 짓밟았다. 한 번 흥분한 말들은 좀처럼 그 흥분을 가라앉히지 못했다.

"워, 크아아악!"

"마, 막아!"

어떻게든 말들을 진정시켜 보겠다고 나섰던 병사들은 군마의 파도에 휩쓸려 처참한 모습으로 명을 달리했다. 미처 군막을 빠져나오지 못한 병사들도 군막과 함께 말발굽 아래 짓밟혔다.

14군단의 군영은 순식간에 아수라장이 되었다. 수천의 병사들이 손 한 번 제대로 써보지 못하고 말발굽 아래 죽어나갔다. 병사들은 어떻게든 군마를 막으려 했다. 하지만 그들의 힘만으로는 말들의 광란을 막기에는 역부족이었다.

"말들을 죽여라!"

누가 외친 것인가?

그와 함께 동시 다발적으로 곳곳에서 말들을 죽이라는 명령이 터져 나왔다.

"말들을 죽여! 안 죽이면 우리가 죽는다!"

"죽여라!"

명령이 떨어지자 몇몇 병사들이 자신들을 향해 달려오는 말들을 향해 검을 휘둘렀다.

쉐엑!

키히히힝!

공격을 당한 말은 비명을 지르며 옆으로 쓰러져 갔고 그 모습을 지켜본 또 다른 병사들도 달려드는 말들을 향해 무기를 휘둘렀다. 계속해서 말들의 비명 소리가 들려왔다. 하지만 희생당하는 것은 말들도 가만히 있지 않았다.

가속도가 붙은 말들은 군단병들을 그대로 짓밟고 지나가거나 사자도 한방에 죽일 수 있는 엄청난 힘을 가진 뒷다리로 차 버렸다.

키히히힝!

"크아아악!"

사람들과 말들이 질러대는 처절한 비명이 계속 이어지는 가운데, 14군단의 군영은 한 폭의 지옥도로 화해갔다.

하지만 점점 승기는 군단병들에게로 기울었다.

흥분해 날뛰는 말들은 조직적으로 대항하는 군단병들의 상대가 되지 못했다. 군단병들은 훈련받은 대로 대오를 유지하며 길이가 긴 장창으로 말들을 죽여 나갔고, 검술 실력이 뛰어난 기사들은 처음 몇몇의 사상자 이외에는 대부분 어렵지 않게 말들을 베어 넘겼다.

"헉, 헉. 젠장! 이게 도대체 어떻게 된……!"

14군단의 기병대의 백인대장인 카크람은 눈앞에 쓰러진 수십 마리의 말을 보며 거친 숨을 토해냈다. 그의 주위로는 그가 이끄는 백인대 소속 병사 이십여 명이 둥글게 원진을 형성하고 있었는데, 다들 참담한 표정으로 쓰러진 말들을 보고 있었다.

"카크람 백인장님, 우, 우린 도대체 뭐, 뭐와 싸운 겁니까?"

피에 전 장창을 바닥에 내려놓은 병사 하나가 카크람을 바라보며 말했다.

"지금은 그런 게 중요한 것이 아니다! 살아남은 동료들을 확인하고 부상자를 옮겨라!"

냉정한 어투로 말했지만 그도 참담하기는 마찬가지였다.

기병이 목숨보다 아껴야 하는 것이 말이다. 그런 말들을 제 손으로 죽였으니, 그의 심정이 오죽하겠는가.

그는 터져 나오는 울분을 참기 위해 이를 악물며 하늘을 올려다보았다.

한데 그 순간, 착각인가?

무엇인가 가늘고 긴 것이 그의 이마를 향해 날아오고 있었다.

그것의 정체를 파악하기 위해 카크람은 눈을 크게 떴다. 어두운 밤하늘을 가르며 그의 이마를 향해 날아오는 그것은,

'화살?'

그리고 그것의 정체를 깨달은 그 순간 그것은 이미 그의 이마를 파고들고 있었다.

　　　　*　　　　*　　　　*

기마들의 난동이 끝나갈 때쯤 유찬은 대원들을 이끌고 14군단 군영으로 난입했다.

"모두 없애 버려!"

군영 안으로 난입한 특전사 대원들을 군단병들을 향해 무차별 살수를 퍼부었다. 수십 자루의 비도가 허공을 갈랐다. 살린

이 이끄는 검귀들을 제외한 대부분의 대원들이 검보다는 활과 비도를 더욱 능숙하게 다뤘다.

기마들의 습격에 정신을 차리지 못한 군단병들은 특전사의 공격에 속수무책으로 쓰러졌다.

"크아아악!"

"이, 이놈, 으악!"

그뿐만 아니었다. 네헤른 자작이 이끄는 일천삼백의 병력이 그 뒤를 이어 군영에 난입했다. 삼시수노궁으로 무장한 그들은 앞을 막아서는 군단병들을 벌집으로 만들며 진군했다. 자작의 군대가 돌입한 것을 확인한 유찬이 이오스에게 명령했다.

"이오스, 병력 반을 이끌고 인질들을 구출해라!"

"맡겨주십시오."

"나머지는 나와 같이 엥겔을 잡으러 간다."

"충성!"

유찬의 명령이 떨어지자 대원들은 바쁘게 움직였다. 부상병들이 무사히 군영을 빠져나가는 것을 확인한 뒤 이오스는 오십여 명의 대원을 이끌고 포로들을 구하기 위해 달려갔고, 유찬은 나머지 대원들을 이끌고 비명과 고함 소리가 난무하는 군영을 가로질러 엥겔 백작의 군막이 있는 군단 지휘부로 향했다.

"웬 놈들이냐!"

지휘부 근처에 오자 사십여 명의 병사가 그들의 앞을 막았다. 지휘관으로 보이는 이가 장창을 앞세우며 소리쳤다.

"너희들은 누구냐? 그 우스꽝스러운 모자는……."

그는 더 이상 말을 잊지 못했다.

특전사 대원 중 하나가 발사한 화살이 그의 미간을 꿰뚫었기 때문이다. 그것을 시작으로 전대원이 일제히 앞을 가로막은 병사들을 향해 사격을 퍼부었다.

피피핑!

"적이다. 크아아악!"

"으아악!"

숨 한 번 쉴 시간에 그들의 앞을 막아섰던 사십여 명의 병사가 변변한 저항 한 번 못해보고 쓰러졌다.

"무슨 일이냐?"

비명 소리를 듣고 더 많은 병사들이 달려왔다. 그들의 숫자는 대략 오백에 가까웠다.

"쏴라, 쏴라! 마구 쏴라!"

피피핑!

특전사 대원들은 있는 힘껏 화살을 당겼다. 일반 궁수들이라면 1분에 네 발 이상을 쏘기 힘들다. 하지만 특전사 대원들은 일분에 십여 발의 화살을 날릴 수 있었다. 그것도 미각궁의 힘을 얻어 곡사가 아닌 직사로 퍼부으니 장창을 들고 달고 달려들던 제국군 병사들은 추풍낙엽처럼 쓰러졌다.

수를 믿고 달려들던 군단병들이 주춤주춤 뒤로 물러났다.

그때 젊은 기사 하나가 몸 전체를 가리는 카이트 쉴드를 들고 앞으로 나서며 소리쳤다.

"방패병은 앞으로 나서라! 창병은 투창을 준비하라!"

기사용 방패인 카이트 쉴드는 아무리 힘이 좋은 미각궁이라도 뚫을 수 없는 물건이었다. 그는 그 뒤에 숨어 장창을 앞세우고 돌진했다.

"내 궁을 다오!"

그 모습을 보고 있던 유찬이 한 병사에게 소리쳤다. 평소 이오스가 등에 메고 다니던 유찬의 궁은 지금 다른 대원이 매고 있었다. 그로부터 철궁을 넘겨받은 유찬은 화살을 재고 있는 힘껏 철궁을 잡아당겼다가 놓았다.

콰아아아~!

저것이 정령 화살에서 나는 소리란 말인가?

바람을 가르는 것이 아니라 숫제 찢어발기는 것 같은 소리와 함께 유찬이 쏘아낸 화살은 기사가 들고 있던 카이트 쉴드에 직격했다.

콰지직!

"크아아악!"

유찬이 쏘아낸 화살이 직격한 카이트 쉴드의 중앙은 오우거가 전력을 다해 내려친 것처럼 움푹 들어가 있었고, 그 여파로 카이트 쉴드를 들고 있던 기사는 뒤로 한참이나 날아가 허리 꺾인 새우처럼 널브러졌다.

유찬이 쏘는 족족 방패를 들고 있던 기사와 병사들이 나동그라졌다. 방패병들이 쓰러지자 그 뒤에 숨어 있던 군단병들은 특전사의 좋은 먹잇감이 되었다.

그렇게 얼마나 화살을 날렸을까?

대원들이 비축하고 있던 화살들이 모두 떨어졌다.

차앙!

화살을 다 쏘아 보낸 대원들은 즉시 검을 뽑아 들었다.

티타늄으로 만들어진 환도가 어둠 사이로 시퍼런 예기를 토하며 빛을 발했다.

"쳐라!"

가장 먼저 몸을 날린 유찬은 허공을 격하고 군단병들 사이로 뚝 떨어져 내리며, 병사 세 명의 머리를 후려갈겼다. 목뼈가 부러진 그들은 썩은 집단처럼 쓰러졌고, 그는 우왕좌왕하는 군단병 사이를 성난 야수처럼 누볐다.

군단병을 유린하기는 특전사 대원들도 마찬가지였다.

살린이 이끄는 검의 귀신들만큼은 아니었지만 이들도 예도 이십사세와 등패무등을 착실하게 익히고 있었고, 일부는 본국검을 쓸 수 있었다. 본국검의 위력은 일 대 다수의 전투에서 엄청난 위력을 보여주었다.

가을걷이에 나서는 농부의 낫질에 쓰러지는 벼처럼 군단병들이 쉽없이 쓰러졌다.

"크아악!"

"어, 어디서 이런!"

중앙에서 유찬이 신들린 듯 날뛰고, 앞에서 특전사들이 매섭게 몰아치니, 안 그래도 혼이 나가 있는 군단병들은 도망 다니기에 급급했다.

"멈춰라, 이놈들!'

한 소리 고함과 함께 일단의 기사들이 달려왔다.

특전사들은 기사들의 등장에 한 발짝 물러났고, 유찬도 몸을 날려 대원들의 앞을 막아섰다.

"이, 이게 무슨?"

기사들을 통솔하고 온 중년 귀족은 눈앞에 벌어진 참상에 노호성을 터뜨렸다.

"네놈들은 도대체 누구냐! 감히 황제 폐하의 군대를 공격하다니!"

기사들을 통솔하고 나타난 이는 다름 아닌 14군단의 군단장 엥겔 백작이었다.

그는 붉어진 얼굴로 유찬을 지휘봉으로 가리키며 소리쳤다.

'저 새끼가!'

누가 자신을 향해 삿대질하는 것을 극히 싫어하는 유찬이다. 그것이 손가락이든 지휘봉이든 간에 말이다.

"당신이 엥겔 백작인가?"

어깨를 주억거리면 두 눈을 매섭게 치켜뜬 유찬이 엥겔 백작을 올려다보며 물었다.

"그, 그렇다. 네, 네놈은 누구이기에 제국의 군단병들을 살해한 것이냐?"

유찬은 백작의 말에 주위를 둘러보며 반문했다.

"누가? 내가? 언제? 그리고 여기에 군단병이라는 놈들이 있나?”

“무, 무슨 소리냐? 네놈의 눈에는 저들이 보이지 않는다는 말이냐? 네놈은 지금 제국 14군단 사자군단의 군단병들을 살해한 것이다. 이는 반역이다, 반역!”

백작은 죽은 병사들을 가리키며 목에 핏대를 세웠다. 하지만 싸늘한 조소를 베어 문 유찬은 차갑게 냉소했다.

“아, 저것들이 군단병들이란 놈들이었어? 난 난민들을 습격한 도적의 무리인 줄 알았는데 말이야?”

“뭐, 뭐라?”

유찬의 말에 백작은 당황한 표정으로 말을 잇지 못했다. 그 얼굴을 재미있다는 듯 바라보던 유찬이 말했다.

“도적 떼가 알고 보니 군단병이었다. 그럼 도적의 수괴는 곧 군단병의 수장인 당신이겠네?”

“무, 무엄하다. 본인은 가이우스 제국의 백작이자 군단장으로 만인의 존경을 받아 마땅한 지고한 자리에 있는 자. 감히 너 따위가 나를 도적의 수괴로 몰다니, 제국 군단을 습격한 반역자가 감히!”

엥겔 백작은 두 눈에 쌍심지를 켜고 유찬에게 소리를 높였다. 하지만 그의 등 뒤로는 식은땀이 흘러내렸다.

‘이, 이놈이 어떻게 그 사실을?’

당황한 백작을 바라보던 유찬이 말했다.

“14군단 군단장, 엥겔 백작! 난민들을 습격하고, 에스트라 후작가의 영지를 공격했으며, 그도 모자라 증거 인멸을 위해 네헤른 자작을 살해하려 한 죄를 묻겠다.”

“자, 잠깐! 내가 언제 네헤른 자작을 살해하려 하였느냐?”

백작은 억울하다는 표정으로 유찬을 바라보며 소리쳤다. 하지만 유찬의 표정은 단호했다.

“어디서 거짓말을 하느냐? 바로 어제 너에게 죄를 물으러 온 네헤른 자작을 네놈이 살해하려 하지 않았느냐?”

“뭐? 뭐라? 이, 이봐!”

백작은 어리둥절한 표정으로 유찬을 바라보았다.

난민들의 습격과 후작가의 영지를 공격한 것이 맞으니 뭐라 할 말이 없지만, 언제 네헤른 자작이 이곳에 왔으며 또 자신이 죽이려 했단 말인가?

실제로 백작은 자작을 죽이려 한 적도 없었고, 만나지도 않았다.

백작이 다시 억울하다는 표정으로 무언가 말하려 할 때, 여러 가지 이유로 더 이상 백작의 말을 들어줄 수 없는 유찬이 몸을 날렸다.

“문답무용!”

땅을 박차고 날아오른 유찬은 그대로 백작을 향해 쏘아져 갔다.

“마, 막아라!”

갑작스러운 기습에 엥겔 백작은 뒷걸음질치며 소리쳤다. 백작을 지키고 있던 기사들이 일제히 검을 뽑아 들고 유찬을 향해서 찔러 들어갔다. 십여 자루의 검이 유찬을 노리고 날아들었다.

'날카로운 공격. 하지만 나에겐 어림도 없다.'

기사 작위를 허수아비 베기로 딴 것이 아니라는 듯 기사들의 공격은 날카로웠다. 하지만 그들의 실력으로는 유찬을 어찌한다는 것은 이쑤시개로 샤벨 타이거와 맞서는 것보다 무모한 일이었다. 발판도 없는 허공에서 두 번이나 몸을 비틀어 방향을 바꾼 유찬은 검들의 틈새를 파고들며 그대로 한 기사의 얼굴을 차올린 뒤 바닥에 떨어져 내리며 두 명의 가슴에 촌경을 날렸다.

"커헉!"

"크아악!"

순식간에 세 명의 기사가 쓰러지자 백작을 호위해 왔던 기사들은 당황한 표정으로 일순 뒤로 물러섰다. 그 순간 다리를 살짝 구부려 도약력을 얻은 유찬의 몸이 탄환처럼 앞으로 튕겨져 나가며 비호처럼 백작을 향해 달려나갔다.

당황한 백작은 연신 뒷걸음질치며 소리쳤다.

"저놈들을 쳐라! 저놈들을 공격하란 말이다! 놈들을 죽이는 자에게는 포상을 내리겠다!"

그 말이 효과가 있음인가?

"백작님을 지켜라!"

"적은 얼마 되지 않는다!"

기사들이 기민한 움직임을 보이며 유찬과 백작의 사이에 인의 장막을 펼쳤다. 그와 함께 유찬의 뒤로는 군단병 수백이 장창을 겨누며 포진했다. 유찬이 기사들 중앙에 떨어지는 바람에 앞뒤로 포위당한 형국이 되고 말았다.

유찬이 위기에 빠졌다고 생각한 특전사들이 신속하게 움직였다.

챙!

"감히 사령관님을 향해 검을 휘두르다니!"

"한 놈도 남김없이 죽여라!"

그들의 양손에서 수많은 암기가 비산했다.

'단단한 건 뭐든 제대로 맞기만 하면 돼진다.'

특전사들은 누구나 그것을 알고 쓸 줄 안다. 그들에겐 포크나 나이프도 무기다. 하물며 철조가리들이 무수히 떨어져 있는 전쟁터에서야 말해 무엇 하겠는가?

몇몇 대원들은 바닥에 떨어진 기사용 카이트 쉴드를 온몸을 이용하여 부메랑 던지듯 군단병들에게 던져 버렸다. 회전하며 날아간 카이트 쉴드는 그대로 군단병 두 명을 찍어 넘겼다.

하지만 적의 수가 너무 많았다. 지금 유찬을 포위한 군단병의 수는 근 오백에 육박했고, 기사의 수는 이백을 헤아렸다. 거기다 썩어도 준치라고 군단병들의 저항도 만만치 않았다. 군단병들은 상대적으로 길이가 긴 장창을 이용해 일종의 방진을 형성하고 특전사 대원들을 창으로 찔러댔다.

"쪽수 하난 징그럽게 많네!"

자신을 포위한 기사들을 살펴본 유찬은 담담한 감상평을 뇌까렸다.

이백여 명의 기사가 포위하고 있는데도 유찬은 전혀 위축되거나 주눅 들지 않았을 뿐만 아니라 어느새 그의 앞에는 십여 명의 기사가 처참한 모습으로 널브러져 있었다. 그들은 유찬과 가까운 곳에 있다가 떠밀리듯 공격했던 기사들로, 반항 한 번 제대로 해보지 못하고 순식간에 목숨을 잃었다.

"멍청한 놈, 죽을 때도 기사라 이거냐?"

유찬은 죽은 기사의 갑옷을 발로 톡톡 차며 이죽거렸다. 당연한 일이지만 이 모습을 지켜본 기사들의 눈에 불똥이 튀었다. 눈빛만으로 사람을 죽일 수 있다면 지금 기사들이 그러할 것이다.

"이놈, 아무리 적이라지만 기사의 죽음을 모욕하다니!"

"아직도 상황 파악을 못하고 있네. 아직도 개소리 나오는 것을 보니 말이야."

콰직!

유찬은 죽은 기사의 머리를 짓밟으며 소리쳤다.

"너희들은 기사가 아니다!"

"뭣이?"

"언제부터 기사가 하는 일이 자국의 국민을 살육하고, 약탈하고 겁간하는 것이 되었단 말인가? 그것이 도적과 무엇이 다른가? 그 손으로, 그 입으로 기사라 말할 수 있는가?"

흉흉한 기세로 검을 세우던 기사들이 일순 검을 내렸다. 몇몇 이는 고개를 떨구기까지 했다. 그때 뒤로 물러났던 엥겔 백작이 소리쳤다.

"그분의 명이셨다. 우리는 그분의 명을 수행한 것뿐이다. 제국의 모든 것은 그분의 것, 그들은 그분의 뜻에 따라 죽인 것이다. 어차피 그것들은 그분이 죽어라 하면 웃으며 죽어야 할 벌레들이었다."

부끄러운 듯 고개를 숙였던 기사들 사이에 동요가 일었다.

"맞다. 그분의 뜻이었다. 그분께서 원하신 일. 우리는 그 어떤 것보다 그분의 뜻을 우선시해야 한다. 그것이 기사도다."

"그래, 우린 잘못한 것이 없어!"

유찬은 어처구니가 없다는 표정으로 그들을 바라보다가 키득거렸다.

'자기 합리화인가? 그런데 그분이라……'

유찬은 그분이라는 존재에 대한 의문이 들었다. 기사도에 대해서 잘 알지 못했지만 기사도의 근본은 약자를 보호하고 주군에게 절대적인 충성을 받치는 것으로부터 시작한다.

그들이 난민에게 검을 휘두르는 것은 약자를 보호한다는 기사도에 어긋나는 행위다. 그런데, 그분이라는 이름이 나온 순간 그들은 난민들에게 검을 휘두른 행위를 기사도 안에서 합리화시켜 버렸다.

'그분이라, 저놈을 잡으면 알 수 있겠지.'

유찬은 엥겔 백작을 바라보며 예의 묘한 미소를 지어 보였다. 그런데 그 순간,

"크흑."

답답한 신음성 하나가 유찬의 시선을 잡아끌었다.

군단병들을 상대하고 있던 특전사 대원 하나가 허리에 부상을 입고 뒤로 황급히 물러서고 있었다. 다행히 다른 대원이 그 자리를 메워 위기는 면했지만 부상이 심한 듯 보였다. 그뿐만 아니었다. 얼추 십여 명의 대원이 크고 작은 부상을 입고 있었다.

'젠장!'

잠시 한눈을 판 사이 특전사들이 상한 것이다.

물론, 상할 것을 염두에 두지 않은 것은 아니지만 머릿속으로 생각하는 것과 직접 눈으로 보는 것과는 큰 차이가 있었다.

그의 눈에서 시퍼런 살광이 번뜩였다.

'길게 끌어서 좋을 것 없다.'

호흡을 가다듬은 유찬은 심장에 잠자고 있는 기운을 서서히 끌어내기 시작했다.

고오오오!

맹렬한 바람이 유찬을 중심으로 회오리치며 불어나가기 시작했다.

심장으로부터 시작한 기운이 광풍처럼 전신을 집어삼키기 시작하더니 무형의 기운이 급기야 거대한 푸른 용의 형상으로 빛나기 시작했다.

파지직!

그리고 들어 올린 그의 손에서 스파크가 튀기 시작했다.

줄기줄기 뿜어져 나온 뇌전은 그의 중심으로 사방으로 펴져나가며 거대한 뇌전의 막을 형성했다. 일전 오크와의 전투 때,

무분별하게 뻗어나가던 뇌벽과는 확연한 차이를 보이는 뇌전의 막은 어느 순간 점점 줄어들어 완전히 사라졌다.

정확히 말하면 사라진 것이 아니라 그가 무분별하게 뿜어져 나오는 명룡의 기운을 통제하여 안으로 받아들인 것이다.

'아직까지 기운을 완벽히 통제한다는 것은 무리였나?

유찬은 씁쓸한 표정을 지었다.

화려하게 사방으로 뻗어나가는 뇌전은 겉보기에는 뇌신이라도 강림한 듯 화려해 보였지만 실상은 그게 아니었다. 유찬이 통제하지 못하는 기운이 한순간 폭발하듯 뿜어져 나오는 것으로 그가 영혼의 심장에 심어져 있는 명룡 크로라스의 드래곤 하트를 완벽하게 통제하지 못한다는 반증이기도 했다.

잠시 씁쓸한 표정을 짓던 유찬이 주먹을 말아 쥐었다.

파지직!

푸르른 뇌전의 기운이 주먹을 통해 줄기줄기 뿜어져 나왔다. 그것은 언뜻 보기에 프리미엄 마스터의 마스터 오러 같아 보였다.

놀란 기사들은 검조차 내리고 그 모습을 멍하니 지켜보았다. 그리고 누군가 비명을 지르듯 소리쳤다.

"프, 프리미엄 마스터?"

"마스터라니!"

기사들은 제대로 말조차 잇지 못했다.

마나의 영광이라 불리는 프리미엄 마스터는 무인들이라면 누구나 꿈꾸는 궁극의 절대자, 그것은 기사들이라 해서 다르지 않았다.

"북부의 권성 프리미엄 마스터 크리스 공!"

유찬은 자신은 모르고 있었지만 이미 자신은 유명 인사였다.

대륙 유일의 권을 사용하는 프리미엄 마스터이자 혼자서 삼만의 오크를 막아낸 전설의 주인공, 더 이상 무슨 말이 필요하랴?

'권성이라, 그나저나 이거 머리에 카이저라고 써놓고 다니든지 해야지.'

유찬은 뇌기가 이글거리는 주먹을 바라보며 입맛을 다셨다.

카이저와 프리미엄 마스터의 차이는 육안으로 구별하기 힘들다. 둘 다 마나라는 힘을 사용하기 때문이다. 하지만 그 본질은 엄연히 다르다.

프리미엄 마스터는 마나의 영광을 통해 몸 안에 받아들이는 마나의 양을 비약적으로 늘려 그것을 유형의 형태로 외부로 뿜어낸다. 단 마나는 형질을 가지고 있지 않기에 형을 취하기 위한 매개체가 필요하다. 그래서 대부분의 프리미엄 마스터는 병기를 들게 된 것이다. 순수한 마나를 유형으로 바꾸고 그 힘을 끌어내기 위한 수단으로 말이다.

그리고 아무리 프리미엄 마스터라 해도 무한대로 마나를 끌어다 쓸 수 없다. 마나의 힘을 다 쓰고 난 이후 프리머엄 마스터는 엄청난 검술 실력을 지닌 기사와 별반 다를 것이 없다.

반면 유찬과 같은 카이저는 마나가 떨어질 일이 없다.

마나의 보고인 드래곤 하트를 통해 마나를 무한대로 가져다 쓸 수 있기 때문이다. 또한 드래곤의 극히 패도적인 특성을 가진 마나가 뿜어져 나오기 때문에 매개체가 필요없을 뿐만 아니라 패도적인 힘에서는 프리미엄 마스터의 그것을 능가한다. 하지만 카이저에게는 프리미엄 마스터보다 무서운 제약이 따른다.

인간의 몸으로 드래곤의 힘을 쓰는 만큼 육체에 무리가 가게 되고, 어느 지점에 이르면 육체가 붕괴된다. 일종의 폭주 현상이 일어나는 것이다. 드래곤들이 고대 카이저들에게 힘의 일부만을 전해준 이유도 바로 여기에 있었다.

'후, 이 정도 통제해 내기 위해 얼마나 노력했던가?'

유찬은 뇌기가 일렁거리는 양손을 가슴 앞으로 끌어올리고 힘을 주었다.

파치칙!

뿜어져 나오는 뇌기의 양이 더욱 많아지며, 마치 뇌전의 창이 손아래 모인 것 같았다. 그 모습 그대로 유찬이 일갈했다.

"모두 죽여주마!"

유찬의 입에서 흘러나오는 스산한 음성, 오직 살의만을 담고 있는 몬스터의 포효와 같은 음성은 물러서는 군단병의 간담을 서늘하게 하기에 충분했다.

전설 속에서나 등장하는 드래곤 피어가 과연 이럴까?

잠시 그들을 가소롭다는 눈으로 바라보던 그는 양손을 늘어뜨린 채 엥겔 백작이 있는 쪽으로 다가갔다. 적의 공격을 전혀 대비하지 않는 무방비, 하지만 어느 누구도 쉽사리 그를 향해 달려들지 못했다.

아니, 오히려 그 기세에 눌려 점점 뒤로 밀려나가기까지 했다.

"너희들이 갈 수 있는 곳은 지옥뿐이다."

꽈르르릉!

내뻗는 주먹을 따라 푸른 섬광이 긴 꼬리를 남기며 군단병들을 향해 날아들었다. 한 점 티끌도 없는 푸르른 뇌전의 줄기가 공간을 일그러뜨리며 앞으로 뻗어나갔다.

콰콰콱! 콰콰쾅!

"크아아악!"

푸르른 뇌전이 닿는 곳은 마치 폭탄에 명중이라도 된 것처럼 터져 나갔다. 사람이든 대지든 그 무엇도 무사하지 못했다.

"……."

단 몇 번의 주먹질이었다. 가볍게 뻗어낸 권이었지만 그 위력은 결코 가볍지 않았다.

권이 휘둘러진 연장선상에 있던 폭발 지점에는 십여 명의 기사들이 있었고, 그들은 상식을 초월하는 파괴력 앞에 흔적조차 찾을 수 없을 만큼 산산조각나 사라져 버렸다.

이 엄청난 광경에 장내는 일순 침묵에 잠겼다.

모든 사람들이 믿을 수 없다는 표정으로 멍하니 그를 바라보고 있었다.

"이, 이것이 프, 프리미엄 마스터의 위력?"

"말도 안 돼, 이건 마스터고 뭐고 아니야! 놈은 괴물이야!"

"괴물이다! 괴물이야! 괴물!"

기사들과 군단병들은 일순간 패닉 상태에 빠져들었고, 공포에 질린 일부는 등을 보이고 도망치기까지 했다. 하지만 유찬은 그들을 놓아줄 생각이 전혀 없었다.

슈아아악!

순간 유찬의 모습이 신기루와 같이 잔상을 남기며 사라졌다.

"으아아아악!"

유찬이 다시 모습을 드러낸 곳은 군단병들이 밀집해 있던 곳이다.

갑자기 나타난 유찬의 모습에 군단병들을 혼비백산하며 흩어지려고 했지만 이미 때는 늦고 말았다.

마하권!

유찬의 손과 발이 시퍼런 뇌기를 쏟아내며 맹렬히 차가운 새벽 공기를 갈랐다. 초음속을 가르는 주먹 마하권이 뇌기를 줄기줄기 뿜어내며 군단병들을 휩쓸었다.

"크아아아악!"

"으아악!"

유찬의 주위에 있던 군단병 수십 명의 몸이 단말마적인 비명을 지르며 마치 주먹으로 움켜쥔 순두부처럼 으깨졌다. 하지만 그것으로 끝이 아니었다. 파도가 밀려가듯 공간이 일그러지며 그 여파가 사람들의 육체를 갈가리 찢으며 밀려 나갔다.

“도, 도망쳐!”

“도망가!”

전의고 뭐고 없었다.

손에 든 창칼을 던져 버린 군단병들을 걸음아 나 살려라 하고 도망가기 시작했다.

유찬은 필사적으로 도망치려는 군단병들을 향해 가차없이 주먹을 휘둘렀다. 그때마다 이 세상에서 가장 빠르고 가장 강력한 기운인 뇌전이 그들을 어육으로 만들었다. 정신이 없기로는 특전사 역시 마찬가지였다. 그들은 이 엄청난 파괴와 절대적인 힘 앞에 넋을 잃었다.

‘아, 오랜만이야, 이런 기분……’

붉게 하늘을 물들이는 피보라와 천공을 울리는 비명, 도망치기 위해 필사적인 병사들…….

마치 한 폭의 지옥도를 연상케 하는 광경이었다. 아니, 지옥보다도 더한 광경이었다.

하지만 아이러니하게도 유찬은 그 지옥의 중심에서 진한 그리움을 느꼈다. 처절하고 처참한 전장의 모습, 그의 영혼이 삶의 절반 이상을 보낸 곳, 그는 마치 고향으로 돌아온 것만 같았다.

총성과 포성은 없었지만 이곳은 전장, 그가 있어야 할 곳.

“우우우우!”

긴 장소성, 가슴속에서 울컥 솟아오르는 무엇인가가 목청을 타고 터져 나왔다.

늑대의 울부짖음!

가슴속 깊은 곳에서 터져 나오는 맹수의 포효를 마음껏 내지른 유찬은 다시 손과 발을 내질렀다.

"이, 이게 도대체."

사병들을 이끌고, 특전사가 흘리고 간 군단의 잔병들을 처리하고 달려온 네헤른 자작은 미친 사자처럼 날뛰는 유찬은 바라보며 아연실색했다.

지금 자신이 보고 있는 광경이 현실인지 꿈인지 구분할 수 없었다.

전쟁터를 수도 없이 전전하고 다녔던 그였지만 지금 느껴지는 피의 냄새는 자신이 경험한 그 어떤 전장보다 진했다. 오죽하면 '울컥' 하고 속에서 무언가 뜨거운 것이 넘어오려 하는 것을 사력을 다해 참았겠는가?

"강하다는 것은 알고 있었지만 이 정도일 줄이야."

허리 아래가 터져 나간 군단병의 시체를 복잡한 시선으로 바라보던 자작은 이내 냉정을 회복하고 군사들에게 지시를 내렸다.

"도망치는 군단병 놈들을 한 놈도 놓치지 말고 죽여라! 무슨 수를 써서라도 모두 죽여야 한다."

"알겠습니다!"

"쳐라!"

자작의 명령이 떨어지자 자작이 이끌고 온 일천삼백의 사병

들이 일제히 삼시수노궁을 쏘며 도망치는 군단병들을 공격했
다. 몇몇 기사들이 검을 들고 달려들었으나 천지를 가득 메우
며 날아드는 수노전 앞에 곧 벌집이 되었다.

'자작이 왔으니, 잔챙이 정리는 자작에게 맡기면 되겠고, 이
제 대어를 잡아볼까?'

신나게 주먹을 휘두르던 유찬은 발돋음을 하며 뛰어올라 엥
겔 백작이 도망친 곳을 향해 쏘아져 갔다.

유찬이 프리미엄 마스터임을 안 순간, 기사 십여 명의 호위
를 받으며 잽싸게 도망친 백작은 그다지 멀지 않은 곳에 있는
지휘 막사를 막 빠져나가고 있었는데, 그를 따르는 기사들의
손에는 묵직해 보이는 상자들이 들려 있었다.

"빨리빨리 옮겨라!"

백작은 기사들을 재촉했다.

상자 안에 든 것은 그가 그동안 난민에게서 약탈하고 얻은
것들이었다. 비록 이름난 보물이라 할 만한 것은 없었지만 많
게는 백 골드에서 적게는 수십 골드에 이르는 자질구레한 보
석들이 상자 한가득 들어 있었다.

'저것들만 있으면 얼마든지 재기할 수 있어!'

백작은 탐욕스러운 눈으로 보물 상자를 바라보았다.

어차피 군단장의 자리는 그에게 어울리지 않던 자리였다.
검이라고는 레이피어 한 번 제대로 잡아본 적 없는 그가 군단
장은 무슨 군단장이란 말인가?

저 보물 상자들을 가지고 수도로 돌아가 그의 뒤를 봐주던

황제파 귀족들에게 잘만 아부를 하면 군단장 이상의 자리도 얼마든지 가능하다는 것이 그의 생각이었다.

'나중에 두고 보자! 제국의 군단을 공격했으니 반역죄를 면키 어려울 것이다.'

자신의 군단을 때려 부순 프리미엄 마스터를 생각하며 이를 간 백작은 수도로 올라간 이후 유찬을 반역자로 몰아 죽일 생각을 했다. 이미 그의 머릿속에 자신이 북부 영지에서 행한 약탈과 살인은 잊혀진 지 오래였다.

상자들이 마차에 실리는 것을 확인한 백작은 즉시 말 위에 올랐다. 마차 안은 이미 상자들로 가득 차서 더 이상 탈 곳이 없었기 때문이다.

그런데 그가 막 말을 출발시켜려는 순간 무엇인가 바람을 가르며 날아와 백작이 타고 있던 말의 머리를 꿰뚫었다.

히히힝!

"어이쿠!"

말이 구슬픈 비명을 지르며 쓰러지자 백작은 볼썽사납게 바닥을 굴렀다.

"크흑!"

바닥에 떨어진 백작이 막 고개를 드는데, 작은 발 하나가 턱을 향해 날아들었다.

어느새 다가온 유찬이 바닥에 떨어진 창을 날려 백작의 말을 죽이고, 말에서 떨어진 백작의 턱을 후려 찬 것이다.

하지만 그게 다가 아니었다.

턱을 부여잡고 뒹구는 백작을 향해 유찬의 발길질이 연속해서 날아들었다. 절묘하게 급소를 피하고, 죽고 싶을 만큼 무지막지하게 아픈 곳만을 골라 찼다. 백작은 비명도 못 지르고 고통으로 머릿속이 하얗게 비워져 갔다.

"크아악! 네, 네놈이 이러고도 무사할 줄 아느냐?"

유찬의 발길질이 잠시 느슨해진 틈을 타서 백작이 소리치는 한편, 멍한 표정으로 일련의 사태를 바라보고 있는 기사들을 향해 호통을 쳤다.

"뭣들 하느냐? 나를 구해라!"

하지만 기사들은 그를 구하기 위해 달려오는 대신 슬금슬금 뒤로 물러나다가 어느 순간 죽어라 도망쳤다. 유찬은 굳이 그들을 쫓지 않았다. 어차피 그들은 살아서 도망갈 수 없을 것이기 때문이다.

"이, 이보게 제발 날 살려주게. 나는 그냥 그분의 명령을 따랐을 뿐이야. 모두다 그분께서 시키신 일이야. 나는 잘못이 없어."

허망한 눈으로 도망가 버린 기사들을 바라보던 백작이 유찬의 바짓가랑이를 부여잡고 늘어지며 애원했다. 하지만 유찬은 대답 대신 그의 멱살을 틀어쥐며 으르렁거렸다.

"아까 전부터 그분, 그분 하는데 그분이 도대체 누구지?"

"그, 그건⋯⋯."

"아직 덜 맞았나 보군?"

백작을 멱살을 움켜잡은 채로 유찬이 주먹을 말아 쥐었다.

놀란 백작이 급히 손사래를 치며 말했다.

"그분은 바로 황제 폐하시다."

"폐하?"

"이 제국의 주인이신 황제 폐하 말이다. 모든 것은 그분이 지시하셨다."

"훗."

유찬이 예의 의미를 알 수 없는 미소를 지었다.

거짓이 진실이 된 삶의 아이러니라고 할까?

어차피 이 모든 일을 황제가 시켰다고 꾸밀 생각이었다. 그런데, 이젠 꾸밀 필요가 없어졌다. 이 모든 일은 황제가 시킨 것이니까.

덕분에 내일이면 제국 북부와 중부를 강타할 소문은 거짓이 아니라 진실이 되어버렸다.

'너만 죽는다면 말이지.'

소리장도라 했던가?

웃음 속에 칼을 숨긴 유찬은 잡고 있던 멱살에 힘을 살짝 풀었다. 숨쉬기가 한결 편해지자 백작의 표정이 한층 밝아졌다.

"증거는?"

"증거라니?"

"증거도 없이 황제가 이 모든 것을 시켰다고? 나를 바보로 아나?"

유찬은 다시 잡고 있던 멱살에 힘을 주었다. 다시 숨통이 조이기 시작하자 당황한 백작이 소리쳤다.

"내 막사 안 서류함에 황제 폐하의 친서가 있다. 거기에 모든 것이 적혀 있어!"

"폐하의 친서라고?"

"그, 그렇다 폐하께서 내게 주신 친서다. 거기에 모든 것이 적혀 있다."

황제는 그에게 친서를 보내 모든 것을 명령한 뒤 친서를 불태울 것을 지시했다. 하지만 백작은 친서를 불태우지 않았다. 소심한 너구리라는 별명을 가진 그다. 친서의 가치를 알아본 그는 후일을 대비해 친서를 군영 깊숙한 곳에 숨겨두었다.

"이, 이제 나를 살려줄 건가?"

"흐음."

잠시 백작을 바라보던 유찬이 말을 이었다.

"이런 말이 있지, 조선 말은 끝까지 들어봐야 안다. 그리고 삭초제근. 내가 아주 좋아하는 말들이지."

"조선 말? 삭초제근?"

백작이 의아한 표정으로 유찬을 바라보았다. 그 순간 유찬의 주먹이 백작의 명치를 파고들었다.

내가중수 촌경.

콰직!

기본적으로 유찬이 사용했던 촌경은 상대를 치면 상대가 피떡이 되어 튕겨 나갔고, 가끔 유찬이 화가 나서 손을 과하게 쓸 경우 앞으로 꼬꾸라졌다. 하지만 이번에는 달랐다. 백작은 그 자리에서 무너져 내렸다.

모든 경의 최고 단계인 사경타법, 즉 죽음의 주먹질이 뿜어
진 것이다.

지금까지 단 한 번, 그룹 엠에스의 오너를 죽일 때 사용했던
주먹이 엥겔 백작의 몸에 펼쳐졌다.

스르륵.

백작의 몸이 실 끊어진 연처럼 바닥으로 무너져 내렸다.

비명도 지르지 않았음은 물론, 눈이 조금 크게 떠진 것을 제
외하곤 백작의 어디에도 치명적인 외상은 찾아볼 수 없었다.

그의 사인은 내상, 그것도 치명적인 내상이다. 내부로 침투
한 무지막지한 기운이 그의 모든 내부 장기를 파열시켰다.

백작은 마지막 순간 인간으로서는 감당하기 힘든 무지막지
한 고통을 느꼈을 것이다. 최대한 고통을 느낄 수 있도록 경의
침투 속도를 줄이면서 내장들을 철저히 파괴했으니 말이다.

"지옥에 가서도 속죄하지 마라!"

보통 지옥에 가서 속죄하라 한다. 지옥에 가서 용서받으란
말이다. 하지만 유찬은 지옥에 가서도 속죄하지 말라 했다. 그
말은 지옥에서도 용서받지 말고 영원히 고통받으라는 저주의
말이었다. 죽은 백작에게 저주를 퍼부어준 유찬은 천천히 주
위를 둘러보았다.

지독한 피 냄새가 코를 찔렀다. 그는 그 냄새를 폐부 깊숙한
곳까지 빨아들였다. 아직도 곳곳에서 군단병들이 저항하고 있
는지 간간이 비명 소리가 들려왔다. 애초 계획대로 특전사와
네헤른 자작의 사병들은 생존자를 완전히 말살시키고 있었다.

군마와 사람의 피로 얼룩진 군영의 지옥도를 바라보며 유찬이
자조적으로 뇌까렸다.

"멍청한 장수를 만난 것을 저주하라, 병사들이여."

그의 자조적인 독백 속에 살육의 새벽이 가고 피처럼 붉은 태
양이 새롭게 떠오르며 또 다른 하루의 시작을 알리고 있었다.

처참한 비명과 함께.

＊　　　　＊　　　　＊

다음날 아침, 기병 백여 명과 함께 14군단의 군영에 도착한
칼리어스 공작과 에스트라 후작은 할 말을 잃어버렸다.

그들을 가장 먼저 맞아준 건, 산처럼 쌓인 군단병의 시체에
서 흘러내린 피가 이룬 내(淶)였다. 얼마나 많은 이가 죽었으
면 피가 내를 이뤄 흐른단 말인가?

혈해(血海).

그것은 정녕 피의 바다였다. 하지만 그것은 시작에 불과했
다.

시산(屍山).

다음으로 공작과 후작을 맞이한 것은 다름 아닌 시체의 산
이었다.

군마와 인간이 한데 어우러져 아무렇게 널려 있는 시체의
산. 산전수전 다 겪었다는 그들도 이 끔찍한 광경 앞에서는 고
개를 돌려 버릴 수밖에 없었다.

"이, 이게 도대체……."

14군단 군영 안으로 들어선 공작과 후작은 붕어처럼 입만 벙긋거렸고, 그들을 호위해 왔던 기병들은 전원 하마하여 아침에 먹은 것을 반납하기 바빴다.

그들이 군단의 지휘부가 있던 곳에 도착하자 유찬과 네헤른 자작이 그들을 맞이하러 나왔다. 뛰어내리듯 말에서 내린 공작이 물었다.

"이것이 도대체 어찌 된 일인가?"

유찬과 네헤른은 미리 입을 맞춰놓은 대로 똑같은 말을 했다.

공작과 후작은 둘의 말에 뭔가 이상한 점을 느꼈지만 뭐라 탓할 만한 것도 없었기에 무거운 표정으로 고개를 끄덕였다. 이윽고 유찬은 공작에게 몇 장의 서류를 넘겨주었다. 황제의 친서와 백작이 작성한 약탈품 목록, 서류, 그가 여자 노예를 팔아넘기려 했던 노예 상단과의 거래내역서 등이었다.

서류를 넘겨받아 읽던 공작이 장탄식을 내뱉었다.

"결국 이렇게 되는가?"

도저히 못 참겠던지 공작의 손에서 서류를 빼앗아 읽기 시작한 후작은 이내 거친 욕설을 토해놓았다.

"이런 빌어먹을!"

후작은 얼굴이 붉게 변해 금방이라도 폭발할 것 같은 표정이 되었다.

잠시 아무 말 없이 하늘을 바라보던 공작이 유찬과 네헤른 자작을 바라보며 말했다.

"14군단의 일은 엥겔 백작이 단독으로 벌인 일로 하는 것이 좋겠네. 폐하의 관련 여부는 좀 더 조사를 거쳐 신중히 처리해야 하네."

공작의 말을 들은 유찬은 무엇인가 생각하다가 마땅찮은 듯 인상을 썼고, 네헤른 자작은 곤란하다는 표정을 지으며 입을 열었다.

"각하, 그것이 좀 어렵게 되었습니다."

"무엇이 말인가?"

"이미 제국 북부와 중부에 이 일에 관한 전모가 퍼져 나가고 있을 겁니다."

"뭐? 뭣이라?"

공작은 당황한 표정으로 자작을 바라보았고, 자작은 북부와 중부에 퍼져 나가고 있는 소문을 모두 공작에게 들려주었다. 공작은 허망한 표정으로 자작을 바라보다가 이내 유찬을 사나운 시선으로 바라보았다.

"자네 짓인가?"

유찬이 담담한 표정으로 고개를 끄덕였다. 공작은 뒷목을 부여잡으며 목소리를 높였다.

"도대체 무슨 생각인가? 제국의 군단을 전멸시킨 것도 모자라 황제 폐하를 궁지로 몰아넣다니……."

"매듭은 묶은 사람이 풀어야 하는 법이지요. 모든 일의 시작은 황제 폐하셨으니, 마무리도 그분께서 해야 하지 않겠습니까?"

"그분은 황제시네, 그분께서 하신 일이라면……."

유찬이 손을 어딘가를 가리켰고, 그곳을 본 공작은 말을 잇지 못했다.

그곳에는 14군단에 노예로 잡혀 있던 여인들이 있었다. 한순간에 모든 것을 잃어버리고 인간 이하의 취급을 당했던 그녀들을 가리키며 유찬이 소리쳤다.

"저들에게 가서 그렇게 말해보십시오, 황제 폐하의 뜻이었다고! 남편이, 아이가, 그리고 부모가 죽은 게 모두 황제 폐하의 뜻이었고 그분께서 하신 일이니 너희들은 그분의 명령에 복종하라고! 어디 한 번 해보십시오!"

감정을 주체하기 힘든 듯 목소리를 높였지만 그의 내면은 호수처럼 고요했다. 그리고 마음속으로는…….

'남 말할 처지는 아니지만 말이야.'

겉으론 황제를 비난하고 있었지만 세상 모두가 황제를 비난해도 그는 황제를 비난할 수 없었다. 그는 필요하다면 지금의 황제보다 더한 짓도 서슴지 않고 할 것이고, 그래 왔기 때문이다.

쓰디쓴 웃음을 머금은 그가 다시 입을 열었다.

"스스로 자초한 일이니 뒷감당도 스스로 해야 하지 않겠습니까?"

"자네 지금 황제 폐하께 이 일에 대한 책임을 묻겠다는 건가?"

"정확히 말하면 죄를 묻겠다는 건가라고 물어보셔야죠."

“이, 이 사람이······.”

공작은 기가 막힌다는 표정으로 유찬을 바라보았다.

죄라는 말은 황제에게 쓸 수 없는 단어였다. 황제는 아무리 잘못을 해도 죄가 되지 않는다. 백 보 양보해도 과오가 될 뿐이다.

막 공작이 이에 대해 지적하려고 할 때 네헤른 자작이 나섰다.

“그만하시지요.”

“하지만······.”

“각하께서도 알고 계시지 않습니까? 크리스 공의 말이 틀리지 않다는 것을 말입니다.”

가만히 이야기를 듣고 있던 후작이 자작을 거들고 나섰다.

“맞습니다. 표현이 과해서 그렇지 말이야 바른말 아니겠습니까? 각하께서 폐하를 위하는 마음이야 알겠지만 지금 행동은 각하답지 않으십니다.”

“으음.”

공작은 답답한 신음을 삼키며 후작을 바라보았고, 후작은 죽은 엥겔 백작의 시신을 발로 툭툭 차며 말했다.

“14군단이 전멸하고 이렇게 증거가 명백한 이상 덮고 넘어간다는 것 자체가 불가능합니다. 이미 우리 손을 떠난 일. 나머지는 폐하께서 어떤 선택을 하느냐에 달렸습니다. 그러니 여기서 더 이상 갑론을박할 필요는 없지요.”

공작은 지끈거리는 머리를 감싸 쥐며 한숨을 쉬었다.

“자네 말이 맞네, 일단은 이곳 상황을 보고하고 폐하의 결단을 기다리는 수밖에……."

여기서 그들이 아무리 미주알고주알 해봐야 나올 것은 아무 것도 없었다.

소문이 퍼지기 시작했다면 일단 귀족파가 들고일어날 것이고, 그렇게 되면 어떤 식으로든 황제에게 반응이 올 것이다.

'폐하, 부디 현명한 결정을 내리시기를…….'

다음날 공작은 말틴 남작을 전령으로 하여 수도 세타에 자세한 상황을 기록한 친서를 보냈다. 비록 황제를 아끼는 그였지만 공적인 일에 사감을 개입시키지 않았기에 친서에는 그가 보고 들은 그대로의 내용이 적혔고, 제국 전역에 퍼진 소문으로 시끄럽던 수도 세타는 자작의 친서가 도착함과 동시에 발칵 뒤집혔다.

*　　　*　　　*

로즈 울프가 흘린 소문이 제국 전역으로 퍼져 나가면서 황제를 성토하는 목소리가 제국 전역에서 흘러넘쳤고, 그 소문을 들은 귀족들은 즉시 황제에게 진실을 대답할 것을 요구했다.

"짐은 모르는 일이다."

아무런 증거도 없는 소문이었기에 황제는 모르쇠로 일관했고, 확실한 증거가 없는 이상 귀족들도 더 이상 황제를 몰아세울 수 없었다. 하지만 황제파는 황제파대로 귀족파는 귀족파대로 진실을 파악하기 위해 북부로 사람들을 급파했다.

하지만 그들의 노력은 헛수고로 끝났다. 소문이 돌기 시작한 지 일주일 만에 칼리어스 공작의 친서가 수도 세타로 도착했기 때문이다. 군용 텔레포트 마법진을 이용해 날아온 친서의 내용으로 인해 황제파와 귀족파의 희비가 엇갈렸다.

“아무리 폐하라 하시지만 이 일은 그냥 묵과하고 넘어갈 수 없소!”

“어찌 제국의 주인이신 폐하께서 이러실 수가 있단 말이요!”

호시탐탐 기회를 노리고 있던 귀족파의 귀족들이 한 목소리로 황제를 성토했다.

“폐하께서는 모르는 일이라 하지 않소!”

황제파의 관료들은 어떻게든 황제를 보호하기 위해 애썼다. 하지만 그들의 이런 움직임은 오히려 화만 불러일으켰다.

귀족파는 아주 날을 잡았다.

“그게 말이 된다고 생각하시오?”

“폐하의 친서가 있다 하지 않습니까? 거기다 공작이 확인을 하셨다 하지 않습니까?”

황제의 친서, 이것이 치명타였다.

황제가 보내는 친서에는 황제의 인장이 찍힌다. 이 인장은 제국의 초대 황제 레기온 1세에 의해 만들어졌으며, 전설의 장인 드워프가 조각을 맡아 위조를 막기 위한 수십 가지 기하학적인 무늬를 새겨 현재 기술로는 위조가 불가능했다.

거기다 다른 이도 아닌 공작이 확인했다 하니, 황제 입장에서는 빼도 박도 못할 상황이었다. 결국 황제는 울며 겨자 먹기로 명령을 내렸다.

"공작과 이번 일에 중요한 참고인 프리미엄 마스터 크리스 공을 수도로 불러, 친서의 사실 여부를 확인하고 14군단의 일을 마무리 짓겠다. 그때까지 이 일에 대해 왈가왈부하면 어느 누구도 용서치 않겠다."

어떻게든 버티면서 그동안 무슨 수를 내보겠다는 의도였다. 귀족파는 불안해졌다. 공작이 황제를 아낀다는 것은 다 아는 사실, 일순 굴욕을 견디며 말을 번복할 위험이 있었다.

하지만 귀족파의 수장인 자란 공작은 고개를 흔들었다.

"그 친구의 성품을 보건대 결코 그런 일은 없을 것이다."

황제의 명령이 내려진 그 다음날 황제의 칙사가 북부를 향해 출발했고, 공작과 유찬은 황제로부터 부름을 받았다.

그 시기 유찬은 축난 특전사 전력을 채우기에 여념이 없었다.

14군단과의 전투로 특전사 스물두 명이 목숨을 잃었다. 약과 기습을 이용한 유리한 전투였지만 수만이 부딪친 전투에서 사망자가 나오지 않을 수 없었다. 전투 도중 열다섯이 죽었고, 전투가 끝난 이후 자상으로 인한 과다출혈로 일곱 명이 추가로 사망했으며, 열두 명이 중상을 입어 더 이상 특전사로서 임무를 수행할 수가 없게 되었다.

수가 적은 특전사로서는 엄청난 손실이었다.

사망자의 유족들에겐 각각 50골드의 위로금이 지급되었으며, 원하는 곳에 집을 얻어 이주를 도왔다. 또한 매달 2골드의 연금이 십 년 동안 가족들에게 지급될 예정이었다. 이는 부상자에게도 마찬가지로 적용되었다.

부상자와 사망자의 처리를 끝낸 유찬은 제2기 특전사의 모집을 서둘렀다.

예전과 마찬가지로 북부 곳곳에 벽보가 나붙었다. 내용은 예전과 동일했지만 파장은 더욱 어마어마했다. 북부의 모든 청년들이 특전사에 지원했으며, 멀리 중부와 남부에서까지 지원하겠다고 찾아오는 이가 한둘이 아니었다.

시험 조건은 동일했지만 시험 기한은 이십여 일로 줄였다.

결국 시험을 통과한 인원은 오백 명. 이들은 2기 예비 특전사로 특전사의 요람 라크로 입성했다. 하지만 유찬은 이들을 직접 교육할 수가 없었다. 제2기 예비 특전사들이 라크로 온 다음날 황제로부터 부름을 받았기 때문이다.

유찬은 1기 특전사 중 부상에서 회복되지 않은 이들과 실력이 뛰어난 몇몇을 교관으로 임명하여 2기 특전사들을 양성하도록 하고 이오스를 비롯한 수하들과 이백이십여 명의 특전사 대원을 이끌고 길을 나섰다.

중간에 보른성에 칼리어스 공작과 합류한 일행은 수도 세타로 길을 잡았다.

國士無雙

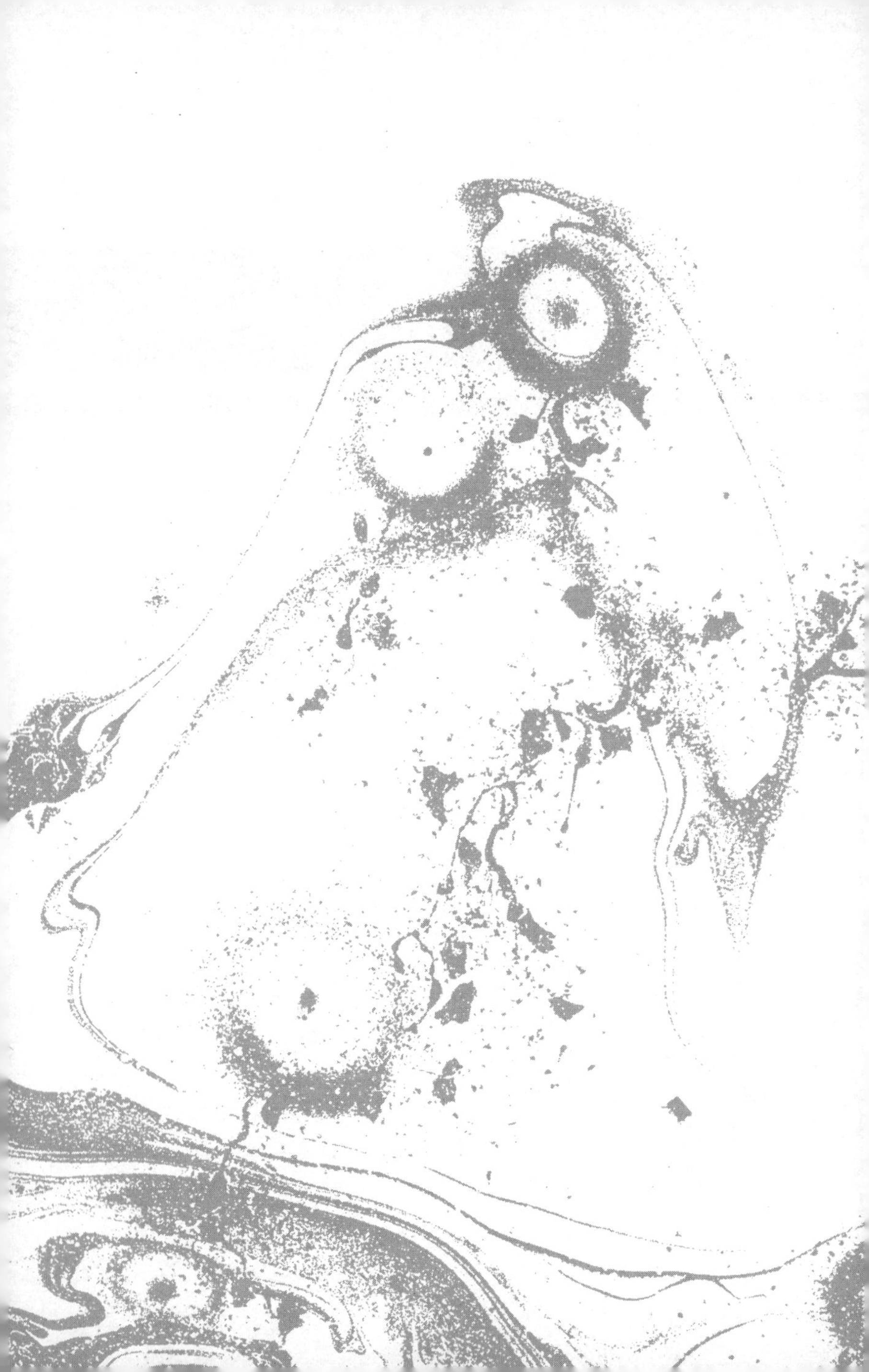

PART 14
대륙 전쟁의 발발

틈만 나면 북방의 약소국들을 말도 안 되는 이유를 들어 쥐어 패던 북방의 패자 가이우스 제국이 내부 문제로 조용한 덕분에 평안한 날을 보내던 북부와 달리, 항상 조용하기만 하던 남부는 전쟁의 불꽃이 맹렬히 타오르고 있었다.

일진일퇴를 거듭하던 리오네 왕국과 산토스, 프록시안 연합군의 전쟁은 어느 순간 결국 연합군 쪽으로 급격히 기울었다.

아무리 오대왕국 중 군사 강국에 속하는 리오네 왕국이라 하여도 같은 오대왕국인 산토스와 프록시안의 연합을 상대한다는 것은 힘에 겨운 일이었다. 조금씩 연합군에게 밀리던 리오네 왕국은, 트라 협곡 전투에서 이만의 병력을 잃은 뒤 급격히 밀려나 영토의 삼분지 일을 연합군에 내주고 밀카 평원에 방어선을 구축했다.

넓은 평지인 밀카 평원은 기병의 나라라는 리오네 왕국에게 유리한 전장이었고, 수세에 몰리던 리오네 왕국은 한동안 지리적 이점을 살려 연합군을 막아낼 수 있었다. 하지만 그것도 한계가 있었다. 결국 반년 만에 밀카 평원 방어선이 무너지고 말았고, 리오네 왕국이 자랑하던 기병대는 힘 한 번 제대로 써보지 못하고 태반이 전투력을 상실하거나 와해되어 버렸다.

전황이 이대로 지속된다면 리오네 왕국의 멸망은 기정 사실이 될 듯 보였다. 그런데 그때 예상치 못한 변수가 작용했다.

그동안 전쟁을 관망만 하고 있던 남부의 맹주 아스가른 제국이 검을 뽑아 든 것이다.

"리오네 왕국은 짐이 한때 신세를 졌던 곳이다. 그곳이 무너지는 것을 그냥 두고볼 수만은 없다."

전쟁에 참전하면서 아스가른의 황제 무르히 1세가 내건 명분은 이것이었다.

그가 만들었던 아이스로어 용병단이 리오네 왕국에서 생겨났으니 이를 명분으로 내세운 것인데, 연합이 보기엔 어처구니가 없을 수밖에 없었다. 용병단을 리오네 왕국에 만들었다고 리오네 왕국을 도와주겠다니, 지나가던 개가 웃을 일이었다.

"도와주시는 건 고마운 일이긴 한데……."

도움을 받는 리오네 왕국도 뭐가 걸린다는 표정이었으니, 대륙의 다른 나라들의 반응이야 말해 무엇 하겠는가?

"시커먼 속이 다 보인다."

아무튼 아스가른 제국은 참전 성명을 발표한 지 이틀 만에 전격적으로 전쟁에 참여했는데, 그 숫자가 어마어마했다.

산토스 왕국의 국경에 이십만 대군을 집결시키는 한편, 리오네 왕국과 연합군과의 격전 지역에 십오만 대군을 밀어 넣었다. 그뿐만 아니라 제국령 안에 상비군 십만과 귀족들이 내놓는 사병 이십만을 추가로 준비시켜 놓았다.

이번 전쟁을 위해 아스가른은 무려 육십오만의 대군을 준비시킨 것이다. 실로 질릴 만한 어마어마한 군세였다.

리오네 왕국을 점령하고 그 땅을 나눠먹을 단꿈에 부풀어 있던 연합군의 입장에서 아스가른 제국의 육십오만 대군은 마른하늘의 날벼락이 아닐 수 없었다.

작전명 '낙뢰' 연합군과 리오네 왕국군이 대치한 전선에 페드론 공작이 이끄는 십오만 대군이 연합군과 리오네 왕국군이 대치한 전선에 참전할 때를 같이하여 프리미엄 마스터인 카논 후작이 지휘하는 이십만 대군이 산토스 왕국의 국경을 넘었다.

산토스 왕국은 있는 군사 없는 군사 다 끌어 모아 만든 십이만의 군세로 이에 맞섰다. 하지만 왕국 유일의 프리미엄 마스터 시온 공작이 이끄는 산토스 왕국군은 벨카 요새 공성전에서 무참히 패하고 결사 항전하던 맥시온 공작은 카논 후작에게 목이 잘렸으며, 리오네 왕국의 전선에 나가 있던 연합군도 페드론 공작에게 대패하여 밀카 평원까지 밀려나고 말았다.

　그리고 계속된 패배로 연합군이 밀카 평원마저 내주는 데는 채 한 달이 걸리지 않았다.

　산토스 왕국의 본토를 공격한 카논 후작의 이십만 대군은 산토스 왕국의 모든 정규군을 격하고 수도 마르탄을 포위한 채 맹공을 퍼부었다. 리오네 왕국에서 후퇴한 연합군 십팔만이 뒤를 노렸으나 라드나 후작의 매복에 걸려 대부분의 병력이 패주, 또는 와해되었다.

　결국 연합군이 와해된 지 삼십칠 일 만에 산토스 왕국의 수도 마르탄이 무너져 내렸다.

　천여 기가 넘는 공성 병기의 지원을 받으면 마르탄의 성벽을 가장 먼저 넘은 것은 리오네 왕국의 기병대였다. 비단 마르탄뿐만 아니었다. 모든 전투의 선봉은 리오네 왕국군이 맡았다. 그들을 화살받이로 내세운 제국군은 피해를 최소화하며 산토스 왕국을 점령해 나갔다.

　왕도 마르탄이 떨어진 지 한 달 만에 산토스 왕국의 마지막 희망이었던 카름성이 점령되고, 국왕 리아르 3세가 프록시안 왕국으로 망명하면서 대륙의 오대왕국 중 하나였던 산토스 왕국은 멸망했다.

　하지만 전쟁의 불길은 거기서 끝나지 않았다.

　산토스 왕국을 점령하고 겨울 동안 내실을 다신 아스가른 제국의 황제 무르히 1세는 봄이 오기 무섭게 다시 군사를 일으켰다. 중과 좌우 이십만씩 총 육십만 대군이 세 방향에서 프록시안 왕국을 공격해 들어간 것이다.

지난 전쟁으로 대부분의 국력을 소진한 프록시안 왕국은 유리한 산악 지형을 바탕으로 유격전을 벌이며 필사적으로 제국군과 맞섰지만 압도적인 군사력의 차이를 극복하지 못하고 개전 초부터 계속 전선이 밀리기만 했다.

파죽지세의 기세로 프록시안 왕국의 땅들을 점령해 가던 아스가른 제국에 제동을 건 것은 칠대공국의 수좌라 할 수 있는 삼공국 연합체 프로이안 연합이었다.

아스가른 제국의 팽창을 두려워한 프로이안 연합은 프록시안 왕국과의 오래된 동맹을 이유로 십만이나 되는 군대를 파견했고, 나머지 공국들도 하나둘 영토 확장의 야욕을 드러낸 아스가른 제국을 성토하며 프록시안 왕국으로 구원군을 보내기 시작했다. 또한 지금까지 사태 추이를 지켜보던 벨라 왕국 역시 프록시안 왕국에 지원군을 파견했고, 대륙 전쟁을 우려한 신성교국의 교황은 무르히 1세에게 무익한 전쟁을 멈추라는 서신을 보냈으나,

"이 미친 늙은이가, 어림없는 소리!"

교황의 서신을 받은 무르히 1세는 그 서신을 발기발기 찢어 버린 것도 모자라 교황의 서신을 전달한 칙사의 목을 쳐버렸다. 이로 분노한 신성교국은 정식으로 전쟁에 참여할 것을 선포했으며, 즉시 일천의 템플 나이트가(성기사) 제국을 향해 검을 겨누었다.

"오냐! 얼마든지 오거라! 모두 박살 내주마!"

광황 무르히 1세!

미친 황제가 일으킨 전쟁의 바람이 남부 대륙을 불태우고 대륙 전역으로 번져 가고 있을 때 유일하게 전쟁의 평지풍파가 미치지 않은 북방의 패자 가이우스 제국은 복잡하게 돌아가는 국내 정세로 인해 수수방관만 하고 있었다.

國士無雙

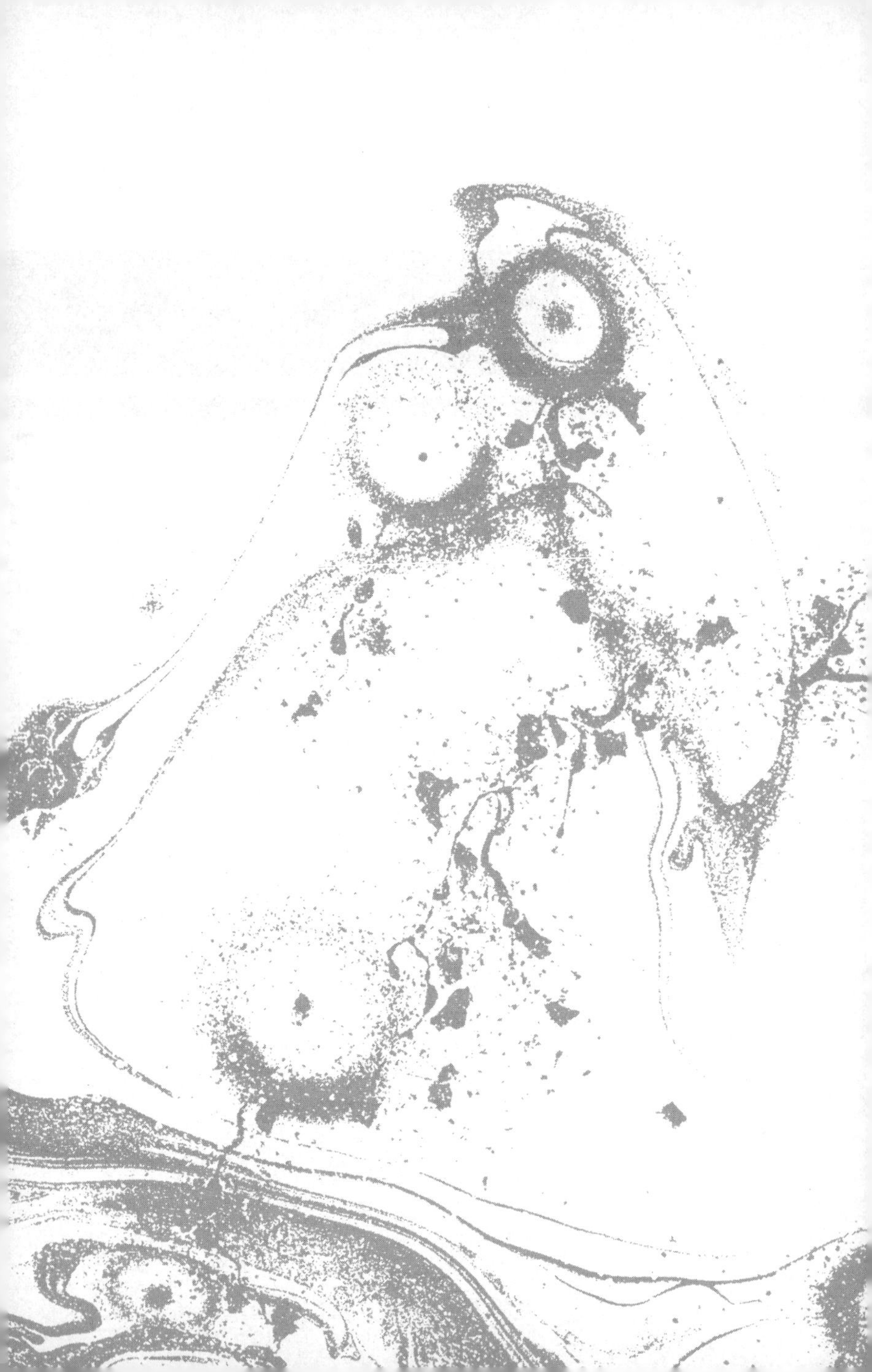

PART 15
황제를 만나다. 운명의 추가 움직인다

이 주간 밤낮없이 말을 달린 일행은 드디어 제국의 수도 세타의 붉은 성벽과 마주했다.

수도 세타에 처음 와보는 일행 대부분은 넋을 놓아버렸다. 그만큼 세타의 붉은 성벽은 화려하고 아름다웠다. 막말로 전투를 위해 지어진 성벽이 아니라 무슨 예술품을 보는 듯했다.

"자네도 세타엔 처음이지?"

마차의 창밖으로 보이는 수도 세타의 풍경을 바라보며 공작이 물었다.

유찬은 여덟 마리 백마가 끄는 공작 전용 마차에 칼리어스 공작과 함께 타고 있었다. 말을 타고 오겠다는 것을 굳이 공작이 마차에 태운 것이다. 공작은 한껏 들뜬 표정으로 수도 세타에 관한 이야기를 늘어놓았다.

'또 시작이로군. 이분은 주둥아리에 모터를 달았나?'

유찬은 한숨을 푹 쉬었다.

마차에 탄 이후부터 시작된 공작의 수다는 지금까지 쭉 이어져 왔다. 묻지도 않은 도시들의 생성 배경이라든지, 재국 유력 귀족들의 성품과 취향에 관한 이야기들을 쉬지 않고 늘어놓았다.

수도에 도착하기 전 제국과 귀족들에 대한 전반적인 지식은 알아두라는 공작의 눈물 겨운 배려를 알 리 없는 그는 공작의 모든 말을 늙은이의 '주책' 또는 '수다'로 치부하고 한 귀로 듣고 한 귀로 흘려 버렸다.

"놀랍지 않나, 이 도시의 모습이? 나는 볼 때마다 감탄한다네."

"……."

공작은 이 도시에 무한한 애정을 가지고 있는 듯 보였다.

유찬이 알아본바에 의하면 수도 세타는 공작의 선조에 의해 철저한 계획과 계산하에 세워진 기획 도시였다. 오대왕국들을 찍어 누르기 위해 천도를 결심한 하사드 2세는 천도와 함께 대륙에 제국의 위용을 보여줄 상징적인 무언가를 원했지만 이렇다 할 것을 찾지 못하고 있었다.

그때 현 공작의 선조가 당시로서는 전무후무한 도시의 건설을 들고 나왔다.

기존의 도시들은 평야 지대나 강을 끼고 있는 곳, 또는 교통의 요충지로 사통팔달한 곳에 자연스럽게 생겨나던 것이었기에 당시 공작의 주장은 제국 내부에 센세이션을 불러일으키기 충분한 것이었고, 제국 내 반대 의견도 만만치 않았다.

하지만 하사드 2세는 그 모든 반대 의견을 힘으로 누르고 공사를 강행했다.

동원된 인부 삼백만, 총 비용 일억사천 골드, 건설 기간 이십 년, 세상에서 가장 아름다운 도시 세타는 이렇게 건설되었다.

대륙의 내로라하는 조각가들과 축성 전문가, 그리고 예술가들이 모두 달려들어 도시 자체를 문화 유산으로 만들어 버렸다. 사대문의 아름다움 조형미를 시작으로 중앙 도로와 성벽 위에 자리 잡은 수많은 조각상, 심지어 성을 이루는 돌 하나하나에까지 문양들이 새겨져 예술품이 아닌 것이 없었다.

'세타와 같은 도시는 지금까지도 없었고, 앞으로도 없을 것이다.'

세타의 아름다움에 무한한 자부심을 느꼈던 하사드 2세가 남긴 말이다. 하지만 단순히 예술 적인 가치만이 세타의 전부가 아니었다.

전투 황성.

세타의 다른 이름은 바로 전투 황성이었다. 여의도의 마흔 배에 달하는 거대한 도시가 다섯 겹의 성벽으로 보호받으며, 모든 성벽이 독자적인 공성전을 할 수 있도록 되어 있을 뿐만 아니라 유사시 성벽의 구조를 약간만 바꾸면 성벽 위에 공성 병기를 설치할 수 있음은 물론, 성벽 자체가 공성을 최적화할 수 있는 구조로 설계되었으며 유사시 성벽을 짓는데 사용된 내장석 하나하나가 투석기의 투석으로 활용이 가능했다.

"저기를 보게. 저기가 바로 헤리온의 성지라네!"

수도 세타의 중심부에 위치한 제국의 황성을 가리키며 공작이 말했다.

세타의 중심에 백만 명의 인부가 오 년 동안 쌓아서 만들었다는 인공 산. 그리고 그 위에 새워진 가이우스 제국의 황궁 사람들은 이곳을 태양신 헤리온의 성지라 불렀다.

마법으로 특수 처리를 한 붉은 대리석으로 외장을 장식한 황궁은 오스트레일리아의 레드 룩처럼 보는 위치와 태양의 각도 등에 따라 그 색이 달라지는 신비한 특징을 가졌다.

'돈 지랄.'

세타와 황궁 모두를 둘러본 유찬의 감상평이었다.

"이대로 황궁으로 가시는 겁니까?"

"아닐세. 오늘은 시간이 너무 늦었으니 일단은 내 집으로 가세."

공작은 마부에게 지시를 내려 수도에 있는 그의 저택으로 마차를 몰게 했다.

공작의 저택은 세타를 감싼 다섯 개의 성벽 중 첫 번째 성벽인 오로스 안, 헤리온의 성지가 올려다보이는 풍광 좋은 곳에 자리 잡고 있었다. 대부분 귀족들의 저택이 이곳에 위치해 있었다.

일부러 의도한 것인지는 몰라도 수도 세타의 다섯 성벽은 신부의 벽처럼 성안의 사람들을 갈라놓았다.

제일 성벽 오로스의 안에는 개국공신들을 비롯한 대귀족들의 저택이 즐비했다.

이 성벽 노스토의 안에는 하급 귀족들과 고위 관료들의 저택이 있었으며, 삼 성벽 레티스 안에는 하급 관료들과 돈 많은 상인들이 살았다. 사 성벽 레아스 안에는 평민들과 여행자들이 주를 이뤘으며, 오 성벽 카테의 안에는 군사 시설과 슬럼가를 비롯한 온갖 자질구레한 것들이 넘쳐 났다.

겉은 화려하나 그 속은 결코 화려하지 않은 도시의 이중성을 꿰뚫어 보던 유찬은 신분의 벽처럼 높게 솟은 성벽들을 바라보며 쓴 조소를 머금었다.

'악취미다. 거기다 왠지 이 도시 기분이 나빠.'

이 도시로 들어온 순간부터 기분이 나빠지기 시작했다. 그것은 가슴속 저 깊은 곳에서 스멀스멀 피어나는 것이었는데, 딱히 무엇이라 단정할 수 없는 묘한 감정이었고, 그것은 유찬을 불쾌하게 만들었다.

'도대체 뭐지?

그가 알 수 없는 감정에 인상을 쓰는 사이, 그를 태운 마차는 순조롭게 달려 칼리어스 공작의 저택에 도착했다. 공작의 저택은 화려한 저택들이 즐비한 오로스 내에서도 비교할 짝을 찾을 수 없을 만큼 화려했을 뿐만 아니라 특전사와 공작의 수행원을 포함 오백여 명의 일행이 전부 들어가도 티가 나지 않을 만큼 어마어마한 크기를 자랑했다.

“이 저택은 이 도시를 건설하셨던 하사드 2세 폐하께서 우리 가문에 내린 것으로 세타에서 황궁 다음으로 큰 건물이라네.”

공작은 대리석으로 지어진 저택을 자랑스럽게 소개했지만 웬만한 요새의 성문이라고 해도 믿을 정도로 거대한 저택의 대문 앞에 자리를 지키고 있는 한 샤벨 타이거와 쌍두 독수리 동상을 바라보던 유찬은 한숨을 푹 쉬며 저택에 대한 감상을 말했다.

“돈 지랄에 악취미입니다.”

“…….”

유찬의 감상평을 들은 공작의 표정은 순식간에 벌레 씹은 표정이 되었다. 그러거나 말거나 그는 시선을 먼 곳으로 돌렸다. 공작의 저택은 다섯 성벽 중 가장 높은 곳에 만들어진 오로스 안에서도 지대가 꽤 높은 곳에 위치했기에 세타의 전경이 한눈에 내려다보였다.

서서히 땅거미가 지기 시작하면서 붉게 물든 황혼이 도시의 성벽들을 비춤에 따라 붉은 물감을 풀어놓은 듯 물들어가는 성벽의 모습은 일대 장관이 아닐 수 없었다.

“응?”

그 모습을 한참 동안 바라보고 있던 유찬은 어느 순간 머리가 깨질 듯한 아픔에 이마를 부여잡았다. 그리고 끊어진 흑백 영상기의 필름처럼 무엇인가 뇌리를 스쳐 지나갔다.

그것은…….

언제나 태양의 영광을 머금은 헤리온의 성지, 그리고 황혼을 받으며 붉게 물들어 가던 성벽의 모습, 그것은 수도 세타의 모습이었다.

'이, 이건 설마 데자뷰?'

처음 가본 곳을 이전에 와본 적 있다고 느끼거나 최초하는 일을 전에 똑같은 일을 한 것처럼 느끼는 것을 데자뷰 현상이라고 한다. 세타로 온 순간 느꼈던 불쾌함과 지금 머릿속에 떠오르는 알 수 없는 영상들을 생각하며 데자뷰라 생각하던 유찬은 순간 스치는 생각에 흠칫 몸을 떨었다.

'설마, 이건 이전 주인의 기억?'

유찬의 영혼은 유찬의 것이었지만 지금 유찬의 육체는 뒷골목 불량배들에게 맞아 죽은 크리스라는 소년의 것이었다. 그 이후 한동안 소년의 사념이 유찬을 뜻하지 않게 움직인 적이 있기는 했지만 그 이후 단 한 번도 소년의 사념이나 기억이 생각난 적은 없었다. 머릿속 어딘가에 소년의 기억이 희미하게 남아 있기는 했지만 일부러 의식해서 기억해 내려 해도 너무 희미해서 기억해 낼 수조차 없었다.

하지만 이곳 세타로 온 순간 무의식 저편에 잠들어 있던 소년의 기억들이 깨어나고 있었다. 그렇게 생각하자 세타에 온 순간 느꼈던 불쾌감과 이질감이 모두 설명이 되었다.

'무의식 속에 잠자고 있던 기억이 익숙한 것을 보면서 깨어났다 이건가?'

사람의 뇌는 엄청난 기억력을 가지고 있어서 스치듯이 한 번 본 것도 잊어버리지 않고 차곡차곡 뇌세포 속에 저장한다. 이런 세포 속의 정보들은 평소에는 잠들어 있다가 무의식중에 비슷한 상황이 벌어지면 수면 위로 떠오르고, 그것을 사람들은 데자뷰라 한다.

'그러고 보니 네 몸을 차지하고 살아놓고, 너에게 너무 무심했구나.'

기억 속 깊은 곳에 묻어두었던 소년의 존재를 떠올린 유찬은 다시 한 번 세타의 전경을 바라보았다. 소년의 기억 속에 무엇인가 더 생각나는 것이 있을 것 같았기 때문이다. 하지만 더 이상 생각나는 것은 없었다.

'뭐, 별수없으려나? 하지만 만약 무엇인가 더 생각난다면 네 흔적들을 좀 더 찾아보마.'

한참 동안 상념에 잠겨 있던 유찬을 현실로 불러낸 것은 공작이었다.

"무슨 생각을 그리하는가?"

"아, 그냥 예전 생각이라고나 할까요? 그나저나 말들도 많이 지친 것 같으니 그만 짐을 풀도록 하시지요."

"걱정 말게, 집사가 기다리고 있을 테니까."

잠시 후 공작과 유찬을 태운 마차는 저택 문 앞에 도착했다.

"어서 오십시오, 공작 각하. 그리고 프리미엄 마스터 크리스 공."

"오, 바이트. 내가 없는 동안 별일없었는가?"

"늘 그렇지 않습니까? 공작 각하."

오십 세를 훨씬 넘어 보이는 노집사는 공작과 반갑게 인사를 나누는 한편 유찬에게 절도있는 인사를 했다. 깔끔한 회색 정장을 입은 그는 앞이마가 시원하게 벗겨져 무척 정력적으로 보였다. 공작의 설명에 의하자면 사십 년째 공작가의 안 살림을 도맡아 하고 있다고 했다.

'무시할 수 없는 인물이다.'

집사 바이트의 체구는 보통 사람들과 똑같은 그저 그런 수준이었지만, 유찬은 그의 균형 잡힌 몸매와 은연중 풍겨 나오는 기도를 보고 그가 평범한 집사가 아님을 알았다. 또한 저만한 실력을 가지고 있기에 북부의 왕이라 불리는 칼리어스 공작가의 안살림을 도맡아할 수 있겠거니 하고 고개마저 끄덕였다.

"일단 안으로 드시지요."

공작의 저택은 겉만 화려한 게 아니었다. 금으로 세공한 샹들리에와 아름다운 그림들로 장식된 벽과 천장은 화려함의 극치를 보여주었으며 저택 곳곳에 놓인 가구들에게는 세월의 흔적들이 고스란히 남아 고풍스러운 느낌을 주었다.

"몇 번 수리를 하기는 했지만, 모두 하사드 2세 폐하 시절의 물건들이니 족히 수백 년은 되었을 겁니다."

유찬을 제외한 나머지 일행이 벌어진 입을 다물지 못하자, 바이트 집사가 친절히 저택의 이곳저곳을 가리키며 설명해 주었다. 그가 지정해 준 방에 짐을 푼 유찬과 대원들은 간단히 샤워를 하고 메이드들의 인도를 받아 식당으로 향했다.

식탁에는 한 번도 먹어본 적 없는 진수성찬이 차려져 있었고, 반가운 얼굴이 기다리고 있었다.

"여, 모두 반갑군. 잘들 있었나?"

"오랜만에 뵙겠습니다, 후작님."

얼굴 전체가 수염으로 뒤덮인 그는 사교계의 산적이라는 별명을 가진 에스트라 후작이었다. 후작은 14군단의 사건이 있은 직후 수도로 올라와 황제파를 몰아붙이고 있었다.

"그나저나 그 아름다운 아가씨는 없는 건가? 그러고 보니 그 귀여운 꼬마 아가씨도 안 보이고 말이야."

에레나와 루나를 말함이다.

지금 에레나와 루나는 칼리어스 공작의 영지인 보른성에서 로즈 울프의 중부 지역 지부 건설을 위한 준비를 하고 있었기에 이번 수도로의 원정에서 빠졌다.

"사정이 있어서요."

"이거 참 아쉽군. 꼬마 아가씨한테 뭐라도 선물해 줄려 했더니 다음 기회로 미뤄야겠어."

후작은 유독 루나를 좋아했다. 물론 루나는 털이 복슬복슬한 후작을 별로 좋아하지 않았지만 말이다.

몇 마디 담소가 오가고 한 백 명쯤 달려들어 먹어도 될 만큼 많은 음식들이 차려진 식탁에 유찬과 교관들, 그리고 공작과 후작 이렇게 일곱 명이 둘러앉았다. 나머지 대원들은 별채에서 난장판으로 식사를 하고 있을 터였다.

한동안 묵묵히 음식을 먹던 후작이 공작을 바라보며 입을 열었다.

"그나저나 그 소식 들으셨습니까?"

"무슨 소식 말인가?"

"마하르 재상이 어제저녁 근위기사단에 의해 극비리에 체포되었다는 소식입니다."

"재상 마하르가? 자세히 좀 말해보게."

포크를 내려놓은 공작이 이해할 수 없는 표정으로 물었다. 유찬 역시 나이프와 포크를 내려놓고 후작을 바라보았다. 평민 출신 관료로는 전무후무하게 재상의 자리에까지 오른 마하르는 유찬도 익히 들어 알고 있는 인물이었다.

현 황제 아드마즈 2세는 귀족들보다는 아카데미를 나온 평민 출신의 관료들을 더 신임했는데, 특히 재상 마하르는 그의 수족과 같은 인물이었다.

"근위기사단이 움직였다면 폐하께서 재상을 잡아들였다는 건데, 그 이유가 뭔가?"

"그게 말입니다."

잠시 말을 멈춘 후작이 입맛을 다시며 말했다.

"황권 능멸이랍니다."

"화, 황권 능멸?"

"폐하의 직인을 멋대로 사용했다나 뭐라나 참 어이가 없어서!"

"허허허허!"

공작이 기가 막힌다는 표정으로 웃음을 토해놓았다.

황제의 직인은 아무리 재상이라고 해도 함부로 손댈 수 없다. 아니, 손대는 것이 불가능하다. 직인이 보관된 곳은 스무 명의 근위기사가 항시 지키고 있고, 황제가 직인을 찍기 위해 대전으로 이동할 때는 오십여 명의 근위기사가 철통같이 호위를 한다.

그런데 어떻게 재상이 직인을 손댈 수 있단 말인가?

대전에서?

그건 더욱더 말이 안 된다. 24시간 귀족들이 들락날락하는 대전에서 재상이 황제 직인에 손을 댄다면 당장 칼 빼 들고 달려들 귀족이 수두룩 빽빽하다 거기다 대전에도 근위기사단이 상시 대기 중이다.

"폐하께서 재상을 희생양으로 삼을 모양입니다. 도대체 무슨 생각을 하시는지 알 수가 없습니다."

"휴우, 답답하고 막막한 일이야."

답답한지 가슴을 탁탁치는 공작, 이야기를 듣고 유찬 역시도 속으로 혀를 찼다. 황제는 당장 눈앞의 불을 끄기 위해 재상 마하르를 희생양으로 내세웠지만 그것은 제 살을 파먹는 행위에 불과했다.

무릇 희생이 있어야 할 때는 사소취대, 즉 작은 것을 내주고 큰 것을 취함을 기본으로 해야 한다. 하지만 황제의 행동은 작은 것을 얻기 위해 큰 것을 버린 바보짓이었다.

지금까지 황제의 손발이 되어준 이들은 얼마 되지 않는 황제파 귀족들과 관료들이었다. 이렇다 할 세력이 없는 귀족들은 황제에게 별반 도움이 되지 않았다. 대신 막강한 권력은 없어도 뛰어난 두뇌와 행정 업무라는 실권을 가진 관료들은 황제의 수족이 되어 그동안 황제를 잘 보필해 왔다. 그런 관료들을 실질적으로 이끈 이가 바로 재상 마하르다.

그런데 그런 이를 자신의 안위를 위해 팽(烹)시켜 버렸으니 관료들 중 누가 진심으로 황제를 따르려 하겠는가?

황제는 이 일로 인해 당장 눈앞의 화는 피할 수 있어도 영원히 회복되지 않는 상처를 입을 것이다. 불신이라는 쉽게 지워지지 않는 상처를 말이다.

"귀족파에서는 뭐라던가?"

"그쪽이야 상관없다는 입장 아니겠습니까? 그 치들도 애초부터 폐하를 어찌해 보겠다는 건 아니었고 머리가 장식용이 아닌 이상 폐하께서 자기 무덤 파는 게 다 보이는 상황에서 굳이 걸고넘어지려 하지 않겠지요. 마하르 재상이 없으면 솔직히 황제파는 종이 샤벨 타이거 아니겠습니까?"

"마하르 재상이 그리 호락호락한 인물이 아닐진대 이토록 어이없이 당했다니 도저히 믿기지 않는군."

공작은 아직도 믿을 수가 없다는 눈치였다.

재상 마하르를 그는 누구보다 잘 알았다. 삼십이란 젊은 나이에 한 나라의 재상이 되었으면, 사람이 편협하고 옹졸한 면이 있어 큰 그릇이라 할 수는 없으나 일신의 능력이 뛰어나 황제를 보필하고 제국 정계를 이끌어 나가는 데는 부족함이 없던 인물이었다. 거기다 처세술과 외교술에 능하고 언변이 화려해 미약한 관료들의 세력을 하나로 규합하여 지금의 황제파를 만들어낸 입지적인 인물이 아니던가?

그런 인물이 아무리 뒤통수를 맞았다고는 해도 너무 쉽게 무너졌다.

후작은 와인으로 목을 축이며 낮은 목소리로 말했다.

"사교계에서 나온 말이라 다는 믿을 수 없겠지만 테트라 후작이 관여한 것 같습니다. 근위기사단이 재상을 잡아들이기 전 테트라 후작의 사병들이 재상의 집을 습격해 가족들을 인질로 잡았다는 소문이 있습니다. 그렇지 않았다면 재상이 이렇게 무기력하게 당하고만 있지 않았을 겁니다."

"테트라 후작이? 그렇군. 그 친구는 충분히 그러고도 남지."

마하르 재상이 황제파 관료들을 대표한다면 테트라 후작은 황제파 귀족들의 수장이다.

하지만 그동안 황제파 내 귀족들은 제대로 된 목소리를 내지 못했다. 그것은 그들의 세가 워낙 미약했기 때문이다.

테트라 후작이 비록 황제파 귀족들의 수장이기는 했지만 기실 그도 마하르 재상의 전폭적인 지원이 없었다면 대귀족의 칭호는 어림도 없었다. 그러다 보니 황제파 내에서는 각료들의 주장이 귀족들의 주장보다 우선시 되었다. 자신들의 몸속에는 푸른 피가 흐른다고 믿는 귀족들에게는 이것이 항상 불만이었고 결국 그동안 억눌려 온 그들의 불만이 최악의 사태로 번져 버린 것이다.

한동안 둘의 이야기를 듣고 있던 유찬이 입을 열었다.

“기르던 개한테 물린 꼴이군요.”

후작이 답했다.

“그렇다 할 수 있지. 그저 그런 귀족에 불과하던 테트라 후작이 대귀족이 될 수 있었던 이유는 모두 재상의 도움 덕이니까.”

고개를 끄덕이며 유찬의 의견에 수긍하던 후작이 손가락을 튕기며 뭔가 생각났다는 표정을 짓다가 말했다.

“자네에 대한 이야기도 있는데, 들어볼 텐가?”

“……?”

“아무래도 이번에 자네에게 작위가 수여될 것 같네.”

“작위라뇨?”

막 샐러리를 포크로 찍어 입으로 가져가던 유찬이 물었다. 비록 완벽히 꾸미긴 했지만 14군단을 전멸시킨 건 그다. 그런데 제국의 군단을 전멸시킨 그에게 작위라니?

“자네는 프리미엄 마스터지 않나? 아마도 백작 정도의 작위가 내려질 것 같기는 한데, 아무래도 그게 명예직일 것 같네…….”

민망한 표정의 후작이 말끝을 흐렸다.

제국의 귀족 자리는 두 가지 유형이 있는데, 바로 세습 귀족과 명예 귀족이다.

세습 귀족은 말 그대로 자자손손 귀족의 작위와 영지를 세습하는 귀족으로 대부분의 귀족들이 세습 귀족이었다.

하지만 명예 귀족은 다르다. 명예 귀족은 말 그대로 명예직으로 평민들이 뜻하지 않게 공을 세우거나 특출난 재주를 보였을 때 황제나 왕이 그에 한에서 한시적으로 내리는 귀족의 작위로, 오직 그에게만 있을 뿐 세습되지는 않는다.

하지만 역대 황제나 국왕도 프리미엄 마스터를 명예 귀족으로 임명한 적은 없었다.

한 나라의 국력을 상징하는 존재에게 명예 귀족이라니 말도 안 되는 처사였다. 당장 유찬의 부하들이 발끈하고 나섰다.

"말도 안 됩니다. 어떻게 주군께 명예 귀족의 작위를 내릴 수 있단 말입니까?"

공작 역시 어처구니가 없다는 표정으로 후작을 바라보며 물었다.

"그게 정말인가?"

"예, 황제께서 일단 그렇게 하겠다고 하셨습니다."

"허허, 이런 변이 있나. 아무리 권력에 눈이 어두웠어도 세상 천지에 프리미엄 마스터에게 명예 귀족의 자리를 내리다니?!"

흥분하는 다른 이들과 달리 막상 당사자인 유찬은 담담한 표정으로 웃으며 흥분한 부하들을 제지했다.

"그만, 그만 하도록!"

"하지만 주군 이 일은 엄연히 주군을 무시하는 처사입니다."

유찬은 가만히 고개를 가로저으며 말했다.

"처음부터 나는 귀족 자리 따위에 연연할 마음이 없다. 명예 귀족이라는 것도 별로 받고 싶지도 않고 말이야."

"하지만 주군 귀족이 되시면……."

그란 남작이 귀족이 되면 누릴 수 있는 특혜에 대해 장황하게 설명을 늘어놓았다.

그는 영지와 영지민, 그리고 그로부터 거둬들이는 세수와 사병들에 대해 말하며 유찬이 꼭 세습 귀족이 되어야 한다고 열변을 토했다. 하지만 유찬은,

"그래서?"

"주, 주군 그래서라뇨?"

"그래서 어쩌라고?"

"그, 그러니까……."

무안한 표정의 그란 남작을 바라보며 유찬이 말했다.

"지금 당장 황궁에 쳐들어가서 나를 왜 명예 귀족 자리에 앉히려 하냐고 깽판을 부릴까? 아니면 황제가 너를 명예 귀족으로 임명하노라 할 때 세습 귀족 자리를 달라고 황제의 멱살을 잡을까?"

"하, 하지만……."

"그러니까 그만 하라는 거야."

남작은 뭔가를 더 말하려다가 어쩔 수 없다는 표정으로 입을 다물었다. 그런 그를 바라보며 유찬은 씁쓸한 미소를 머금었다.

남작의 아쉬운 마음을 모르는 것은 아니지만 그는 귀족 자리에 그다지 관심이 없었다.

군단이나 기사들을 이끌고 싸우는 것이라면 모를까? 귀족이 되어 영지를 경영하고 세금이나 걷는 일은 그의 성격상 상상도 할 수 없는 일이었다. 오히려 명예 귀족의 자리를 준 황제가 고마울 정도였다.

'참 이해할 수 없는 친구야.'

칼리어스 공작은 유찬을 바라보며 오른쪽 관자놀이를 손가락으로 꾹꾹 눌러댔다.

평생 수많은 사람들을 만나봐 왔다 자부하는 공작이었지만 유찬이라는 눈앞의 소년은 도저히 이해할 수가 없었다. 유찬은 그에게 어떤 때는 수만의 군사를 지휘하는 장군처럼 용감하고 냉철한 모습을, 또 어떤 때는 제 나이 또래의 아이처럼 천진하고 단순한 모습을 보여주어 그를 종잡을 수 없게 했다.

하지만 공작은 한 가지만은 확신했다.

그것은 바로 유찬이 모난 돌이라는 것이었다. 주머니 안의 송곳처럼 튀어나오지 않으려 해도 튀어나올 수밖에 없는 존재가 바로 그였다.

모난 돌은 정을 맞고, 튀어나온 송곳은 찌그러진다.

하지만 유찬이란 인물은 때리는 정을 깨부수고 찌그러뜨리려는 장도리를 도리어 오그려 버릴 인사였다. 공작이 그의 행사가 제발 제국에 도움이 되기를 발하는 동안 만찬은 끝나가고 있었다.

*　　　*　　　*

거대한 날개를 펼친 쌍두 독수리가 금방이라도 창공으로 날아갈 것같이 아름답게 조각된 화려한 옥좌.

이 화려한 옥좌는 오직 대륙 북방의 패자라는 가이우스 제국의 황제만을 위한 자리였다.

아드마즈 2세.

자신의 옥좌에 앉아 럼주를 병나발 불던 그는 반쯤 풀어진 눈으로 아래를 내려다보았다. 테트라 후작을 비롯한 황제파 귀족들이 황제가 집무를 보는 대전을 가득 채우고 있었다. 얼마 전까지 마하르와 각료들을 채우고 있던 자리였지만 재상 마하르의 실각과 함께 많은 관료들이 소리 소문 없이 제거되거나 가택에 연금 중이었다.

잠시 귀족들을 둘러본 황제가 테트라 후작을 바라보며 소리쳤다.

"그래, 그 빌어먹을 프리미엄 마스터 녀석이 칼리어스 공작과 같이 왔다고?"

"그렇습니다, 폐하!"

아드마즈 2세는 유찬을 향해 맹렬한 적의를 불태웠다.

그로 인해 모든 것이 틀어졌다. 오크와의 전란을 통해 앓는 이와 같던 칼리어스 공작과 북부 귀족들을 쓸어버리려던 계획도, 14군단을 이용해 칼리어스 공작을 북부에 묶어놓으려던 계획도 모두 유찬에 의해 무산되고 말았으니, 그가 적의를 불태우는 것은 어찌 보면 당연했다.

거기다 당장 쳐죽여도 모자랄 놈에게 비록 명예직이기는 했지만 귀족 작위를 하사해야 한다니, 그 생각을 할 때마다 가슴속에 뜨거운 무엇인가가 올라왔고, 그것을 참기 위해 럼주를 병째 들이부어야 했다.

럼주 한 병을 다 비운 황제는 얼큰하게 취기가 오른 목소리로 물었다.

"마하르 재상은?"

"그는 지금 황궁 지하 감옥에 수감 중입니다."

"순순히 죄를 인정하던가?"

"물론입니다."

후작은 득의하게 웃으며 대답했다.

마하르 재상은 죄를 인정하지 않을 수 없는 상황이었다. 재상의 처자식이 후작의 수중에 있었기 때문이다.

'주인을 제대로 파악하지 못한 너 자신을 원망해라.'

원독에 찬 눈으로 자신을 쏘아보던 재상을 생각하며 후작은 차가운 조소를 날렸다.

후작이 아는 황제는 자신의 안전을 최우선으로 했다. 무슨 일을 하던 자신의 안전이 보장되지 않으면 결코 일을 벌이는 법이 없었다. 그런데 이번 사건으로 황제는 궁지에 몰리고 말았다. 평소 성품대로 황제는 자신은 안전하게 빠져나가길 원했고 재상은 그 방법을 찾지 못했다.

시일이 지날수록 황제의 불안과 초조는 커져 갔고, 후작은 그 틈을 재빨리 파고들어 황제가 안전하게 이번 사건에서 발을 뺄 수 있는 방법을 제시했다. 이름하여 도마뱀 꼬리 작전, 굶주린 귀족들에게 재상 마하르라는 큰 꼬리를 잘라주는 방법이었다.

완벽한 방법이라 할 수는 없었지만 겉보기엔 그럴듯했고, 안 그래도 몸이 달아 있던 황제는 자신의 안전을 위해서 그동안 견마지로를 다한 재상을 가차없이 내쳤다.

덕분에 후작은 황제의 신임과 정적의 제거라는 두 마리 물고기를 한 번에 낚을 수 있었다.

"놈이 국문 과정에서 죄를 부정하면 어떻게 되지?"

"그럴 일은 없을 것입니다. 신을 믿으시옵소서."

그런 일은 대비한 후작은 이미 재상을 협박해 놓았다.

만약 칼리어스 공작을 비롯한 다른 이들에게 허튼소리를 하면 인질로 잡고 있는 처자식을 도륙해 버리겠다고 말이다. 처자식의 안전을 위해서라도 재상은 모든 죄를 자신이 뒤집어쓰려 할 것이다. 하지만,

'화가 될 싹을 살려둘 수는 없지.'

재상이 죄를 인정하고 형을 받으면 후작은 미련없이 재상의 처자식들을 죽여 버릴 생각이었다.

"그나저나 관료들은 어찌할 생각인가? 듣자 하니 말들이 많다던데."

황제가 걱정스러운 표정으로 물었다.

관료들 사이에 마하르 재상의 영향력은 후작이 예상했던 것보다 더욱 막강했다. 마하르 재상이 체포된 이후 관직에서 사

임 의사를 표한 관료들이 벌써 기십을 넘어서고 있었고, 계속해서 늘어날 추세였다.

하지만 후작은 그다지 걱정하지 않았다. 그는 대전을 채우고 있는 황제파 귀족들을 가리키며 말했다.

"폐하, 어차피 그들은 천한 평민들이옵니다. 여기를 보십시오. 오직 폐하만을 따른 저희 귀족들이 있는데 무슨 걱정이시옵니까?"

"흐음, 뭐 그렇다면야."

황제는 미심쩍은 표정으로 귀족들을 바라보았다. 아무리 봐도 별로 미덥지 않는 인사들이었다. 그들을 바라보며 고개를 가로젓던 황제가 잠시 무엇인가를 생각하다가 말했다.

"그런데 14군단을 전멸시킨 그놈의 사병들이 뭐라고 했지?"

"예?"

"그 특전사인지 뭔지 하는 터무니없는 것들 말이야."

"아, 그들 말입니까? 예, 저도 익히 듣기는 했지만……."

14군단이 전멸한 이후 그들을 전멸시켰다는 특전사에 대한 여러 소문들이 떠돌았다. 하지만 후작을 비롯한 대부분의 귀족들은 그 소문들을 터무니없는 소문들로 일축했다.

그는 분노한 칼리어스 공작이 북부 전 영지의 영지군을 동원해 14군단을 지워 버리고 그 책임을 피하기 위해 터무니없는 소리를 하고 있다고 생각했다. 물론 프리미엄 마스터인 권성 크리스 공이 직접 훈련시켰다면 강군임에는 틀림없겠지만 삼백으로 이만을 전멸시킨다는 것은 어불성설이었다.

"후작, 그들이 얼마나 강할까?"

"예?"

비어버린 럼주 병을 내려놓은 황제가 종잡을 수 없는 표정을 지으며 말했다.

"특전사라는 놈들은 근위기사단보다 강할까?"

"폐하, 그런 황망한 말씀은 거두어주십시오. 근위기사단은 제국 최고의 기사들로 이루어진 이들입니다. 그들이 아무리 강병이라 하나 어찌 근위기단에 비하겠습니까?"

가이우스 제국의 근위기사단은 실력이 있기로 소문난 기사들 중에서 최정예들만을 고르고 골라 만들어진 정예 엘리트 집단으로, 일인 일인이 다른 기사단의 기사 두셋을 상대할 만큼 뛰어난 실력자들이었다.

대륙에서 가이우스 제국의 근위기사단을 당해낼 군대는 없다는 것이 후작의 생각이었다.

"그렇단 말이지……."

아드마즈 2세는 만족한 표정으로 고개를 끄덕였고, 황궁의 밤은 그렇게 깊어갔다.

같은 시간 제국 권력의 또 다른 한 축인 귀족파는 숨을 죽인 채 황제와 칼리어스 공작의 움직임을 주시하고 있었다.

그들은 표면상 발을 빼는 듯 보였지만 제국 최대 권력자인 북부의 왕 칼리어스 공작과 황제의 싸움을 지켜보다 어부지리를 취할 생각들을 하고 있었다. 서로의 이해관계가 복잡하게 얽혀가는 아전투구의 밤이 지나고 드디어 칼리어스 공작과 유

찬이 제국의 황성 헤리온의 성지에 입성하는 날 아침이 밝았
다.

*　　　　*　　　　*

　동이 트기도 전에 저택을 나선 일행은 황궁으로 통하는 유
일한 대로인 태양의 길을 따라 헤리온의 성지에 발을 디뎠다.
　대제국 가이우스가 휘청거릴 만큼의 재정과 역량을 쏟아 부
어 만든 수도 세타에서도 가장 화려한 곳답게, 황궁의 위용과
아름다움은 감히 말로서 형언한다는 것 자체가 불경하다 생각
될 정도였다.
　붉은 대리석으로 지어진 황궁의 외궁은 내무와 외무를 보는
제국의 중앙 부서 수십 개가 운집해 있었고, 간간이 밤을 샌 것
처럼 보이는 관리들이 나와 일행에게 시선을 던졌다. 외궁의
관청들을 지나 황제가 집무를 보는 대전과 황족들이 살고 있
는 내궁으로 가는 길목에는 거대한 동상이 일행의 발길을 멈
추게 했다.
　이곳 수도 세타를 세운 하사드 2세의 동상으로, 말을 타고
창을 세운 그의 어깨에는 거대한 쌍두 독수리가 앉아 있었다.
공작의 설명에 의하자면 하사드 2세는 병적이라 할 정도로 태
양신 헤리온을 신봉했고, 황궁은 그의 그런 광신도적인 기질
이 절정을 이룬 곳이라 했다.
　황궁 곳곳에 조각된 태양신 헤리온의 조각상과 그의 상징인

태양들이 그가 얼마나 태양신 헤리온을 신봉하는지 단적으로
보여주었다.

"저곳이 바로 폐하께서 계시는 대전일세."

하사드 2세의 동상 뒤로 높게 솟은 대전 건물은 가이우스 제
국의 위세를 말해주는 것처럼 보였다. 대전으로 다가가자 황
금빛 갑옷을 입은 근위기사단 중 일부가 앞으로 나서며 공작
에게 군례를 취했다.

"공작 각하를 뵙습니다. 어서 대전으로 드십시오. 폐하와
다른 귀족 분들은 이미 오래전부터 기다리고 계십니다."

"알겠네, 들어가세."

일행은 근위기사단의 인도를 받으며 대전으로 향했다.

붉은 대리석으로 만들어진 길고 긴 복도를 지나 일행이 도
착한 것은 쌍두 독수리가 새겨진 거대한 문이었다. 시종 십여
명이 달라붙어 문을 열자 황제가 집무를 보는 대전 본관이 모
습을 드러냈다. 한 번에 오백여 명이 들어가 회의를 할 수 있
도록 만들어진 대전의 좌우로는 이미 이백여 명에 달하는 귀
족들이 자리를 잡고 있었고, 외각에는 근위기사들이 만약에
있을지 모를 불상사에 대비해 삼엄한 경비를 서고 있었다.

공작의 설명에 의하자면 우측에 자리 잡은 귀족들은 대부분
귀족파, 좌측에 자리 잡은 귀족들은 중도파 또는 황제파에 속
한 귀족들이라 했다.

그리고 대전의 전면……

황금과 루비로 만들어진 거대한 태양 아래, 마찬가지로 황

금과 루비를 섞어 만든 화려한 옥좌가 있었고, 그 옥좌 위에 온갖 보석으로 치장한 화려한 관을 쓴 황제 아드마즈 2세가 오만한 표정으로 그들을 내려다보고 있었다.

"칼리어스 공작 각하와 프리미엄 마스터 크리스 공 입시요."

"들라 하라!"

대전 안으로 들어선 일행은 대전 중앙으로 나가 황제에게 예를 취했다. 난생처음 황궁 입궁에 어제저녁 한숨도 자지 못한 특전사들은 처음 바짝 얼어 있던 것과는 달리 그럭저럭 잘 따라서 예를 취했다. 물론 오늘 새벽까지 그란 남작과 루크를 제외하고는 예의의 예 자도 모르던 이들을 가르친다고 바하트 집사가 한 고생은 말할 필요도 없었다.

끝까지 예를 익히지 못했던 이오스도 눈치를 봐가며 잘 따라 했다.

"신 칼리어스가 가이우스 제국의 주인이자 지배자이신 황제 폐하를 뵈옵니다."

"황제 폐하를 뵈옵니다."

특전사들의 예는 우렁차고 절도가 있었다.

오만한 표정으로 일행을 바라보던 황제가 흥미로운 표정으로 대원들을 바라보다가 이내 공작을 향해 입을 열었다.

"공작!"

"예, 폐하."

"최근 이곳에서 아주 불미스러운 일이 있었다네. 본의는 아

니었지만 그 일로 인해 자네가 다스리는 북부 역시 큰 피해를
보았다고 하지."

"예, 폐하."

황제는 능청스러운 얼굴로 우울한 표정을 지으며 말했다.

"내 직인 찍힌 친서는 가져왔나?"

"물론입니다."

"한번 보고 싶군."

공작은 품속에 가지고 있던 친서를 근위기사를 통해 황제에
게 넘겼다. 친서를 넘겨받은 황제는 건성으로 친서를 살펴보
다가 이마를 부여잡으며 탄식했다.

"내 직인이군, 아니기를 바랐건만."

"폐하."

"이 직인은 내가 찍은 것이 아니네. 내가 왜 내 백성들을 죽
인단 말인가? 거기다 다른 사람도 아닌 공작이 다스리는 곳에
서 말이야."

황제는 참담한 표정으로 말을 이어나갔다.

"나와 테트라 후작이 조사한 바에 의하자면 모든 일은 마하
르 재상이 꾸민 일인 것 같네. 자네가 수도로 돌아오는 것을
경계하여 거짓 친서를 만들어 엥겔 백작 난민들과 영지들을
공격하고 북부를 혼란에 빠뜨려 자네를 수도로 올 수 없도록
하는 계획이었지. 참으로 어처구니가 없지 않나?"

"……."

황제파 귀족들을 제외한 장내의 모든 이가 다른 의미에서

어처구니없다는 표정으로 바라보거나 말거나 황제는 연신 한 숨을 쉬며 속이 다 들여다보이는 연극을 계속했다.

'씨발, 아카데미 남우주연상 너 해라!'

예를 취한 자세 그대로 이야기를 들어야 하는 일행은 모두 흉신악살과 같은 표정을 지으며 이를 갈고 있었다.

"물론, 이 모든 것은 내 부덕의 소치이니 내 잘못이 없다 말하지는 않겠네. 하지만 그것이 결코 나의 뜻이 아니었다는 것만은 알아줬으면 하네."

"폐하의 부덕이라니요. 감히 감당키 어려운 말씀 거두어주십시오."

"공작이 그리 말해주니 마음의 짐을 조금이라도 내려놓은 것 같소."

공작은 착잡한 표정으로 고개를 숙였고, 잠시 그런 공작을 내려다보던 황제는 시선을 유찬을 향해 돌리며 말했다.

"그대가 크리스 공인가?"

"그렇사옵니다, 폐하."

"이리 가까이 와 고개를 들라!"

황제의 명에 예를 취하면서 고개를 숙이고 있던 유찬은 고개를 들어 황제를 바라보았다.

중년의 황제는 옥좌에 방만하게 앉아 유찬을 내려다보았다.

'이게 정말 황제 맞아?'

순간 유찬은 이런 생각을 하지 않을 수 없었다. 굳이 평을 내리자면 그동안 만나온 많은 지도자들 중에 가장 지도자답지 못한 지도자를 만난 기분이었다.

황제에 대한 선입관 때문은 결코 아니었다. 눈앞에 황제에게서는 지도자다운 기도가 전혀 느껴지지 않았다.

타고난 제왕 혈, 뼈대있는 가문, 긍지 높은 혈통 같은 것들을 다 무시하더라도 황제라면 수년 동안 제국의 주인으로 있던 이라면 당연히 느껴져야 할 것들이 전혀 느껴지지 않았다.

온화하고 엄숙한 기세는 애초에 물 건너갔고, 힘이 있는 황제의 카리스마는 딴나라 이야기며, 박력은 눈 씻고 찾아봐도 없다. 그저 황제라는 걸맞지 않은 감투를 쓰고 화려한 옥좌에 앉아 있는 모략꾼을 보는 느낌이었다.

그에게서 느껴지는 것은 지독한 오만과 독선뿐이었다.

"그대가 14군단을 토벌해 준 덕분에 짐은 큰 화를 면할 수 있었네. 멀리 있는 강적보다 옆에 있는 간신이 더 무서울 수 있다는 것을 이번에 새삼 느꼈어. 짐은 귀공의 공적을 뭐라 치하해야 할지 모르겠네."

"황공할 따름이옵니다."

잠시 말을 끊고 유찬을 내려다보던 황제가 은근한 어조로 물었다.

"그런데 크리스 공, 짐이 한 가지 궁금한 것이 있네."

"말씀하십시오."

"저들 말이네."

황제는 유찬을 수행해 온 특전사 교관들을 가리키며 말했다.

"저들이 특전사라는 이들인가?"

"그렇사옵니다, 폐하."

그제야 귀족들도 특전사 대원들 하나하나 살펴보았다. 그중 몇몇에게서 소란이 일었다. 대부분 학자 출신 귀족들이었는데, 한때 제국 학계를 들었다 놓은 희대의 궤변론자, 그란 남작을 알아본 것이다. 하지만 자리가 자리인만큼 그들은 함부로 앞으로 나서 입을 열거나 하지 않았다.

"자네가 직접 훈련시켰다고?"

"모든 것을 훈련한 것은 아니옵니다. 하지만 특전사의 기본 틀은 제가 잡았습니다."

"흐음."

황제는 특전사 대원 한 명 한 명을 유심히 살펴보았다. 황제의 의도를 알 길이 없는 유찬과 귀족들은 그저 황제의 시선만 좇을 뿐이었다.

무엇인가 고민하던 황제가 근위기사단의 단장 타르스탄 후작을 바라보며 입을 열었다.

"타르스탄 후작."

"하명하십시오, 폐하."

"자네가 보기엔 어떠한가? 저들이 강해 보이나?"

근위기사단의 단장인 타르스탄 후작은 프리미엄 러너 상급에 오른 실력자이며, 중도파에 속해 있는 강직한 인사로서 단 한 번도 부정을 저지른 적이 없는 강직한 인사였다. 특전사 대원들을 살펴본 그의 미간이 흔들렸다.

'강자들이다.'

그는 대번에 유찬을 수행한 특전사 대원들이 무시 못할 강자들임을 알아보았다.

하지만 그가 모르는 것이 있었다. 지금 유찬을 수행한 이들은 이오스를 비롯한 교관들, 모두 한 부분에 일가를 이룬 고수들이라는 사실을 말이다.

"강합니다."

후작은 주저없이 대답했다.

"호, 그렇단 말이지?"

"그렇습니다."

"그럼 근위기사단과 저들을 비교해 보면 누가 더 강하지?"

"……."

갑작스러운 황제의 질문에 후작은 아무런 대답도 하지 못했다. 주저없이 근위기사단이 강하다 말하고 싶었지만, 막상 눈으로 확인한 특전사 대원들은 결코 만만한 상대가 아니었다. 난감한 표정으로 대답을 하지 못하는 타라스탄 후작을 대신해 테트라 후작이 냉큼 앞으로 나섰다.

"폐하, 근위기사단은 제국 최고의 기사단이며 불패무적을 자랑합니다. 비록 여기 크리스 공의 특전사가 강하기는 하지만 어찌 근위기사단에 비하오리까."

"그런가?"

테트라 후작의 말에 고개를 주억거리던 황제가 유찬을 바라보며 물었다.

"자네도 그렇게 생각하나?"

황제는 유찬을 바라보며 물었다.

'허! 이놈 봐라!'

유찬은 황제의 음흉한 속셈을 눈치 챘다.

황제는 근위기사단과 특전사라는 두 무력 집단을 충동질하고 있었다. 무를 숭상하는 무인 일인들의 자존심과 긍지는 대단하게 마련이다. 특히 근위기사단이나 특전사 같은 정예 부대일수록 더욱 그렇다. 자신들을 최강이라 믿는 집단인 만큼 자신들 위에 다른 누군가가 있다는 것을 결코 인정하지 않을 것이다.

황제는 무인들이 가장 소중히 여기는 부분인 자존심을 건드려 특전사와 근위기사단을 충돌하게 하려 하는 것이다. 유찬은 황제의 의도를 알기 위해 급히 머리를 굴렸다. 어렵지 않게 몇 가지 짚히는 바가 있었다.

그중 가장 먼저 허장성제, 즉 과시하여 한숨을 돌리려는 책략이다.

현재 특전사의 명성은 제국 전역에 퍼진 상태, 과장된 부분이 없지 않아 있었지만 혹자는 제국 최강의 부대로 특전사를 꼽는 이도 있었다. 황제는 근위기사단을 이용해 그런 특전사를 꺾음으로써 대륙 최강의 검이 자신의 옆에 있음을 과시함으로써 정치적으로 수세에 몰린 현재의 상황을 어느 정도 만회해 보려는 것이었다.

'놀아 말아?'

적의 수를 파악했으니 이제 문제는 적의 장단에 맞춰 한바탕 놀아주느냐, 아니면 적이 벌인 판을 뒤집어엎느냐 하는 것이었다.

그는 주위에 대기한 근위기사단들을 바라보았다. 그 정도의 고수가 되면 한 번 본 것만으로도 하수의 실력을 구분할 수 있었다. 그리고 어렵지 않게 결론을 내렸다.

놀아보자!

"폐하, 아뢰옵기 황공하오나."

"말하라!"

"특전사는 기사로서 근위기사단을 상대할 수 없습니다. 하나……."

"하나?"

"기사가 아닌 전사로서의 전투라면 아무리 근위기사단이라 해도 특전사를 이길 수는 없습니다."

"뭐? 뭐라?"

황제뿐만 아니라 담담한 신색을 유지하고 있던 타르스탄 후작까지 당황하는 눈빛이 역력했다. 그뿐만 아니었다. 근위기사단 중 일부는 허리에 차고 있는 검을 잡아갔다.

"호오? 그렇다면 수단과 방법을 가리지 않고 싸울 수만 있다면 근위기사단은 특전사를 이길 수 없다, 이 말인가?"

"그렇습니다."

잠시 무엇인가를 생각하던 황제가 타르스탄 후작을 바라보며 입을 열었다.

"그렇다는데, 자네는 어떻게 생각하나? 저 말 대로인가?"

“…….”

타르스탄 후작이 입을 열기도 전에 몇몇 근위기사들이 무릎을 꿇으며 소리쳤다.

“폐하, 터무니없사옵니다. 저희들 역시 수많은 실전을 통해 단련된 기사들 전투라 해도 결코 밀리지 않습니다!”

“그렇습니다, 폐하.”

근위기사단원들은 자신만만한 표정으로 특전사들을 바라보며 투기를 내뿜었다. 하지만 근위기사단의 단장 타르스탄 후작의 표정은 좀처럼 풀리질 않았다. 후작 역시 황제의 속내를 읽었다.

근위기사단이 무패를 자랑하는 불패의 기사단인 것은 맞지만 거기에는 다 그만한 이유가 있었다. 근위기사단의 불패는 질 수 없는 싸움을 해왔기 때문이다. 근위기사단이 투입된 곳은 이미 전황이 아군이 승리할 수밖에 없다고 판단된 곳들뿐이었다. 일방적으로 압도적인 전투, 그것이 지금까지 근위기사단이 치러온 전투의 전부였다.

그 이유는 근위기사단이 엘리트 집단이라는 이유도 있었지만 근위기사단을 불패의 기사단으로 만들어 그 명성을 이용하려는 정치적인 목적이 깔려 있었기 때문이다. 후작이 보는 근위기사단은 길들여진 강아지에 불과했다.

‘하지만 저들은…….’

후작은 특전사들을 바라보았다. 그가 생각할 때 지금 눈앞에 있는 특전사들은 수라장을 경험해 본 노련한 전사들로 굶주린 늑대와 같은 자들이었다. 이미 승부는 정해진 것이나 다름없었다. 한참 동안 특전사와 근위기사단을 바라보던 후작은 이윽고 무엇인가를 결심한 표정으로 입을 열었다.

"폐하, 저희 근위기사단은 전투라 해도 지는 일은 없을 것이옵니다."

"……!"

대부분 귀족들은 그럼 그렇지라는 표정으로 고개를 끄덕였다. 하지만 후작은 전혀 다른 생각을 하고 있었다.

'때로는 패배가 약이 되는 법이다.'

후작의 그런 마음을 알 리 없는 황제는 득의한 표정으로 유찬을 바라보며 말했다.

"후작이 그렇다는군. 서로 지지 않을 거라 하니, 어떤가? 크리스 공 자네의 특전사와 짐의 근위기사단이 한바탕 어울려 봄은?"

"그 말씀은?"

"말 그대로 둘이 한바탕 싸워보란 말이야. 물론 특전사가 원하는 대로 전투 방식은 자유롭게, 어떤가? 한 번 해보겠는가?"

올 것이 왔다.

특전사와 근위기사단의 무력 충돌, 그리고 특전사의 패배, 그것이 바로 아드마즈 2세가 바라는 것이었다. 그는 꿈에도 근위기사단이 질 것이라 생각하지 못하고 있는 듯했다.

유찬은 근위기사단을 쓱 둘러보았다.

제국 최고의 기사단이라는 명성에 걸맞게 강한 기도를 뿌리고 있었지만, 수라장을 겪어보지 못한 온실 속 화초에 불과했다. 그들은 지금 유찬을 제외한 특전사들을 향해 투기를 뿜어대고 있었다.

'애송이 녀석들……'

유찬은 특전사와 그들의 전투력을 비교해 보며 고개를 흔들었다.

비교 자체가 안 된다.

근위기사단도 강했지만 이곳에 있는 특전사들이 어디 보통 인물들인가?

검술의 기재 살런, 압도적인 파워를 자랑하는 이오스, 마스터 오브 데드라 불렸던 루크, 그리고 대륙 제일궁이라 자부하는 그란까지, 어느 한 사람 만만한 이가 없었다. 유찬은 그들이라면 충분히 근위기사단을 박살 낼 수 있다고 생각했다.

"물론입니다. 하지만 그전에 시간을 잠시 주시면 저희들의 무기를 가지고 오겠나이다. 저희 중에는 검을 사용하지 않는 이도 있으니까요."

"오, 물론 그래야지, 그럼 대결은 오늘 오후에 근위기사단의 수련장에서 하겠네. 그리고 이미 들었을지도 모르지만 자네에게 작위를 수여할 것이네. 지난번 오크족의 침략을 막아낸 공도 있고, 이번 일에 대한 공도 있으니 진즉 작위를 받아도 받았어야 할 것인데 뜻하지 않게 많이 늦어지고 말았어."

"황은이 망극할 따름이옵니다."

옥좌에서 일어난 황제는 테트라 후작을 바라보며 말했다.

"어검을 가져오라!"

황제가 손을 내밀었다. 테트라 후작이 어검을 가져왔다. 푸른빛으로 빛나는 어검을 뽑아 든 황제는 유찬의 어깨 위에 검날을 올려놓으며 엄숙한 어조로 말했다.

"제국의 신민으로 태어난 그대는 짐에게 충성할 것을 맹세하는가?"

"맹세합니다."

"제국의 검과 방패가 될 것이며, 귀족으로서 품위와 권위를 지킬 것을 서약하는가?"

"서약합니다."

유찬의 좌우 어깨에 차례차례 검을 올려놓은 황제는 이윽고 검을 머리 위로 들어 올리며 말했다.

'기분 더럽군.'

머리를 바닥에 박고 맹세를 하는 유찬의 표정은 벌레 씹은 것만 같았다.

"나 가이우스의 지배자 아드마즈 2세는 위대한 선조들이 허락한 권위로서 명하노라! 눈앞의 이 사내에게 유튼 성을 하사하고 귀족의 이름을 허락하며 그에게 백작의 위를 재수하니 그대는 이제부터 크리스 드 유튼 백작이라 불릴 것이며, 그대가 살아 있는 한 그 이름으로 그대는 귀족의 권위와 의무를 동시에 부여받을 것이다. 자, 이제 일어나시오, 유튼 백작!"

"황은이 망극하옵니다."

유찬은 쓸쓸한 미소를 지으며 자리에서 일어났다. 귀족들

몇몇이 웅성거리기 시작했다.

보통 황제가 귀족에게 작위를 내릴 때는 '그대의 핏줄이 이어지는 한 그 이름으로' 라고 한다. 하지만 유찬의 경우 '그대가 살아 있는 한' 이라 했다.

즉, 유찬에게 허락한 귀족의 이름은 유찬이 살아 있는 동안만 존속하는 것을 의미했다. 그것은 곧 유찬이 명예 귀족이라는 것이다.

유튼 백작이 된 유찬을 위해 귀족들이 일제히 자리에서 일어나 박수를 쳐주었다.

그렇게 유찬은 팔자에도 없는 귀족, 유튼 백작이 되었으며, 제국은 프리미엄 마스터에게 명예 귀족의 작위를 준 초유의 사태를 만들었다.

"휴."

칼리어스 공작과 근위기사단장 타르스탄 후작의 인도를 받아 황궁의 별궁으로 들어선 유찬은 깊은 한숨을 몰아쉬었다. 유찬이 작위를 받은 이후 대전에서 이루어진 귀족들의 회의는 지리했다. 귀족파는 14군단 사건을 가지고 무슨 무기인양 휘둘러대고, 황제파는 모르쇠로 일관하는 끝없는 탁상공론이 이루어질 뿐이었다.

답이 나오지 않을 싸움임을 양측 다 알고 있으면서도 회의는 세 시간 가까이 이어졌다.

하지만 문제는 회의가 끝난 이후였다.

귀족들이 회의가 끝나기가 무섭게 물에 떨어진 고깃덩어리에 달려드는 피라니아처럼 유찬의 주위로 몰려들었기 때문이다. 개중 파벌과 정치에 관한 일로 유찬에게 접근한 이도 있었지만 대부분은 혼기가 찬 딸을 시집보내고자 하는 귀족들이었다.

"내 말 오해 말고 듣게. 혹 사귀고 있는 영애가 있나?"

"유튼 백작, 나에게 혼기가 찬 딸이 있는데 한 번 만나보지 않겠나?"

대부분 이런 식이었다.

심지어 어떤 이는 열 살이 채 안된 어린 딸을 들이대기까지 했다.

유찬의 성격상 칼리어스 공작이 재빨리 그를 별궁으로 끌고 오지 않았다면 유찬을 둘러쌌던 귀족 대부분이 중상을 입고 신전으로 실려 가는 초유의 사태가 벌어졌을 것이다.

공작의 설명에 의하자면 딸 가진 귀족들에게 유찬은 아주 매력적인 사윗감으로 보였을 것이라는 것이다. 보통 '명예 귀족' 들은 '세습 귀족' 이 되기 위해 명망있는 귀족가의 데릴사위로 들어갔고, 유찬 역시 다르지 않을 것이라는 것이 그들의 생각이라는 것이다.

거기다 프리미엄 마스터이기도 하니 귀족들이 눈에 불을 켜고 달려드는 것도 무리가 아니라는 것이었다.

"그나저나 여기도 꽤나 돈을 퍼부었군요."

"그렇지, 아무래도 황궁의 별궁 아니겠나."

　오후에 있을 근위기사단과 특전사 간의 전투를 위해 황제는 유찬과 칼리어스 공작 일행에게 별궁을 내주었다. 대전의 좌측에 내궁, 외각에 위치한 별궁은 타국의 사신들을 맞이하기 위해 지어진 곳으로 대전 못지않게 화려했다.

　"큭?"

　별궁 안을 둘러보던 유찬은 머리가 깨질 것 같은 두통에 이마를 감싸 쥐었다.

　'또?'

　일전 헤리온의 성지를 바라보다가 느꼈던 두통과 같은 것이었다. 그리고 다시 오래된 흑백영사기의 그것과 같은 장면들이 나타났다.

　그리고 이번엔…….

　'별궁, 그리고 저건…….'

　한 사람이 보였다.

　밀리아, 소년 크리스의 누나였다. 황궁에서 입는 시녀 복을 입은 그녀는 가슴에 아이를 안고 있었다. 눈가에 이슬이 그렁그렁하게 맺힌 아이는 그녀의 품에 안겨 잠들어 있었다. 아이가 잠든 것을 확인한 그녀는 아이를 안고 어딘가로 향했다.

　'저 녀석은…….'

　유찬은 대번에 아이의 정체를 알아보았다. 크리스다. 아기는 어린 시절 크리스가 틀림없었다. 유찬은 무엇에라도 홀린 사람처럼 그녀를 따라서 밖으로 나왔다.

　"주군!"

"주군, 어디 가십니까?"

"자네, 어디 가나?"

칼리어스 공작과 일행들이 황급히 그 뒤를 따라 나왔다. 그들이 따라 오거나 말거나 유찬은 줄달음질치는 그녀의 모습을 따라 어딘가로 향했다. 건물 모퉁이를 돌고 다른 건물을 지나고, 정원을 가로질러 얼마나 갔을까?

하나의 건물이 나타났다.

"이곳은……."

유찬을 따라 온 칼리어스 공작이 침중한 표정으로 건물을 바라보았다.

이런 건물이 황궁에 있단 말인가?

별궁과 반대편 외각에 위치한 건물의 모습은 화려한 황궁과는 전혀 어울리지 않았다. 군데군데 칠이 벗겨져 나간 것도 모자라 여기저기 대리석이 떨어져 나간 흔적들에 먼지까지, 전혀 관리가 되고 있지 않은 건물이었다.

유찬은 밀리아의 환영을 따라 거침없이 건물 안으로 밀고 들어갔다. 일행 역시 유찬을 따라 건물 안으로 들어섰으나 너무나 빠른 걸음의 그를 따라갈 수는 없었다. 일행을 떨궈 버린 유찬은 밀리아의 환영을 따라 먼지가 쌓인 복도를 가로질렀다.

얼마나 달렸을까?

한참 동안 정신없이 달리던 밀리아가 정원 앞에서 멈춰 섰다.

정원 역시 건물과 마찬가지로 폐허였다. 전혀 관리가 되지 않아 잡풀이 여기저기 쌓여 있고, 중앙에 위치한 분수들은 여기저기 깨지고 망가져서 썩은 물이 고여 있었다. 하지만 유찬은 그 모습을 보고 있지 않았다. 그가 보고 있는 정원의 모습은 전혀 새로운 것이었다.

녹색 융단이라고 불러야 할 만큼 부드럽고 푸른 잔디밭 중앙에 만들어진 거대한 영광의 샘이라는 연못을 중심으로 수십 개의 크고 작은 분수가 보기만 해도 시원한 물줄기를 뿜어대고 있었다. 연못에선 물오리가 떼를 지어 헤엄을 치고 있었고, 분수들 사이사이로 예술품이라고 불러야 할 조각상들이 화려한 자태를 뽐내고 있었다.

대리석으로 만들어진 길을 지나 잔디밭 중앙으로 들어가자 군데군데 만들어진 작은 화원이 눈에 들어왔다. 화사한 꽃들 사이로 작은 벌레들이 분주히 오가고, 분수가 만들어낸 무지개가 조각상들의 어깨 위로 내려앉으며 유리 조각처럼 부서져 찬란한 빛무리를 만들어냈다. 그것은 마치 거대한 생명의 꿈틀거림으로 그의 시선을 사로잡았다.

정원 중앙에 위치한 영광의 샘에 다다르자 샘 위에서 휴식을 취하던 물오리 떼가 낯선 이의 출연에 놀라 수면을 박차고 날아올랐다.

밀리아는 아이를 안고 샘 한편에 앉아 있는 누군가에게로 다가갔다.

화려한 왕관으로 쓰고 책을 읽고 있던 여인은 밀리아로부터 아이를 넘겨받아 소중히 보듬어 안으며 미소 지었다.

아이를 안아 든 여인의 미소는 여신의 그것과 같았다.

그 순간 유찬은 자신의 눈가가 뿌옇게 흐려진다는 것을 느꼈다. 그가 우는 것인지 아니면 그의 영혼 어딘가 잠자고 있는지 모를 누군가의 눈물인지 알 수 없었다.

'도대체 너는 누구냐?

유찬은 대답해 줄 리가 없는 누군가를 향해 소리쳤다. 그리고 그 순간 허망하게도 모든 환상이 눈앞에서 깨져 나갔다. 조금 전까지 눈앞에 펼쳐져 졌던 화려한 정원도 아름다운 모습도 모두 사라지고, 폐허나 다름없는 전경이 펼쳐졌다. 유찬은 긴 잠을 자다 이제 막 일어난 사람처럼 멍한 표정으로 주위를 둘러보며 쓴웃음을 지었다.

모든 것이 한순간 꿈을 꾼 것만 같았기에 머리를 털고 일어나려 했다.

그때였다.

사박사박.

유찬의 예민한 감각에 발자국 소리가 들려왔다. 공작과 일행의 발걸음 소리가 아니었다. 부드럽고 조용한 발걸음, 그것은 여인의 그것이었다.

'누구지?

유찬은 나타난 이를 쳐다보았다.

작은 키의 호리호리한 체형을 가진 그는 유찬이 느낀 대로 여인이었다. 하지만 무엇인가 이상했다.

‘뭐, 뭐지 이 느낌은?’

언뜻 보기에 여인은 특이할 것이 하나도 없었다. 허리까지 내려오는 긴 청발을 등 뒤로 질끈 묶고, 화려하지는 않지만 단아한 예복을 입었다. 어느 귀족 집 영양들과 전혀 다름없는 모습, 하지만 그녀 앞에 선 순간 유찬은 전신을 옭아매는 거대한 기운의 압박을 느꼈다.

그것은 명룡 크라레스의 존재감보다 더하면 더했지 덜하지는 않았다.

‘드래곤?’

유찬은 그렇게 생각했다. 하지만 이윽고 흘러나온 그녀의 목소리에 기겁할 수밖에 없었다.

“저는 드래곤이 아닙니다.”

건물 난간에는 삐딱한 자세로 기대앉은 그녀는 입가에 그와 비슷한 의미 모를 미소를 띠며 그를 내려다보았다.

‘뭐? 뭐야? 이 여자는 도대체……’

마음속으로 이렇게 생각했다. 그런데 대답이 들려왔다.

“그냥 여자입니다.”

유찬은 할 말을 잃은 채 멍한 표정으로 그녀를 바라보았다. 마음을 읽고 있었다. 그렇게밖에 생각할 수 없었다.

‘독심술? 초능력자인가?’

이 대륙에서 설명할 수 없는 존재를 많이 만나본 유찬은 그녀가 초능력자나 독심술사라 판단했다. 하지만 그 순간 또다시 그녀의 입에서 대답이 흘러나왔다.

"저는 초능력자도 아닙니다."

"……."

유찬은 그저 멍청한 시선으로 그녀를 바라보는 것 이외에는 아무것도 할 수 없었다. 요괴에게 홀린 기분으로 그녀를 바라보던 유찬이 겨우 힘겹게 입을 열었다.

"너, 너는 누구냐?"

한참 동안 말이 없던 그녀가 입꼬리를 말아 올리며 말했다.

"제 이름은 캔디. 신의 권능을 이어받은 미천한 존재입니다."

"캐, 캔디?"

네이밍 센스 최악이라 생각하며 그가 다시 그녀를 살펴보려는 그순간 그녀가 고개를 좌우로 흔들며 말했다.

"들장미 소녀도, 사탕도 아닙니다. 참고로 요괴는 더더욱 아닙니다."

"……."

유찬은 여러 가지 의미에서 얼빠진 표정으로 그녀를 바라보았다.

뭐냐? 이 여자의 정체는…….

〈3권 끝〉

도서출판 청어람을 사랑해 주시는 독자 여러분들께 감사의 마음을 전하기 위해 이벤트를 마련했습니다. 설문에 응해주신 후 엽서를 보내주시면 매달 추첨을 통하여 청어람이 준비한 선물을 우송해 드립니다.

자세한 내용은 청어람 홈페이지(www.chungeoram.com)를 통해 확인해 주세요!

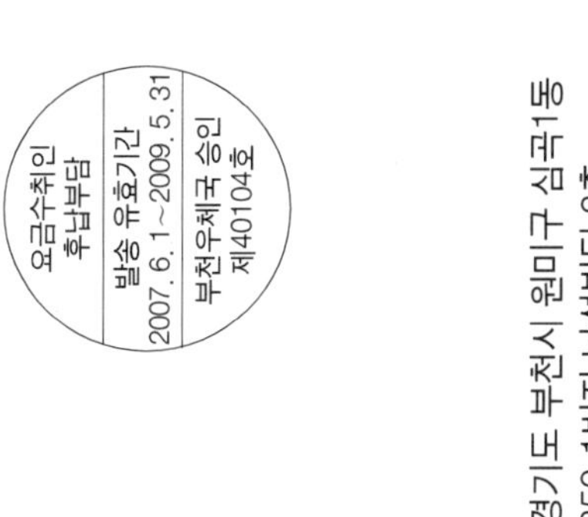

관 제 엽 서

보내는 사람

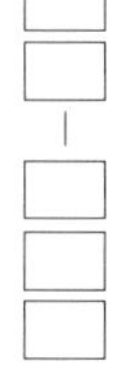

· 구입하신 책 제목을 적어주세요.

· 이 책을 선택하게 된 동기는?

· 이 책을 읽고 느낀 소감은?

· 청어람 무협/판타지 소설에 바라는 점은?

이름

생년월일   성별

전화번호

이메일